Frida Nilsson

Piratas del mar Helado

Ilustraciones de Alexander Jansson

Traducción de Carlos del Valle Hernández

Este libro está dedicado a los niños de Mörkö.

También deseo darle las gracias a su abuelo paterno, que tanto me ha enseñado sobre los barcos de madera.

Así como a su abuelo y abuelastro maternos, que escribieron la letra de *La doncella Rund.*

FRIDA NILSSON

Miki

Esta historia trata de mis peripecias en el mar Helado. Fue a mediados de noviembre. Acababa de cumplir diez años y las ballenas descansaban en nuestra bahía. Sus chorros de agua flotaban como nubes sobre sus lomos relucientes y en el horizonte la neblina había acechado durante días, tan blanca como bella y espesa.

En Bahía Azul, donde vivo, durante el invierno hace tanto frío que el viento es capaz de congelar las velas de los barcos. Una vez me encontré un pájaro en el suelo, un cormorán. Había caído del cielo porque el frío había paralizado sus alas. Pero no estaba muerto. Me lo llevé a casa para que papá lo viera —a él se le dan muy bien los animales— y unos días después pudimos soltarlo.

Por cierto, a papá se le da muy bien todo lo que tiene que ver con la naturaleza. Os contaré qué cuelga de la pared de nuestra cocina. Algo que no suele colgar de las paredes de cualquier cocina: un trozo de aleta caudal de una sirena. No es muy grande, apenas ocuparía la esquina de un pañuelo, y está cubierta por un poco de piel casi rosada. Mi padre atrapó a la sirena con la red un día que salió a pescar bacalao. Estaba tan asustada que gritaba y sacudía la aleta con fuerza. Ella creía que no la liberaría. En cambio, eso fue justo lo que hizo.

—Pues no es lo mismo pescar bacalao que pescar una sirena —dijo—. Hay ciertas cosas que uno no debe hacer.

Así que cuando se hubo calmado un poco, la liberó con cuidado de la red y la soltó. Pero un trocito de la aleta caudal se desprendió y quedó sobre la cubierta. Y ese trozo es el que ahora cuelga de una tabla en la pared de nuestra cocina. Miki y yo hemos pegado piedras alrededor.

Miki es mi hermana. Ella fue la razón de que mi padre saliera a navegar por el mar Helado. Pues hay personas que piensan que no hay diferencia alguna entre pescar bacalao y pescar sirenas o incluso cosas peores. Antiguamente, donde vivo, los piratas surcaban el mar. Eran unos piratas terribles y malvados.

—Cuéntame algo de Cabeza Blanca —solía pedirme Miki por la noche, ya acostadas en el sofá cama, a punto de dormir.

Papá dormía en la alcoba y roncaba de tal manera que retumbaba toda la casa.

—Entonces no podrás dormir —le respondía yo—. Te pasarás media noche despierta y llorando y me despertarás. Y luego, por la mañana, estaremos agotadas.

—¡Te lo prometo! —susurraba pegando su boca a mi oído—. Te prometo que me dormiré. Por favor, por favor, Siri, cuéntamelo.

Entonces yo empezaba mi relato, y cada vez que le contaba a Miki algo sobre Cabeza Blanca, comenzaba así:

—Hay un hombre que se sirve de los niños como si fueran bestias. Y el interior de este hombre, allá donde está el alma de las personas, se encuentra tan vacío y frío como una cueva de hielo.

—Es la persona más fría que existe —añadía Miki; nunca podía evitar aportar detalles al relato que en realidad se sabía tan bien como yo.

—Sí, la persona más fría que te puedas imaginar —decía yo—.

Es el capitán de los piratas, ¿sabes? Y su pelo es tan blanco como la nieve, y lo tiene tan largo que le llega hasta la cintura, pero lo lleva recogido en un moño, como el de las señoras.

—¿Por qué?

—Porque no quiere que el pelo se le congele, porque entonces se le caería. Y aquellos que se enrolan y se convierten en piratas de Cabeza Blanca, se vuelven ricos. Muy muy ricos y, ¿sabes por qué?

—Porque Cabeza Blanca deja que su tripulación se reparta el botín.

—Sí, los piratas se reparten entre ellos todo el oro y la plata y los demás metales, y todas las pieles y cofres y todas las cosas de valor. A Cabeza Blanca no le interesa nada de eso. Lo único que desea… —Sentí un malestar en el estómago, siempre me sucedía lo mismo al llegar a esta parte de la narración—. Lo único que quiere son niños. Críos delgados, cuanto más pequeños, mejor. Y tan pronto como los piratas atrapan a uno de esos chiquillos, lo meten en la bodega de su barco.

—¿Cómo es el barco?

—Es blanco y tiene tres mástiles. En la parte delantera de la proa hay una enorme cabeza de cuervo de madera con el pico abierto. El barco se llama *El Cuervo Nevado*.

—Sí, pero casi todo el mundo lo llama solo *El Cuervo*. Y navegan en *El Cuervo* hasta la isla de Cabeza Blanca.

—¿Y dónde se encuentra esa isla?

—Bien lejos, en el oeste. Tan lejos como se puede llegar antes de que el mundo se acabe y uno se caiga por el borde. Miki, ¿sabías que existe un lugar llamado Las Velas?

—Sí —respondió Miki en voz baja.

—¿Y sabes qué clase de sitio es ese?

—Es un pueblo. Un pueblo grande donde las calles están empedradas y adonde van los piratas a beber y pelearse y…

—Bueno, en realidad no sé si van allí a pelearse. Lo que se sabe es que Las Velas no es un lugar agradable, y sé que allí se reúne mucha gentuza. Toda clase de piratas y bribones. La clase de gente que quiere ganar dinero a costa de los demás. Pero los peores son los que van allí en busca de Cabeza Blanca para trabajar con él. En cualquier caso, la isla de Cabeza Blanca se encuentra en algún lugar cerca de Las Velas.

—¿Y qué le pasa a los niños cuando llegan a su isla? ¿Qué tienen que hacer?

—Cabeza Blanca tiene una mina —dije—, un gran pozo en la tierra.

—¿Qué clase de mina? —preguntó Miki.

—No lo sé. Pero se cuenta…

—¡Se cuenta que es una mina de diamantes!

—Sí.

—Y allí, allí en la tierra abundan los diamantes, algunos tan grandes como manzanas —dijo Miki.

—Bueno, en todo caso, eso es lo que se cuenta. Y dicen que hay una persona que se encarga de custodiar a los prisioneros, una mujer que vigila a todos los niños, y esa mujer…

—Esa mujer es la hija de Cabeza Blanca, y se ha sacado todos los dientes y, en su lugar, se ha puesto unos dientes de diamante.

—Sí. Y Cabeza Blanca bebe vino de una jarra tallada en un solo diamante. ¿Sabes lo valiosos que son los diamantes, Miki?

—Ajá.

—Con un diamante del tamaño que una alubia se podría comprar toda nuestra isla.

—Pero ¿por qué...? ¿Por qué ha de tener a niños trabajando allí? —preguntó—. ¿Por qué no pueden hacerlo los adultos?

—Nadie lo sabe con seguridad —respondí—. Imagínate, Miki, pasarte el día entero arrastrándote en la oscuridad. Las rodillas ensangrentadas, con un pico en la mano. Al parecer los niños mineros no aguantan mucho. O bien se les parte la espalda a causa de todo el peso que tienen que cargar o acaban enfermos de los pulmones debido a la humedad. O la oscuridad los enloquece tanto que... bueno, mueren.

Miki tragó saliva.

—Es horrible... —murmuró.

—Sí —susurré—, lo peor que le puede ocurrir a un niño es que los piratas lo secuestren y se lo lleven a esa mina.

Y así solía finalizar el relato sobre Cabeza Blanca que le contaba a Miki.

Entonces, acostadas en el sofá, en cierta manera todo resultaba como un cuento, algo que solo podía sucederle a otros pobres niños. Sí, claro que teníamos miedo de los piratas, pero nunca se nos ocurrió pensar que un día nos los encontraríamos cara a cara. No, nunca podría haber imaginado que Cabeza Blanca pondría sus garras sobre mi hermana pequeña.

La isla Manzana de Hierro

Ahora os contaré sobre aquel día en Manzana de Hierro. Un día que jamás podré olvidar. Se ha agarrado a mi mente como una sanguijuela y no se desprenderá mientras viva, de eso estoy segura.

Miki y yo íbamos a salir a por bayas. Por la mañana, cuando estábamos en la puerta, vimos que papá tenía cara triste.

—¿Por qué no os puedo acompañar? —preguntó.

Solo llevaba puestos sus calzoncillos largos.

—No tienes fuerzas —respondí—. Ya lo sabes. Ahora desayuna y nos vemos a la hora de cenar.

Papá miró el sándwich que había sobre la mesa. Solo era una loncha fría de bacalao cocido.

—No tengo hambre —murmuró—. Y no me gusta que salgáis solas por ahí. No está bien.

—No hay más remedio —respondí, y me calé el gorro hasta las cejas—. Tenemos que comer algo.

Entonces me miró con sus ojos grandes y húmedos.

—Si no fuera tan mayor —dijo—, pasaría el día remando en el mar, remaría tan fuerte que le sacaría espuma a las olas, y regresaría a casa con bayas y huevos y pescado, y podríais comer hasta hartaros. Y si me encontrara a la banda de Cabeza Blanca en su maldito barco, lo convertiría en astillas.

Se llevó la mano a los ojos y se secó un par de lágrimas.

—No te preocupes —dije—. Desde Manzana de Hierro hay muy buena visibilidad. Si nos encontramos con *El Cuervo* subiremos a la barca y remaremos de vuelta a casa. Tendremos tiempo de sobra para escapar.

Miki se sobresaltó. Papá la miró de reojo; en realidad habría preferido que se quedara en casa. Pero claro, entre las dos tardaríamos la mitad de tiempo en recoger las bayas, así que no dijo nada.

Me empiné y le acaricié la mejilla.

—Ramita —dije—, no te preocupes, volveremos antes de que te des cuenta.

Llamábamos a papá Ramita, aunque era alto y fuerte, porque siempre decía que si nos perdiera a Miki y a mí, se partiría como una rama.

Manzana de Hierro es una isla pequeña. Nos pertenece solo a nosotros, pues entre los nuestros cada familia posee unos cuantos islotes donde puede cazar y recolectar a placer sin que nadie moleste. Miki y yo fuimos hasta allí remando en la barca, ese día el mar estaba gris y en calma. El aire traía una humedad fría y penetrante, y parecía que habían pintado con leche el mundo entero, pero se trataba de la niebla de noviembre que, poco a poco, se acercaba a tierra.

—Cuéntame cómo se conocieron mamá y papá —dijo Miki, que estaba apoyada en la borda mirando el agua.

—Ya te lo he contado mil veces —dije.

Se dio la vuelta.

—Una vez más —rogó—, por favor, Siri.

Y entonces se lo conté, pues la noté asustada, y no era mala idea pensar en otra cosa.

—Papá había salido con la barca para echar la red. De repente, se desató una fuerte tormenta y se cayó de la barca. No había nadie que pudiera ayudarle. El agua estaba helada, pronto moriría. Pero entonces vio un islote entre las olas. Fue nadando hasta allí tan rápido como pudo.

—Entonces, ¿papá sabía nadar?

—Sí, ocurrió hace mucho tiempo, mucho antes de que naciéramos nosotras, y cuando papá era el hombre más fuerte de todo el pueblo.

—¿Y no pudo subir?

—No, el islote era demasiado escarpado. Pensó que no se salvaría, estaba a punto de dejar que las olas lo tragaran. Pero entonces apareció mamá. Vivía sola en el islote y justo en ese momento iba a pescar.

—¡Con los dedos de los pies!

—Ajá, con los dedos de los pies. Siempre pescaba con los dedos de los pies, y vaya, cómo picaban los peces. ¡Y de repente uno picó! Era papá el que le había agarrado el dedo meñique. Mamá lo ayudó a subir. Él la doblaba en edad, pero se quedó en el islote durante siete años. Luego llegué yo y entonces se mudaron al pueblo de papá.

—Después nací yo.

—Ajá, un poco después. Y tardaste mucho en llegar. Una vez que empezaste a moverte te costó tres días y tres noches salir del vientre de mamá.

Miki introdujo un dedo en el agua. La manga de la chaqueta se le mojó cuando el oleaje bañó su mano.

—¿Por qué se murió mamá?

—Porque se puso enferma.

—¿Fue al nacer yo?

—No, no fue por eso, fue... Habría muerto de cualquier manera.

Quizá no fuera cierto. Lo más probable es que mamá muriera por lo mucho que Miki tardó en nacer. Pero de eso no se hablaba, y tampoco nadie quería menos a Miki por tal cosa. Y si alguien se alegró de la llegaba de Miki, esa fue mamá. Decía que siempre era más divertido conseguir algo por lo que se había luchado de verdad. Apenas vivió una semana después del parto.

Al acercarnos a Manzana de Hierro, un manto de niebla cubría la isla. Ni siquiera se veía el mar. Suerte teníamos de poder ver dónde poníamos los pies.

Cada una de nosotras llevaba una cesta para echar las bayas. Las «bolitas de nieve» son blancas, son unas bayas bastante agrias que maduran a finales de año. Se pueden meter en una vasija con agua y se conservan durante mucho tiempo. Si se tiene miel, con ellas se puede hacer una buena confitura.

Pero había algo que dificultaba la recogida de bayas en Manzana de Hierro: las aves ballena. Durante el verano no eran demasiado peligrosas, entonces podíamos recoger los huevos que ponían, pues los machos se encontraban en otras aguas. Pero ¡zas!, a finales de otoño regresaban los machos, porque los huevos contenían polluelos, y los pollos de las aves ballena nacen en mitad del frío invierno. Y cuando los huevos contenían polluelos, si alguien se acercaba a sus nidos, las aves se volvían locas. Yo misma conocí a un hombre de Bahía Azul al que le arrancaron una oreja, pues las aves ballena tienen unos picos fuertes y con dientes, y son tan duros que pueden masticar piedras con ellos. Comen piedras para ser más pesadas y poder bucear bien profundo y así atrapar peces. Las aves ballena son grandes y necesitan comer mucho; la hembra pesa al menos quince kilos. Son de plumaje espeso, todo moteado de negro y en sus grandes patas tienen garras y gruesas membranas entre los dedos.

Lo más importante, para que no le picotearan a uno, era no mostrar ningún miedo, pero Miki no sabía disimularlo. Apenas tenía siete años así que no era de extrañar. Aunque tal vez fui algo dura con ella. Después de haber buscado durante toda la mañana y tan solo haber conseguido un puñado de bayas, la envié al otro lado de la isla para que buscara por allí.

Me miró con sus grandes ojos grises. Se le habían caído bastantes dientes y abajo le asomaba un diente nuevo como si fuera el borde de un pequeño témpano de hielo.

—¿No me puedes acompañar? —preguntó—. No quiero ir tan lejos sola.

—No seas tan infantil —dije—. No está nada lejos.

Se dio media vuelta y miró con los ojos entrecerrados hacia la isla rocosa. Ahora había comenzado a soplar el viento, y agitaba su espesa melena negra. Parecía como si fuera a quejarse de nuevo.

—¿También vas a necesitar que alguien te agarre de la mano cuando vayas al retrete? —dije—. ¡Venga, vete, y así podremos volver a casa de una vez!

Tragó saliva y, aunque se notaba que no quería hacerlo, comenzó a trotar sobre las rocas. Llevaba las botas de invierno. Yo también las usaba cuando tenía siete años.

Después de un rato vi unos puntos blancos en un matorral y

corrí hacia allí. ¡Sí, había muchísimas bayas! Comencé a recogerlas y al poco tiempo casi había llenado el cesto. Las palpé, dejé que corrieran entre mis dedos. Era una sensación maravillosa cuando el cesto se empezaba a llenar de bayas.

Entonces, de repente, escuché un grito que provenía del otro lado de la isla. Primero suspiré, segura de que era Miki asustada por las aves ballena. Pero luego se me hizo un nudo en el estómago, pues no volvió a gritar, cosa que ella solía hacer. Lo único que se oía era el viento. Levanté el cesto del suelo y comencé a caminar en su dirección.

—¿Miki? —grité.

No hubo respuesta. Entonces empecé a correr. Sabía que aquellos picotazos podían hacer mucho daño y no quería regresar a casa, a Bahía Azul, con una hermana desorejada.

—¿Miki? —grité de nuevo, todavía más alto.

Al no responder tampoco esta vez, corrí sobre las rocas tan rápido como pude.

Cuando llegué al otro lado, no había nadie. Ni rastro de ella, ni de las aves ballena. El viento había dispersado la niebla. Estaba a punto de gritar una tercera vez, cuando de repente vi algo. Una barca. Había cuatro hombres en ella y… ¡allí estaba Miki! La habían amordazado y uno de ellos le sujetaba con fuerza el brazo. La barca se alejaba de Manzana de Hierro. Se me cayó el cesto de la mano y las bayas rodaron por el suelo. Quise gritar de nuevo, pero entonces vi otro barco, uno mucho más grande. Mis palabras se quedaron atrapadas en la garganta. Quizá tuvieran miedo de salir. Quizá supieran qué clase de terrible maldad se encontraba allí, en el mar. Los tres mástiles se alzaban como pinchos. El casco era blanco y ovalado, como un huevo. Las velas se agitaban con fuerza al viento y la parte delantera de la proa tenía una cabeza de cuervo de madera con el pico abierto. Se trataba de *El Cuervo Nevado* de Cabeza Blanca. Aquel que todos temíamos. Aquel del que la gente de Bahía Azul hablaba tanto que uno creía que no era más que un cuento. Ay, si *El Cuervo Nevado* solo hubiera sido un cuento.

Vi gente en cubierta, algunos lanzaron una escala a los hombres de la barca. Primero subieron a Miki y después lo hizo el resto. Amarraron la barca a popa. El viento se había levantado con fuerza sobre Manzana de Hierro, la tripulación hizo virar lentamente el barco y pusieron rumbo al horizonte. Pronto desaparecería. Al comprender lo que estaba sucediendo, regresó mi voz.

—¡MIKI! ¡NO TENGAS MIEDO!

Pero Miki ya se encontraba bajo cubierta. Un par de hombres miraron alrededor y me descubrieron. Gritaron algo al hombre que estaba al timón. Seguramente se preguntaban si deberían volver y atraparme a mí también. Pero el timonel pensó un momento, negó con la cabeza y dirigió la mirada al mar. Me pregunté si Cabeza Blanca también se encontraba allí en alguna parte y me estaba viendo. O si estaba en su camarote pensando en la cantidad de diamantes que su nueva presa sacaría para él de las entrañas de la tierra.

El cormorán que regresó

Nunca en mi vida corrí tanto como aquel día, era como si las botas apenas rozaran el suelo. No tengas miedo, eso era lo único que podía pensar. No tengas miedo, Miki, voy a buscar ayuda. Cuando los hombres y mujeres del pueblo oigan lo que te ha pasado, cada uno de ellos irá a buscar su fusil y todos saldrán para traerte de vuelta a casa.

Al lanzarme a la barca y empezar a remar olvidé el cesto, que se quedó en Manzana de Hierro. Tenía el viento en contra, pero fue como si todo el miedo se concentrara en mis brazos y me ayudara a remar. La barca voló sobre el agua. Y sin embargo el trayecto se me hizo eterno. Aquella terrible y heladora eternidad me produjo un fuerte ardor de estómago.

Por fin me acerqué al puerto. Un par de días antes había atracado un barco de carga y en el muelle había muchos barquitos despintados, todos ellos de un solo mástil. Así eran los barcos pesqueros de Bahía Azul.

Había mucha gente en el lugar, unos reparaban un mástil o calafateaban un casco. Otros remendaban una vela o acababan de llegar con sus capturas. Alguno se reía de un chiste y otro blasfemaba por un hilo de pescar. Por todas partes pululaban hombres y mujeres encorvados vestidos de gris.

Allí estaba Olav sentado, limpiando bacalao. Era amigo de papá, habían salido muchas veces a pescar juntos. Un poco más allá, una gaviota miraba los jirones de piel a sus pies. Amarré la barca y subí corriendo al muelle y entonces Olav levantó su cuchillo en señal de saludo.

—Tienes prisa —dijo y sonrió—. ¿Te persigue una gamba?

—Tengo que ir a casa —fueron las únicas palabras que pude articular al pasar corriendo a su lado—. Papá…

—¡Tu padre está aquí! —gritó a mi espalda.

Me di media vuelta. Olav señaló con el cuchillo hacia atrás.

—Se está peleando con una red.

Sí, allí estaba papá, con la espalda pegada a la pared de un cobertizo de pescadores, reparando una red. Estaba entumecido y los dedos no le obedecían, el cordel se le resistía.

—¡Papá! —grité.

Papá alzó la mirada. Parecía contento, como cada vez que posaba los ojos en Miki o en mí, decía que éramos dos rayos de luz que podían iluminar la oscuridad que reinaba a su alrededor, sin importar lo cerrada que fuera. Pero cuando notó que estaba llorando, la sonrisa se borró de su rostro.

—¿Qué pasa? —preguntó.

Corrí hacia su regazo.

—¡La han atrapado! ¡No fue culpa mía, papá!

Me miró. Los grandes ojos acuosos se movieron nerviosos en sus cuencas.

—¿De qué estás hablando? ¿Dónde está Miki?

Varios de los hombres y mujeres que nos rodeaban habían dejado de trabajar. Permanecían inmóviles y miraban de reojo en nuestra dirección. Olav se había acercado. Yo no podía parar de llorar y me costaba pronunciar las palabras.

—Estábamos en Manzana de Hierro… Le dije que fuera al otro lado de la isla y… allí había una barca. Se la llevaron… Se la llevaron al barco…

Papá no dijo nada. Me miró como si fuera un niño, como si yo hablara una lengua que no comprendía. Entonces Olav, con un bacalao a medio limpiar en la mano, dijo:

—¿Quiénes la atraparon, Siri? ¿Qué barco era ese?

Alcé la voz para que lo oyera todo el mundo:

—¡*El Cuervo Nevado*! —Y en apenas unos segundos todas las personas que se encontraban en el muelle guardaron silencio—. ¡Cabeza Blanca ha atrapado a mi hermana! —añadí—. ¡Tenemos que perseguirlo y rescatarla!

Todos me miraron aterrorizados. Nadie dijo nada. Nadie gritó: «¡Sí, vayamos tras el barco!». Nadie salió corriendo en busca de su fusil.

—¡Tenemos que darnos prisa! —grité—. ¡Navegan hacia el oeste de Manzana de Hierro! ¡Seguramente ya están cerca de los Islotes de las Focas!

Nadie se movió. Apartaron la mirada, bajaron la vista, comenzaron a murmurar entre sí, y al cabo de un rato alguien dijo:

—Quien vaya tras *El Cuervo Nevado* tiene la muerte asegurada.

—Sí, es un barco de dieciséis cañones y una tripulación a la que le gusta disparar a quienes se ponen a tiro —gritó otro.

—¡Nadie puede derrotar a Cabeza Blanca!

Olav posó una mano que olía a pescado sobre mi hombro.

—Siri —dijo, y me miró con ojos tristes—, tu hermana ha desaparecido. Eso es lo que les pasa a quienes atrapa Cabeza Blanca… Dejan de existir.

Entonces alguien se puso en pie, frágil como una vieja barca estropeada y descolorida, con los puños cerrados. Mi padre.

—¡Iré a buscarla! —dijo con voz temblorosa de rabia y coraje—. ¡No tengo miedo! Un gusano no es más grande por navegar en un navío. ¿Alguien más se atreve?

Pero nadie dijo nada. Un par de hombres negaron con la cabeza.

—Viejo chiflado —murmuró alguien—, solo el diablo sabe si morirá de viejo antes de que Cabeza Blanca acabe con él.

Papá hizo como si no lo hubiera oído. Levantó la barbilla, colocó bajo el brazo el amasijo de redes y se marchó de allí. Le seguí.

En nuestro pueblo las casas trepan por las rocas. Están hechas de troncos, pero también de madera de naufragios, pues en nuestras islas escasean los árboles.

—¿Papá, crees que tendrás suficientes fuerzas? —pregunté mientras regresábamos a casa. Cojeaba un poco a raíz de haber sufrido un accidente tiempo atrás, cuando junto con otros compañeros atraparon un frailecillo con un salabre. Papá se resbaló y cayó varios metros por unos acantilados.

—Tal vez sea viejo —dijo—, pero uno no deja de ser padre por eso. —Ocultó el rostro entre las manos—. Pobrecita. Ya sabes lo miedosa que es. No puedo ni pensar cómo estará ahora. —Levantó la nariz y pareció decidido—. Mañana, a las seis de la mañana, zarpa el *Estrella Polar*. Será el último barco en abandonar Bahía Azul antes de que llegue el invierno y hace escala en Las Velas. Pienso enrolarme.

Sentí un escalofrío. Las Velas, el horrible lugar sobre el que le había hablado a Miki tantas veces. Allí anidaban piratas, bribones y piratas como alcas gigantes* en una isla rocosa. ¡Y papá pensaba viajar hasta allí!

—Es lo mejor que puedo hacer si quiero tener alguna posibilidad de encontrar a Miki y traerla de vuelta a casa —dijo mientras cojeaba por la calle—. Ahora regresemos a casa para hacer mi equipaje.

Por la noche preparamos todo en casa. Un saco con ropa de abrigo, un par de pasteles de pescado envueltos en papel, un fusil y las botas de invierno de papá. Reflexionó sobre todo ello un buen rato y luego asintió.

—Muy bien. Me echaré unas horas. Me despertarás a tiempo, ¿verdad?

Asentí. Era siempre yo quien se levantaba la primera por la mañana, cuando el fuego de la cocina se había apagado y el frío se colaba para morderme la nariz y despertarme. Después de avivar el fuego con el atizador y añadir algo de leña, solía ir a la alcoba y despertar a papá, cosa nada fácil. Creo que de haber podido, se habría pasado días enteros durmiendo bajo las pieles.

Se encaminó con pasos inseguros hasta la cama y se soltó los tirantes. Mientras estaba ahí sentado en el borde de la cama, vi lo frágil que era en realidad. Como un palo, gris, seco y delgado. Quien quisiera quebrarlo le bastaría con apenas tocarlo.

—¿Estás llorando? —preguntó.

—¿Qué pasaría si no volvieras? —dije, y me sequé las mejillas—. ¿Qué pasaría si... si me quedo sola aquí?

Se miró los pies, se mordisqueó el labio inferior y dijo:

* Alca gigante: ave parecida al pingüino. (*N. del T.*)

—¿Te acuerdas del pájaro que encontraste en el suelo hace algunos inviernos? ¿Al que se le habían helado las alas?

Asentí.

—¿Sabes que lo he vuelto a ver después? ¿Que ha estado aquí?

—No —dije, y me senté junto a él en la cama—. ¿Cuándo?

—Viene de visita de tanto en tanto y golpea la ventana con el pico. Suelo darle un trozo de pescado. No es nada especial, pero lo que quiero decir es… Las cosas que uno hace dejan huella. Las cosas buenas dejan buenas huellas… y las malas dejan malas huellas. Si no voy a buscar a Miki, no podré vivir. La huella en mí sería demasiado dolorosa.

Me miró a los ojos.

—He permitido que Miki y tú trabajarais más duro de lo necesario. Vergüenza me daba cada día. Y no soy tan tonto como para comprender cómo acabará este viaje, pronto cumpliré setenta años. Pero tengo que ir.

Me acarició la mejilla. Luego se tumbó para dormir con la ropa puesta.

Comprendí lo que significaba todo eso. Él sabía que no lo conseguiría. Sin embargo, prefería aventurarse antes que quedarse en casa con su mala conciencia.

¿Pensaba en mí? ¿Pensaba en mi conciencia y en la profunda huella que dejaría en mí? Fui yo quien le dijo a Miki que fuera al otro lado de la isla. Me pidió que la acompañara, pero la regañé. Y ahora papá tenía que irse y tal vez morir por culpa de eso.

Cuando por fin me decidí, me pareció que había estado tumbada pensando una eternidad. El fuego del hogar estaba a punto de apagarse. Me levanté en silencio como un ratón y puse cuatro o cinco troncos. Luego tomé mi chaqueta y mis botas de invierno, exactamente iguales a las que tenía con siete años, las que ahora usaba Miki.

«No tengas miedo, Miki —pensé—, voy a rescatarte.»

Saqué la ropa del saco de papá y metí mi grueso jersey de cuello alto y un par de gruesos calcetines. Luego me colgué el saco al hombro y abrí la puerta. No es que no supiera que mis oportunidades de vencer a Cabeza Blanca fueran tan escasas como las de cualquier otro, pero yo por lo menos había decidido no morir en el mar Helado.

El Estrella Polar

Una ballena, bastante pequeña, había llegado al puerto mientras dormía. La luna hacía brillar su lomo. En Bahía Azul nadie pesca ballenas, trae mala suerte. Por eso cada año, cuando la temperatura baja, las ballenas se reúnen tranquilamente junto a nuestro puerto. Permanecen allí un par de semanas y luego nadan hacia el sur, hacia aguas más templadas y tan lejanas que no sabía de nadie que hubiera estado allí.

El *Estrella Polar* de la isla Más Allá era un velero de dos mástiles. Un carguero que hacía siempre la misma ruta, una y otra vez, sin parar. De Más Allá a Bahía Azul, de Bahía Azul a Islas del Lobo, de Islas del Lobo a Las Velas y de Las Velas otra vez a Más Allá. Esta era su última travesía antes de la llegada del invierno.

Cuando subí por la inestable pasarela, no vi muchos tripulantes a bordo. Un par de marineros cargaban algunas barricas mientras un gato sentado en el puente los observaba.

Un hombre alto, de cara chupada y mirada severa puso sus ojos sobre mí.

—¿Adónde crees que vas? —preguntó, y se me acercó con rápidas zancadas.

Vestía un abrigo de piel con botones relucientes y llevaba en las orejas gruesos aros de oro.

—Voy a embarcar —dije—. Quiero ir a Las Velas.

—¿Ah, sí? —dijo el hombre mal encarado—. Imagino que tendrás dinero para pagar el viaje, ¿verdad?

—No, lo pagaré con mi trabajo —contesté, tal como papá había dicho que haría—. Puedo encargarme de hacer tareas a bordo.

Los marineros se volvieron hacia mí y sonrieron.

—Vaya —se rio el hombre—, bueno, no está mal pensado. Pero desgraciadamente aquí no necesitamos a alguien que apenas llega a la borda. Por cierto, ¿por qué quieres ir a Las Velas? No es lugar para una niña.

—Voy en busca de Cabeza Blanca —respondí—. Se ha llevado a mi hermana y pienso traerla de vuelta.

De pronto los hombres empalidecieron y pusieron ojos como platos. Los dos marineros dejaron de sonreír.

—¿Ca-cabeza Blanca? —dijo el hombre con voz ronca—. ¿Estás completamente...?

Guardó silencio y miró hacia el oscuro horizonte, como si creyera que *El Cuervo Nevado* aparecería tronando en ese preciso instante. Tragó saliva. Luego agitó la cabeza.

—Vete de aquí. No haces ninguna falta en el mar Helado.

—A mí sí me puede hacer falta —dijo una voz ensordecedora.

El hombre malhumorado se dio media vuelta. Detrás de él se encontraba un tipo alto y fornido, de espesa barba rojiza e imponente barriga.

El hombre malhumorado arqueó las cejas.

—¡Vaya! —dijo—. ¿Y se puede saber para qué, Fredrik?

Quien al parecer se llamaba Fredrik me miró.

—¿Sabes pelar colinabos? —preguntó.

—Sí —respondí.

—¿Sabes desplumar aves?

—Sí.

—¿Limpiar pescado?

—Sí.

—¿Cocinar guisantes?

—Sí.

—¿Retirar gusanos de la harina?

Tardé en responder, pues lo que peor se me daba eran los gusanos de la harina, bueno, cualquier clase de gusanos. Pero finalmente asentí.

—Sí.

Fredrik se volvió hacia el hombre malhumorado:

—Ya que me lo preguntas, para muchas cosas. Y además, necesitaría un pinche en la cocina. Al ser tan condenadamente estrecha debe ser alguien pequeño. Esta canija es perfecta.

El hombre malhumorado apretó los puños.

—¿Quién es el capitán aquí, tú o yo? —preguntó.

Fredrik esbozó una sonrisa y respondió:

—¿Tienes miedo, Urström?

Esa pregunta enojó al hombre que al parecer se llamaba Urström, pero no contestó.

—¡Bah! —resopló—. Me gustaría saber de dónde sacas esas tonterías.

Luego se marchó. Y entonces Fredrik me indicó que me acercara. Continué por la pasarela con mi saco y enseguida me encontré a bordo.

Desde la cubierta, mientras largábamos amarras, observé Bahía Azul, nuestra aldea adormecida, de donde nunca había salido más que para pescar, buscar huevos, recoger bayas… Ahora viajaría bien lejos, a un lugar remoto para encontrarme…

No, no podía pensar en la aventura en la que me había embarcado; me asustaba demasiado. En cambio, pensé en papá. Quizá justo en ese momento se habría despertado y se habría dado cuenta de que se había quedado dormido. Saldría corriendo de la cama y entonces vería que yo no estaba, ni el equipaje tampoco. En ese momento comprendería. Se sentiría tan desesperado que…

No, tampoco podía pensar en eso. Y no necesité hacerlo, pues Fredrik me llamó:

—¡Venga, Canija! Tú y yo nos vamos a la cocina. El desayuno tiene que estar listo en una hora.

La cocina era estrecha, justo como la había descrito Fredrik. Era un verdadero milagro que cupiéramos los dos. Una gran olla colgaba de una cadena sobre un hueco bien cimentado y en el fondo del hueco había un rescoldo chisporroteante a punto de apagarse. Fredrik lanzó más leña al hueco. El rescoldo prendió pronto la leña seca y entonces vertió una gran cantidad de agua en la olla, y luego me dejó añadir una buena porción de cebada.

—Así, bien —dijo Fredrik, y se sentó en un pequeño taburete—. Así se preparan gachas para la tripulación de un barco.

Luego se hizo el silencio. Fredrik no dijo nada, solo se quedó mirando el fuego danzante y bostezó.

—Hum —dije después de un rato—, esto… Urström…

Fredrik fijó sus ojos azules en los míos.

—¿Sí?

—¿Crees que se ha enfadado mucho? Me refiero a porque yo esté aquí.

Fredrik sonrió y reposó los pies en el borde del hueco del fuego. Se veía en sus botas que tenía esa costumbre, pues el cuero estaba tiznado y cuarteado.

—Los piratas son la peor amenaza para los marinos mercantes —dijo—. Es mejor que te hagas a la idea de que no tendrás muchos amigos a bordo.

No respondí, sentí que se me hacía un nudo en la barriga. Tardaríamos muchos días en llegar a Las Velas. Mira que tener que pasarme todo el tiempo siendo mal vista por cada uno de ellos.

Fredrik leyó mis pensamientos, pues esbozó una sonrisa y dijo:

—Pero al menos tienes uno. No está tan mal.

Me tendió su manaza y me sentí algo ridícula al estrecharla como suelen hacer los mayores, pero al mismo tiempo me sentí feliz. Algo me decía que Fredrik era la persona indicada para ser mi mejor amigo en el *Estrella Polar*.

Frailecillo para cenar

Fredrik era de esa clase de hombre al que nadie se enfrentaba, ni el capitán ni la tripulación. Era uno de los más veteranos a bordo. Pesaba más de ciento treinta kilos, medía dos metros y la barba le llegaba por debajo del pecho.

A mí me gustaba mucho. Era bueno y divertido, y siempre se preocupaba de que yo no tuviera demasiado trabajo y me preguntaba constantemente si deseaba descansar.

Tampoco tenía que buscar gusanos de la harina.

—Así se sacian más —dijo Fredrik, y les llevó el pan con gusanos a los hombres.

Solía sentarme a observar cómo esos bichos asomaban por las hogazas, cómo retorcían y sacudían sus extremos ciegos aquí y allí. Cada vez que veía alguno de los tripulantes comerse un trozo de pan creía que me iba a desmayar.

Fredrik tenía un fusil. Me contó que de vez en cuando le disparaba a algún frailecillo desde cubierta, pues a veces los frailecillos se posaban en los aparejos para descansar las alas y entonces Fredrik salía corriendo tras su fusil. Si tenía suerte de acertar a alguno, caía muerto sobre la cubierta soltando un maravilloso y ligero *plaf*. La carne del frailecillo era realmente sabrosa, eso pensábamos él y yo. Bueno, en realidad le gustaba a toda la tripulación.

Pero sucedió lo que Fredrik me había dicho, que aparte de él, no había nadie a bordo a quien yo le cayera bien. Traía mala suerte, decía la tripulación, y esa era la razón por la que me trataban tan mal.

Un día, después de lavar los platos del almuerzo, durante el tiempo libre que quedaba antes de empezar a preparar la cena, Fredrik decidió darle un repaso a su fusil (limpiar el cañón y cosas así), entonces aproveché para salir un rato. El viento me revolvió el cabello al subir a la cubierta. Me aparté y me coloqué junto a la borda. El oleaje cruzaba el mar como si se tratara de la respiración de una bestia descomunal. Ya había visto vomitar a un par de hombres a causa del mareo, pero a mí no me afectaba. No, me había pasado media vida en el mar y estaba acostumbrada al vaivén.

Sin embargo, nunca había visto un oleaje tan imponente. Estas olas te hacían comprender que los navíos de los hombres —sin importar los metros de eslora o cuantos mástiles tuvieran— no eran sino frágiles cajas de cerillas.

—Ahí está la que va a matar a Cabeza Blanca —dijo de repente alguien a mi espalda.

Me di media vuelta. Vi a tres grumetes descansando, estaban sentados en cubierta; un par de ellos mascaban tabaco.

No respondí, me volví y seguí contemplando el mar, pero comprendí que no pensaban dejarme en paz.

—¿Cómo vas a hacerlo? —dijo uno.

—¿Qué? —dije, todavía dándoles la espalda.

Entonces se pusieron de pie y se acercaron balanceándose. Me rodearon y uno de ellos se reclinó de forma amigable por la borda y me miró. Tenía unos granos en la nariz y el pelo pajizo.

—¿Tienes un fusil? —preguntó.

—No —murmuré, pues al marcharme había dejado el fusil de papá en casa; tenía miedo del fusil, miedo de que se disparase solo.

—¿Tienes un cuchillo, entonces? —preguntó el grumete con granos.

—No —respondí de nuevo.

El grumete dio un golpe con las manos.

—Entonces, ¿cómo lo matarás, si ni siquiera tienes un arma?

—¡Lo matará a golpes! —dijo uno de sus compañeros, que tenía una ancha frente y unos ridículos bigotes retorcidos. Me agarró del brazo y apretó para ver lo fuerte que era—. ¡Oh, Dios mío, no está mal, Cabeza Blanca tiene que tener cuidado!

Los otros dos rieron y luego se arremolinaron a mi alrededor varios hombres que también habían oído la conversación.

—¡Suéltame! —dije, y tiré de mi brazo—. ¡No voy a luchar!

—¡Sí! —gritó alguien—. ¡Pelea!

Se acercó un viejo marinero barbudo con la cara gris y arrugada.

—Tendrás que practicar antes de llegar —dijo, y se arremangó las mangas de la camisa—. Bueno, ¡enséñanos cómo de fuerte eres capaz de golpearme!

Llegó más gente para verme pelear; enseguida estuve rodeada de un grupo de marineros que reían y gritaban que peleara.

—¡Dejadme en paz! —dije, e intenté marcharme de allí, pero ahora había tanta gente que no pude escapar, cuando traté de pasar entre dos de ellos, me empujaron de vuelta.

—¡Venga! —dijo el gracioso que se había arremangado y se comportaba como si se hubiera tomado la pelea completamente en serio—. ¡Ahora quiero pelear!

—¡Pelea! —dijeron los otros—. ¡Pelea! ¡Pelea!

Me abalancé sobre el marinero y le golpeé en la barbilla solo para poder alejarme finalmente de allí. El puñetazo fue ridículo, claro, sin embargo, él simuló, gritó y se desplomó como si le hubiera desencajado la mandíbula. Los hombres rieron de tal manera que casi se partieron en dos.

Intenté escaparme de nuevo, pero esta vez el marinero se puso de pie y lanzó un berrido, simulando haber recuperado nuevas fuerzas. Apretó los puños y luego me agarró entre sus brazos y me levantó del suelo. Pateé con furia, agité la cabeza.

—¡No quiero! —exclamé—. ¡No quiero!

—¡Dile eso a Cabeza Blanca cuando te haya atrapado! —gritó alguien, y los otros volvieron a reírse.

El marinero seguía chillando.

—¡Ahora te tiraré al mar! —dijo con una voz impostada que simulaba la de un pirata.

Me llevó hasta la borda y grité desesperada, grité con todas mis fuerzas, pues ya no sabía si se trataba solo de un juego o si de verdad pensaba arrojarme al agua.

Entonces se oyó un disparo que resonó en todos nuestros oídos. El marinero se sobresaltó y me soltó. Caí sobre la cubierta y miré a mi alrededor buscando la causa de la detonación. Fredrik estaba ahí con el fusil entre las manos. Miraba fijamente al marinero, que de pronto se mostraba tan sumiso que se había quedado con la boca abierta.

—¿Me estás disparando? —preguntó.

—Nunca se me ocurriría hacer algo así —respondió Fredrik.

Luego se alejó y recogió de la cubierta un bulto con plumas.

Tenía patas palmeadas y un bonito pico rayado azul, amarillo y rojo. Sangraba por la tripa. Fredrik me miró.

—¿Te vienes conmigo, Canija?

Me levanté, todavía con todo el cuerpo tembloroso, y corrí hacia él. El corazón me latía desbocado en el pecho. Fredrik posó su mano sobre mi hombro. Después observó a los marineros que se habían quedado allí mirando como si estuvieran atontados.

—Bueno, ¿os sentís mejor ahora, después de haber asustado a una niña?

Al principio nadie respondió, pero luego uno de los marineros esbozó una sonrisa aduladora y dijo:

—Solo queríamos divertirnos un poco. Seguro que lo ha entendido —carraspeó—. Fredrik, tú siempre has tenido buena puntería. Nos vendrá bien un poco de pollo para cenar.

Fredrik se colgó el fusil al hombro y antes de dar media vuelta le dijo:

—Tú, miserable, cenarás arenques. Este frailecillo es para el personal de cocina.

Después regresamos a nuestro rincón. Me senté en un taburete y sentí escalofríos en brazos y piernas, mientras el corazón se tranquilizaba. Desplumamos el pájaro entre los dos. Y luego Fredrik lo preparó con esmero, lo rellenó de huevos y pasas y lo puso sobre el fuego.

—¿Por qué eres tan amable conmigo? —pregunté cuando nos sentamos a disfrutar de la sabrosa carne.

—¿Amable? —dijo Fredrik y rio—. ¿Soy amable?

—Sí —respondí—, ¿no te has dado cuenta?

Fredrik se encogió de hombros.

—No sé si soy amable —murmuró—. Bueno, contigo he procurado serlo.

—Sí, pero ¿por qué?

—Porque… porque creo que alguien que se va a enfrentar a Cabeza Blanca puede necesitar un poco de cariño.

Me sentí extraña al escuchar sus palabras. En una ocasión Olav, el amigo de papá, tuvo una cabra, y cuando la cabra envejeció y enfermó Olav se vio obligado a sacrificarla. Se sintió tan mal que durante varios días se volvió exageradamente amable con la cabra, le daba de comer pan de trigo y otras delicias, hasta que al final se deshizo de ella. Pensé en esa cabra cuando Fredrik mencionó lo que me disponía a hacer.

—¿Lo has visto alguna vez? —pregunté—. A Cabeza Blanca.

Entonces Fredrik se miró los pies. Colocó una pasa entre sus dientes y la masticó. Después suspiró tan profundamente que fue como si se le escapara un silbido.

—Voy a dar una vuelta —dijo.

Se levantó y desapareció de la cocina.

Lejos, muy lejos de casa

Después de aquello Fredrik no volvió a hablar conmigo en todo el día. Fue como si una nube hubiera cubierto su espíritu alegre, sus ojos se parecían a esas piedras suaves y grises que suele arrastrar el mar.

Por la noche no lo vi. Tuve que encargarme sola de toda la cena. Conseguí arreglármelas, pero me sentía mal por su enfado conmigo. Bueno, quizá no fuera un enfado de verdad, pero comprendí que le había preguntado algo que no debía.

Después de servir la comida y de que todos hubieran acabado de comer, tenía que recoger los platos. Me anudé el delantal y bajé por la escalerilla. Era muy empinada y Fredrik había intentado enseñarme a bajarla marcha atrás, pues era más sencillo. Pero yo casi siempre lo hacía hacia delante, como si fuera una escalera normal.

En el camarote hacía calor y mucha humedad. De las paredes colgaban unos faroles que esparcían un brillo amarillento y acogedor. Eran necesarios porque al otro lado de los ojos de buey la noche era negra como el carbón.

Quedaban siete u ocho hombres sentados a la mesa. Habían empezado a levantar la voz a causa del aguardiente. Urström también se encontraba con ellos.

Comencé a recoger los platos de madera, los vasos y las cucharas. Esa noche las olas estaban desbocadas, golpeaban con fuerza contra el casco.

Cuando llegué al lugar donde todavía quedaban unos cuantos marineros, el griterío se suavizó. Los hombres me siguieron con la mirada mientras limpiaba los platos y los colocaba en una pila. Luego, de repente, uno de ellos me agarró por el brazo y dijo:

—Oye, ¿estaba rica la carne?

Era aquel a quien antes Fredrik había llamado miserable. Era bastante rollizo y tenía el flequillo cortado a cazo. Noté cierta rabia en su mirada, quizá pensara que fue una injusticia que Fredrik lo hubiera despreciado delante de todos.

Respondí algo entre dientes, me libré de él y continué recogiendo los platos. Pero el hombre rollizo levantó la voz para que todos oyeran lo que decía:

—Capitán, ¿es conveniente que un carguero lleve a bordo a una cazadora de piratas?

Urström no respondió, apenas toqueteó uno de sus anillos de oro. En realidad era un tipo al que no le quedaban nada bien esa clase de anillos. Era como si los llevara para parecer más importante, pero a mí me resultaba más bien ridículo. Como un carnero al que no le han crecido los cuernos.

—Quiero decir —prosiguió el rollizo—, ¿qué pasará cuando los piratas capturen a la niña y se enteren de que ha llegado a Las Velas en nuestro barco?

Urström dio un trago, pero siguió en silencio.

—Si yo fuera Cabeza Blanca —dijo el rollizo—, no estaría contento con el capitán que la hubiera llevado a través del mar Helado. Me daría la impresión de que el capitán del *Estrella Polar* quiere ser mi enemigo. Quizá lo buscase para darle una lección. Quizá… mandase su barco al fondo del mar.

—Es solo una niña —dijo Urström resuelto.

—Una niña, sí —dijo el rollizo—. Pero también, por lo que sé, es la única persona que se ha atrevido a desafiar a Cabeza Blanca.

Se hizo un silencio. Tan solo se oía el eterno oleaje contra el casco mientras surcábamos la mar como un madero solitario. Sabía que el rollizo había dicho algo en lo que todos pensaban. Quizá Urström más que nadie.

—Estoy de acuerdo con Ottosen —dijo otro de los hombres—. ¿Por qué tenemos nosotros, pacíficos marineros, que poner nuestras vidas en peligro por ella? Lo mejor que podemos hacer es no enfadar a Cabeza Blanca.

Un nuevo silencio. Urström me observó arqueando las cejas. Casi se podía oír cómo le crujían los oídos.

—No es seguro… —dije con un hilo de voz—. Quizá no me atrapen.

Todas las miradas se volvieron hacia mí y ahora ya nadie se reía. Pero no había duda de los pensamientos que pasaban por sus cabezas. La niña que tenían delante era una pobre ingenua. Creo que en ese instante la mayoría de ellos, en realidad, se apiadó de mí.

—Tengo que lavar los platos —murmuré.

Recogí la pila de platos y salí de allí, tan rápido y en silencio como un ratón de barco.

Esa noche pasé un buen rato despierta en la litera. Lloré y lloré sin poder parar. Las lágrimas se deslizaban en mi boca y me hacían pensar en los otoños en los que Miki y yo solíamos ir a la playa a recoger restos de madera. En otoño el agua siempre forma una espuma salvaje, las tormentas azotan en todas direcciones, el aire entero sabe a mar. Cuando se vuelve a casa en otoño tienes los labios arrugados por la sal.

No lloraba porque los hombres del *Estrella Polar* fueran malos conmigo, eso podía soportarlo. Aunque tenían razón. ¿Cómo podía yo, una canija que apenas llegaba a la borda, vencer a Cabeza Blanca? Nadie se atrevía a intentarlo, incluso los hombres adultos le tenían un pánico mortal. Pero una idiota como yo se había hecho a la mar sin fusil ni cuchillo y sin la más mínima idea de cómo actuar. Me puse de lado con cuidado, es muy fácil caerse de una litera. La madera del barco crujía y gemía y la tripulación roncaba. Hacían turnos para dormir, claro, unos cuantos se veían obligados a ocuparse del barco que surcaba las olas día y noche. Con la nariz en dirección a Islas del Lobo y el trasero hacia Bahía Azul. Ya habíamos recorrido un buen trecho. Las arañas marinas que a veces trepaban a bordo eran tan grandes como tortillas de pescado. Estaba lejos, muy lejos de casa. ¿Qué podía hacer?

Mientras estaba allí tendida, llorando y pensando en todo eso, alguien me zarandeó. Me sobresalté, pues pensaba que todos estaban durmiendo. Al darme la vuelta vi el perfil de alguien grande, alto y ancho de hombros.

—¿Puedes venir un momento? —me preguntó Fredrik.

Me levanté, abandoné la litera y metí los pies en las botas. Ya llevaba la chaqueta puesta, pues las noches en el *Estrella Polar* eran frías. Fredrik iba por delante, se apresuró por un par de escalerillas y enseguida llegamos a la cocina.

No dijo nada durante un buen rato ni yo tampoco. Me sequé las mejillas, en un momento el llanto se ocultó en su escondrijo en el estómago. Fredrik calentó agua, luego metió la mano en lo más hondo de un cajón y sacó un tarro de miel. Era un tarro secreto, por supuesto, solo suyo. Sirvió dos grandes cucharadas de una miel exquisita en una taza, vertió agua en ella y me la ofreció.

—¿Quieres? —preguntó.

—No —respondí.

Fredrik puso la taza a un lado. A la brasa no le quedaba mucha fuerza. Puso un poco más de leña y la removió con el atizador.

—¿Estás enfadado conmigo? —pregunté.

Tragó saliva. Clavó la mirada en el fuego danzarín. Luego suspiró de nuevo con tanta, tanta fuerza que pareció que se iba a quedar sin aliento.

—No estoy enfadado contigo —respondió—. Es culpa mía. —Observó sus manos sobre las rodillas, permaneció así sentado durante un buen rato antes de continuar—: Nosotros dos tenemos más cosas en común de lo que piensas. No solo desplumamos aves y cocinamos gachas.

—¿Ah, sí?

—¿Cómo se llamaba tu hermana? —dijo—. La que se llevó Cabeza Blanca.

—Miki —dije.

Fredrik asintió.

—La mía se llamaba Hanna.

—¿Qué?

—La hermana que Cabeza Blanca me arrebató se llamaba Hanna —dijo Fredrik—. Tenía once años.

La historia de Hanna

Apenas podía creer lo que Fredrik acababa de decir. ¡Había pasado por la misma experiencia que yo! Fredrik, con su imponente barba roja y amables ojos azules, que casi siempre estaba contento, que hasta podía pelar diez kilos de colinabos entre sonrisas... A él Cabeza Blanca también le había arrebatado a su hermana.

—¿Cómo ocurrió? —pregunté.

Cuando comenzó el relato Fredrik endureció el rostro. Y cuanto más hablaba, más serio se volvía.

La casa donde vivían Fredrik y Hanna se encontraba en una isla bastante grande, llamada Isla de las Escamas. Ambos eran tan pelirrojos que parecía que de sus gorros chorreaba oro fundido. Tanto su madre como su padre trabajaban limpiando bacalao, la misma tarea que la mayoría de madres y padres de la isla. Por esa razón la isla se llamaba así. La familia cenaba casi todos los días huevas de bacalao hervidas o fritas, un plato bastante rico. Pero Fredrik dijo que había comido tantas huevas de bacalao en su vida que estaba harto. Estaba hasta las narices de aquella granulosa masa gris y lo que más le gustaba del mundo eran los cangrejos recién hervidos.

Entonces una mañana, cuando sus padres se fueron a trabajar, le dijo a su hermana que se vistiera y fuera con él al embarcadero. Como era dos años mayor que ella, él decidía lo que hacían durante el día. Allí, junto al embarcadero, cada familia de Isla Montaña tenía su cobertizo donde guardaba sus redes, cañas y buitrones.

No todos tenían nasas cangrejeras, pues en las aguas de Isla Montaña escaseaban los cangrejos y por eso no era especialmente rentable dedicarse a su pesca. Pero un viejo pescador llamado Färden, tenía algunas nasas con las que, cuando tenía suerte, conseguía capturar algunos.

Cuando Fredrik y su hermana llegaron a los cobertizos, allí no había nadie. Muchos barcos se habían hecho a la mar. Se llevaron tres nasas del cobertizo de Färden y las subieron en su barca. Remaron hacia el norte. La mayoría de los pescadores solía faenar al oeste y al sur de la isla, y Fredrik y Hanna preferían no encontrarse con nadie ese día. Cebaron las nasas con huevas de bacalao que habían traído de casa y las sumergieron en el agua.

La pesca del cangrejo funciona así: para tener una buena oportunidad de captura, las nasas deben permanecer en el fondo una noche por lo menos. Pero Fredrik y Hanna no creían que pudieran tomar prestadas las nasas de Färden durante tanto tiempo y cuando apenas habían transcurrido un par de horas, Fredrik decidió que podían comprobar si habían pescado algo.

¡E inexplicablemente habían tenido suerte! Habían conseguido siete grandes cangrejos. ¡Siete! Hacía años que en Isla Montaña nadie había visto una captura así, aquello bien podría convertirse en uno de esos cuentos de pescadores. Ahora solo deseaban regresar rápidamente a casa y comérselos todos antes de que cerraran la fábrica de pescado. Fredrik tomó los remos y remó hacia Isla Montaña sobre el ondulante mar.

Al poco tiempo Hanna descubrió que se les acercaba otra barca. Ocultaron rápidamente las nasas debajo de sus chaquetas y comprobaron que ningún cangrejo hubiera salido del vivero.

El hombre que se encontraron se llamaba Loa. Loa salía a cazar frailecillos y les contó que Färden estaba furioso en el embarcadero. Al parecer alguien le había robado unas nasas cangrejeras y pensaba pasarse el día allí sentado hasta que apareciera el ladrón. Luego Loa siguió remando sin preocuparse, por suerte, de qué hacían Fredrik y Hanna en el mar.

Fredrik y Hanna no sabían qué hacer. Isla Montaña era una isla escarpada y solo había dos sitios buenos para desembarcar. Uno de ellos era el gran embarcadero donde estaba la fábrica de pescado, pero allí podrían descubrirlos sus padres. El otro era el pequeño embarcadero donde Färden se encontraba esperando. Fredrik dijo que estaba dispuesto a recibir algún pescozón por haberse llevado las nasas, pero no quería perder, de ninguna de las maneras, los cangrejos. Y seguramente Färden echaría un vistazo al vivero y después diría que los cangrejos eran suyos, ya que los habían pescado con sus nasas. Así que Fredrik decidió que harían lo siguiente: Hanna desembarcaría y se quedaría con los cangrejos en un islote. Luego él remaría de vuelta con las nasas y le diría a Färden que se las había llevado prestadas, pero que no había conseguido pescar nada. Le pegarían una paliza y luego se marcharía de allí. Después se quedaría vigilando a Färden, a la espera de que el viejo se fuera del cobertizo, y entonces se metería corriendo en la barca y remaría para recoger a Hanna.

Cuando Fredrik llegó a esta parte del relato, guardó silencio un rato. Vi que sus ojos estaban en blanco. Las brasas crepitaron.

—Ella no quería —señaló—. Dijo que tenía miedo.

—¿De los piratas? —pregunté.

Fredrik asintió.

—Unos años antes se habían llevado a un par de niños que vivían justo al lado, en la isla Tragaldabas. Pero le dije que no fuera tonta. Lo único que yo tenía en la cabeza eran los cangrejos.

Durante unos instantes ocultó el rostro entre sus manos. Luego se limpió la nariz y prosiguió con su relato.

Hanna desembarcó en un islote bastante pequeño y puso los cangrejos a salvo en un agujero con agua salada que había en una piedra. Fredrik le dijo que los vigilara bien para que ninguno se escapara. Luego se fue remando. Cuando llegó recibió un par de tortas y una reprimenda. Luego se ocultó a cierta distancia y esperó a que Färden se marchara. Pero tomó su tiempo, pues justo ese día Färden había decidido reparar las redes. Y reparar una red de pesca toma su tiempo, sobre todo si se tienen muchas y Färden tenía unas cuantas. Así que Fredrik esperó y esperó.

Hasta después del mediodía Färden no estuvo listo y se marchó. Fredrik corrió hacia la barca, comprendió que a estas alturas Hanna estaría muy asustada. Él mismo tenía miedo, pues no deseaba hacerse a la mar cuando empezaba a atardecer. Llevaba muchas horas sin comer y no tendrían oportunidad de cocinar los cangrejos hasta el día siguiente. Pero ahora esa era la menor de sus preocupaciones, ahora solo quería llevar a su hermanita de vuelta a casa.

Sentí cómo se tensaba cada músculo de mi cuerpo mientras me contaba el resto de la historia. Sobre cómo llegó al islote, sobre cómo Hanna había desaparecido. Sobre cómo desembarcó, sobre cómo correteó por entre las rocas y los matorrales, tropezó y gritó. Y entonces, después de cruzar corriendo el bosque ralo y llegar al otro lado, lo vio. A lo lejos, de un color blanco tan resplandeciente que no cabía duda alguna: era el barco de los piratas. Fredrik dijo que en ese instante sintió como si toda la sangre saliera de su cuerpo y se derramara por el suelo. Y en el interior de todas sus venas corriera, en lugar de sangre, un espanto helador. Su estómago se convirtió en un nido de miedo donde se instaló el terror. Todavía lo llevaba dentro a pesar de que ya era un adulto.

Lo miré sorprendida. Había tantas coincidencias en nuestras historias. ¡Casi todo!

—Pero la gran diferencia —dijo Fredrik—, es que fui demasiado cobarde como para salir en su busca y rescatarla. Me quedé en Isla Montaña como un miserable y un par de años después viajé a Más Allá y me enrolé en el *Estrella Polar*. Desde entonces no he regresado a casa ni una sola vez, porque me da vergüenza.

Se mordisqueó durante un buen rato el reseco labio inferior. Luego clavó en mí sus ojos enrojecidos y bondadosos. Durante un momento pensé que rompería a llorar de nuevo, pero no lo hizo, apenas dijo con total tranquilidad:

—Te ayudaré a recuperar a tu hermana. Me he pasado el día pensando en ello. Durante doce años he viajado por el mar esperando olvidar. Pero no se puede olvidar. Comprendo que Hanna lleva muerta desde hace mucho tiempo. Al parecer, los niños mineros no aguantan mucho. Pero si yo… —Respiró hondo, el aire vibró en su garganta—. Si te ayudo a recuperar a Miki, por lo menos es posible que me sienta un poquito mejor.

Apenas puedo describir cómo me sentí al escuchar sus palabras, comencé a resoplar y reír de tal forma que seguramente sonaba como una idiota. ¡Me ayudaría! Fredrik, que tenía un fusil y era tan alto y fuerte que podía levantar tres sacos de cebada con sus brazos. No podía haber un hombre mejor para ayudarme. De pronto todo pareció tan sencillo. Casi como una buena aventura en lugar de una empresa peligrosa. Ya no me encontraba sola. ¡Ahora éramos dos!

Permanecimos allí sentados junto al fuego y hablando mucho tiempo. Le conté sobre el día en Manzana de Hierro y Fredrik también creyó que era raro lo parecidas que eran nuestras historias. Luego, de todas formas, bebí un poco de aguamiel y el estómago se volvió tan cálido y agradable que al apoyar la cabeza en un saco de sémola me dormí casi al instante. Y no me di cuenta de cuando dos fuertes brazos me levantaron y me llevaron de vuelta a la litera. Allí dormí hasta la mañana, y tuve extraños sueños sobre cómo llegaba a un pueblo de calles empedradas, donde me encontraba con un hombre que tenía el cabello blanco y ondulado y una nasa cangrejera en la mano. Y al mirar detenidamente a la nasa no vi ningún cangrejo, sino una niña pequeña con las botas de invierno desgastadas. Pero a pesar de las muchas veces que le preguntaba al hombre si se llamaba Cabeza Blanca, solo reía y decía que era otra persona.

Con el fusil en la cama

Al día siguiente Fredrik sacó un papel que guardaba en su petate. En la entrecubierta solo ardía un farolillo, nos sentamos junto a él y Fredrik desdobló el papel y me lo mostró.

Se trataba de un mapa de nuestro mar. Nunca antes había visto un mapa así, aunque se parecía a los dibujos que papá hacía sobre cómo debía ser más o menos nuestra zona. Pero se veía claramente que este mapa lo había dibujado alguien que sabía. Había ballenas en varias partes y en un lugar había un par de pequeños frailecillos observando el mar. Era realmente hermoso.

Fredrik señaló la isla de Más Allá, que era el puerto base del *Estrella Polar*. Luego señaló nuestra ruta con un dedo. La primera parada fue Bahía Azul, mi pueblo. Bahía Azul se encontraba en una isla llamada Corégono, pero eso ya lo sabía yo, claro. Después mostró con el dedo Manzana de Hierro y todos los demás islotes que pertenecían a Bahía Azul, y continuó por el enorme y frío mar Helado. Pronto nos detendríamos en Islas del Lobo para descargar y cargar unas cuantas mercancías, y después continuaríamos hacia Isla Exterior, la gran isla donde se encontraba Las Velas. Sentí un fuerte dolor de estómago al pensar en ese lugar, y me dolió aún más al ver todas las islas que había a su alrededor. Parecían muy pequeñas. Como si fueran pulgas que Isla Exterior se hubiera sacudido de su piel. Y una de ellas era la de Cabeza Blanca…

—¿Cómo podremos encontrarla? —pregunté.

Fredrik se mordió el labio inferior.

—Ya lo veremos cuando lleguemos a Las Velas —dijo—. Los piratas más bocazas son aquellos a los que les gusta la cerveza, y en el puerto hay infinidad de posadas de mala reputación: Las Armas de Las Velas, La Puerta Verde, Dos Cerditos... Nos hospedaremos en alguna de ellas y luego, bueno, luego tendremos que darnos una vuelta y preguntar un poco.

Lo observé mientras estaba allí sentado con la luz del farol bailando en sus ojos. Justo en ese momento él era la mejor persona del mundo. Bueno, papá y Miki también eran buenos, pero se encontraban muy lejos. Parecía que se encontraran en otro mundo, incluso en un mundo de mentira. En el mundo de verdad, en este mar enorme, frío y ondulante, había un punto luminoso y no era otro que Fredrik y su bonita mirada, cálida y azulada. Y por eso lo consideraba la mejor persona del mundo.

—Bueno —dije indecisa—, si vamos a vivir en una posada, no tengo mucho dinero. En realidad no tengo nada.

—No importa —dijo Fredrik—, como sabes, llevo cocinando para la tripulación del *Estrella Polar* desde hace muchos años. Tengo algunos ahorros.

Volvió a mirar el mapa, vagando sobre las islitas alrededor de Las Velas, como si intentara adivinar a cuál de ellas debíamos dirigirnos. Luego dobló el mapa en un instante.

—Lo mejor será que Urström sepa esto de inmediato —dijo.

—¿Te... te parece? —dije —. ¿No se enfadará?

Fredrik esbozó una sonrisa.

—El pobre Urström no causará ningún problema —dijo—. Ven, vamos.

Se adelantó por la escalerilla y cuando llegamos a la cubierta superior se dirigió con pasos decididos hacia el camarote del capitán. Fue como si se hubiera vuelto más erguido y ligero, pensé. Como si su decisión hubiera dado a sus pasos un impulso que no habían tenido antes. Llamó a la puerta, respiró hondo y observó con atención el mar ondulante.

—¿Sí? —Se oyó desde el otro lado de la puerta.

Fredrik abrió y entró. Le seguí. El camarote del capitán era bastante estrecho, Fredrik tuvo que agacharse para no dar con la cabeza en el techo. Había cuatro faroles colgados de las paredes, todos ellos encendidos. Cuatro grandes libros reposaban en una estantería. La litera era mejor que la del resto de la tripulación, claro. No era colgante sino de madera, y la almohada parecía gruesa y confortable, y la manta no era de simple lana sino de un tejido reluciente y elegante con costuras. Encima de la litera estaba el fusil de Urström.

Se encontraba sentado detrás de una mesita y tenía la nariz pegada a unos papeles. Creo que se trataba de listas de mercancías. Levantó la vista un momento y siguió mirando los papeles.

—Vaya —dijo—, ¿ahora las gachas se hacen solas?

Fredrik no respondió, solo se metió las manos en los bolsillos y se le quedó mirando. Urström enseguida dejó de ocuparse de los papeles, los puso a un lado y cruzó las manos sobre la mesa.

—Bueno, ¿qué queréis?

—Te quería pedir mi salario —dijo Fredrik.

—¿Tu salario? —dijo Urström sorprendido.

—Sí —respondió Fredrik—. Y también quiero comunicarte que abandonaré el barco cuando lleguemos a Las Velas.

—¿Abandonar el barco? ¿Por qué?

Fredrik cabeceó hacia mí.

—La niña y yo seguiremos juntos. La ayudaré a encontrar a Cabeza Blanca y a rescatar a su hermana.

Urström parpadeó un par de veces, su frente se arrugó poco a poco.

—¿Te has vuelto completamente loco? —preguntó.

—En absoluto —dijo Fredrik—, es la primera decisión correcta que tomo en mucho tiempo.

—¿Correcta? —resopló Urström—. ¿Es esto correcto, ir en busca de Cabeza Blanca?

Fredrik tampoco respondió en esta ocasión. Urström volvió a resoplar y negó con la cabeza.

—¡No entiendes que si te atreves a desafiar a ese hombre pondrás en juego mi vida y la de toda la tripulación! —refunfuñó.

—Hago esto porque es lo correcto —respondió Fredrik con decisión—. Deberías estar de acuerdo conmigo en lugar de solo pensar en ti. Y ahora te pido que me des todo el salario que todavía no he recibido. La niña y yo tendremos que comprar munición y otros enseres cuando lleguemos a Islas del Lobo.

Los ojos de Urström relampagueaban. Se puso de pie tan rápido que casi se cae la silla.

—¡Navegarás hasta Más Allá, como habíamos acordado! —rezongó escupiendo saliva—. ¡Y mejor será que te olvides de Cabeza Blanca! ¿Entendido?

Fredrik posó los puños sobre la mesita y se inclinó con calma sobre Urström hasta que estuvo a solo un dedo de su cara.

—Mi salario, Urström —fue todo lo que dijo.

Urström respiraba con tal fuerza que todo su cuerpo temblaba. Pasaron varios segundos y me preguntaba cómo acabaría la discusión. De nuevo dirigí la vista al fusil, que se encontraba justo encima de la magnífica litera. Eso me recordó un viejo dicho de Bahía Azul: el miedoso duerme con el fusil en la cama. Seguramente de todos los hombres embarcados en el *Estrella Polar* el capitán era el más miedoso.

Urström no volvió a gritar, sino que comprendió que había perdido la batalla. Se acercó a un armario que había junto a la litera y, después de sacar una llave del bolsillo, lo abrió y sacó un gran cofre. Volvió a sentarse a la mesa y contó el dinero de Fredrik. Fredrik me miró de reojo y me pareció que se estiró un poco al recibir el puñado de monedas. ¡Eran muchas, un puñado de monedas de cobre y varias de plata! Las guardó todas en su monedero. Urström tenía cara de pocos amigos.

—¿Y quién nos hará la comida entre Las Velas y Más Allá? —preguntó—. ¿Has pensado siquiera en ello?

Fredrik movió la cabeza.

—Seguro que encuentras a alguien en Las Velas, allí hay mucha gente de mar.

Urström refunfuñó.

—No quiero esa clase de gente de mar a bordo.

—Bueno —dijo Fredrik.

Luego asintió como agradecimiento y nos marchamos de allí.

Cuando regresamos a nuestras literas, Fredrik guardó su monedero en el petate.

—¡Muy bien! —dijo—, ahora tenemos de sobra para comprar munición y pagar la estancia en la posada. ¿No crees?

—¡Sí! —respondí—. ¡Es mucho dinero!

Islas del Lobo

Tres días después arribamos a Islas del Lobo. Resultó emocionante la llegada. Cuando atracamos, yo me encontraba en cubierta. Desde que era muy pequeña, papá me contaba historias sobre los lobos blancos, de dientes tan largos como cuchillos. Eran tan peligrosos como bellos, y en Islas del Lobo los había a miles. Se los podía ver por todas partes en el campo y a veces se acercaban a los pueblos. En esos casos uno tenía que ser rápido en cerrar la puerta de casa.

El puerto al que llegamos no parecía muy grande, apenas mayor que el nuestro. Había un par de barcos mercantes, pero la mayoría eran pequeños pesqueros amarrados al muelle.

Los estibadores comenzaron a descargar la mercancía del *Estrella Polar* destinada a Islas del Lobo. Se trataba de madera y grano de Más Allá, y barriles de arenques y grasa de Bahía Azul. La oficina portuaria guardaba la carga en sus almacenes hasta que quienes necesitaran madera, grano y arenques fueran a recoger sus mercancías. Urström estaba hablando con un tipo de la oficina portuaria, pensé que seguramente trataban de dinero.

Pero vi que Fredrik ya estaba bajando por la pasarela. Teníamos que ir a comprar munición para su fusil y otra serie de pertrechos. Fui tras él, vestida con mi jersey de lana de cuello alto y la chaqueta.

Llevaba embarcada en el *Estrella Polar* más de una semana y fue agradable sentir de nuevo la tierra bajo los pies, aunque al mirar a mi alrededor en el puerto sentía como si todavía todo se moviera. La nieve mezclada con suciedad teñía el suelo de gris. Sobre las escaleras de las oficinas del puerto había un cartel con un nudo dorado. A su lado había barriles de aguardiente junto a cajones con aceite para los faroles. Estaba claro que en Islas del Lobo hacía falta luz y calor.

Fredrik se caló el gorro para cubrir aún más sus orejas.

—Bueno, vamos al almacén —dijo, y hacia allí fuimos.

La gente ya se había levantado a pesar de ser muy temprano. Se lavaban en la nieve y cargaban sus trineos. Las cabañas eran bajas y bastante mal reparadas. Incluso vi una con una barca boca abajo como tejado. Al parecer aquí no tenían mucho material de construcción. Seguro que la madera procedente de Isla Más Allá costaba una fortuna.

Cuando observé más en detalle, vi que incluso la gente estaba bastante remendada, pues sus rostros estaban cubiertos de cicatrices, profundas cicatrices de dientes y garras.

—¡Mira allí —dije—, un lobo!

Sí, era cierto, un poco más allá, por la calle del pueblo, se acercaba un hombre caminando con un lobezno atado a una cuerda. El cachorro, que le llegaba al hombre más o menos a la altura de las rodillas, correteaba apacible a su lado. El hombre, a pesar de llevar el brazo vendado, parecía feliz junto a su pequeño camarada. Se detuvo y le acarició la cabeza y el cachorro mordisqueó sus pantalones y los dejó aún más rotos de lo que ya estaban. Me reí, me pareció una escena tan alegre y tierna.

—Vamos —dijo Fredrik, que no deseaba tener que correr para preparar a tiempo las gachas.

Yo habría deseado quedarme más tiempo viendo el lobo, pero Fredrik dijo que allí había lobeznos por todos lados, seguro que nos encontraríamos más con solo andar un poco.

¡Y así fue! No los vimos por la calle, pero cuando entramos en el almacén donde íbamos a comprar, me sentí tan contenta que di un grito de alegría. En un rincón había un cachorrillo sentado con un collar atado a una cadena en la pared.

—¿Puedo acariciarlo? —pregunté y fui hacia él.

El hombre detrás del mostrador asintió, pero dijo que sería culpa mía si salía de allí sin manos. Luego saludó a Fredrik y le dio a elegir entre las distintas clases de munición para fusil.

Me situé a una distancia prudencial del lobezno y me acuclillé.

—Hola —susurré.

El cachorro tiraba de la cadena para acercarse, se veía que quería jugar. Me acerqué un poco más. Alargué la mano para ver su reacción, lo justo para que solo alcanzara las yemas de mis dedos, y pensé que de pasar algo podría seguir navegando sin las yemas de los dedos.

El cachorro se sentó y me lamió los dedos. Fue una sensación tan agradable, suave y cálida que me eché a reír.

—¡Mira! —dije—, tiene hambre.

El tendero y Fredrik estaban ocupados hablando sobre las balas, sin embargo miraron hacia mi lado y sonrieron.

—Ven, te daré algo para él —dijo el hombre.

Corrí hacia allí. El tendero desapareció detrás de una cortina y regresó con una tajada de pescado seco. Tenía unas patillas tan largas que casi se unían bajo su barbilla.

—Esto le gusta —dijo—. Si quieres comprarlo te lo dejo a buen precio.

—¿Está en venta? —exclamé.

—Pues claro —respondió el tendero—, y cuanto antes lo venda mejor, o acabará comiéndose todo el pescado que tengo.

Regresé junto al cachorro y le ofrecí el pescado. Se lo tragó en un abrir y cerrar de ojos. Después me atreví a acariciarle la cabeza. Oh, era tan suave y bonita, y las orejas apenas parecían unas arruguitas.

—¡Ojalá tuviera dinero! —dije—. ¡Es tan bonito!

Fredrik sonrió y continuó su negociación con el tendero, quien al cabo de un rato volvió a desaparecer detrás de la cortina. Al regresar trajo dos mantas de lana nuevas, guantes de piel, una lata de yesca y otros pertrechos. Lo envolvió todo con las mantas y pasó una cuerda alrededor hasta formar un solo fardo. Fredrik sacó el monedero y pagó. Luego agarró el fardo bajo el brazo.

—Muy bien, Canija —dijo.

Le tendí por última vez mis dedos al cachorro antes de salir. Esa lengüecita rosada era sin duda lo más maravilloso del mundo.

Fuera había empezado a nevar. Me aparté los copos de las pestañas. Ahora en la calle había más vida, más comercios habían abierto sus puertas. Imagina que por esa calle anduviera una niña de cabello negro con un lobezno atado a una correa. ¡Imagina que esa niña se llamara Siri! Deseaba tener un lobezno, y estaba tan contenta y entusiasmada con aquel pueblo que reí y di saltitos sobre la nieve.

Pero al acercarnos al puerto oímos unas voces irritadas. Al llegar vimos a dos hombres sobre un gran trineo. Luchaban contra un lobezno sin correa. Uno de los hombres, que calzaba unas botas con caña hasta las rodillas, llevaba una cadena entre las manos e intentaba pasársela por el cuello al cachorro, que levantaba las patas y enseñaba los dientes. Al hombre le sangraban las manos y el rostro.

—¡Sujétalo! —le gritaba al otro hombre que llevaba un sombrero de ala ancha y una larga barba.

—¡Sí, sí! —respondía a voces el del sombrero de ala ancha.

Pero tan pronto como intentaba acercarse por detrás al cachorro, el lobo se revolvía levantando las patas y el hombre del sombrero de ala ancha retrocedía asustado.

Fredrik y yo nos acercamos. Se me hizo un nudo en el estómago al ver cómo el cachorrillo luchaba y se defendía. Se veía claramente que estaba aterrorizado. Tenía el pelo del lomo tan erizado que parecía un cepillo.

Entonces el viejo de la oficina portuaria llegó para ayudar. Era un hombre robusto de cabellos largos y canosos cubierto con un gorro de piel. Llevaba una escoba con la que empezó a golpear al cachorro.

—¡Para! —grité, pero nadie me oyó, claro.

—Vámonos —dijo Fredrik, y me tiró del brazo, pero no me moví; a pesar del dolor que me producía, no conseguía apartarme de tan horrible espectáculo.

El viejo de la oficina portuaria golpeó aún más al cachorro y el animal se sacudió para defenderse. Entonces el hombre de las botas consiguió ponerle la cadena.

—¡Ya lo tengo! —exclamó.

—¡Sujétalo fuerte! —dijo el otro.

El hombre de las botas tiró, tiró de la cuerda para obligar a bajar del trineo al cachorro, que tiraba y tiraba en sentido contrario. El otro hombre vino en su ayuda y al poco tiempo el cachorro cayó al suelo de morros. Los hombres comenzaron a arrastrarlo hacia un carguero llamado *Errante* atracado junto al *Estrella Polar*. El cachorro gruñía y bufaba, se resistía con todas sus fuerzas, miraba hacia el trineo y aullaba.

Me acerqué aún más y desde mi posición pude ver a quién aullaba. En el trineo había un animal blanco y peludo que se le parecía mucho: la madre del cachorro. La lengua le colgaba de la boca y tenía el pecho inmóvil, además de una costra negra en el cuello. Ahí era donde le había alcanzado el disparo.

La escena era tan triste que mis ojos se arrasaron en lágrimas, pero al mismo tiempo me sentí una idiota. No sé cómo pude ser tan inocente al imaginarme cómo habían conseguido sus cachorros el hombre iba por la calle o el tendero. Creí que habían rescatado un lobezno huérfano que después de perderse había llegado al pueblo.

—Los lobeznos son un buen botín —dijo Fredrik y me acarició la cabeza, al mismo tiempo que el viejo de la oficina portuaria recogía su escoba y volvía a entrar—. Muchos se instalan aquí durante un año o dos para hacer fortuna. Y luego envían los cachorros en barcos de carga a lugares donde la gente con dinero los quiere delante del trineo. Así se convierten en animales de tiro.

—Sí, pero y entonces, ¿las madres? —dije, y me pasé el revés de la mano para secar mis mejillas húmedas.

—Es difícil atrapar a un lobezno blanco sin matar antes a la madre —dijo Fredrik—. Y de las madres se saca la piel. ¿No te fijaste en el montón de pieles que había en el almacén?

Negué con la cabeza. No, no vi aquellas pieles.

—Es tan triste —susurré, y miré hacia el cachorro que los hombres habían subido por la pasarela y que luchaba por su vida resistiéndose a subir a la cubierta—. ¿Por qué tienen que atraparlos cuando son tan pequeños?

Fredrik suspiró y volvió a acariciarme la cabeza.

—No sirven si son mayores —respondió—. Hay que uncirlos al trineo a tiempo, ¿entiendes?

Un recado con Urström

Ahora contaré lo ocurrido el día que tuvimos que abandonar Islas del Lobo para continuar hasta Las Velas. Llevábamos un par de días amarrados a puerto. Fredrik me contó que el *Estrella Polar* solía quedarse más tiempo en Islas del Lobo, pero ahora, con el invierno encima, había que llevarlo de vuelta a Más Allá lo antes posible. Por la noche la temperatura había bajado unos cuantos grados. El mar Helado raramente se congelaba, pero de vez en cuando podía suceder y, si uno se encontraba en altamar, ya se podía despedir de este mundo. La imponente fuerza de las masas de hielo era capaz de romper un barco como si se tratara de la frágil cáscara de un huevecillo.

Estábamos a punto de zarpar. Habíamos acabado de lavar los platos de la comida y Fredrik se fue a echar una siesta. Me quedé en la cocina pues ese día hacía frío y prefería quedarme acurrucada junto al fuego.

De repente apareció Urström. Clavó sus ojos en mí mientras mascaba tabaco.

—Tú, acompáñame a un recado —dijo.

—¿Yo?

Asintió con la cabeza.

—Date prisa.

—¿Qué… clase de recado? —pregunté, y me puse de pie.

—Te lo contaré por el camino —respondió Urström—, vamos.

Nada más subir a cubierta, el viento me revolvió el cabello. Los copos de nieve que se arremolinaban en el aire eran tan diminutos que parecían granos de arena contra mi cara. En todos los rincones del barco había marineros trabajando. Supuse que se preparaban para la partida; Urström no era el único que evitaba la nieve. Fredrik había dicho que tendrían mal tiempo hasta Ola del Norte. El *Errante*, el barco que llevaba el lobezno a bordo, iría a Isla Salina. También había atracado otro navío, grande y bonito, que se llamaba *Tasse*.

Miré el mar agitado e impaciente. Parecía como si las olas nos echaran de menos, se preguntasen cuándo zarparíamos, cuándo rodearían nuestro casco con sus húmedos brazos para lanzarnos al infinito. Se diría que nos retaban: ¿Os atrevéis?

—¿Puedo avisar primero a Fredrik? —pregunté—. Si no se preguntará dónde estoy.

—Fredrik está durmiendo —dijo Urström—. Lo mejor será que nos demos prisa.

Fue a la escalerilla. Le seguí, pero me detuve.

—¿Y si se levantara? —dije—. Creo que será mejor que se lo diga, para que no empiece a buscarme…

Entonces Urström resopló y alzó la voz.

—¡He dicho que nos vamos ahora mismo! ¿No soy yo tu capitán y el de Fredrik?

—Sí —murmuré, me calé el sombrero y lo seguí por la pasarela.

Urström tenía prisa. Al desembarcar se encaminó directamente hacia la puerta de la oficina portuaria y llamó.

Tuvimos que esperar un rato. En realidad, no me atrevía a

charlar con él, pero al final, de todas formas, me obligué a abrir la boca, pues resultaba horripilante permanecer allí en silencio.

—¿Vamos a recoger algo?

—No —respondió Urström, y escupió de manera que se formó una mancha marrón sobre la nieve.

La puerta se abrió y apareció el viejo de la oficina portuaria. ¡Qué grande y gordo era! De la cintura le colgaba un manojo de llaves y le echó a Urström una mirada rápida.

—Ah, vaya, aún nos quedaba esto.

Fue a buscar su gorro de piel. El gorro tenía una insignia brillante en la parte delantera con el mismo nudo del cartel que colgaba de la puerta. Cuando se puso el gorro de piel salió a la tormenta de nieve y se encaminó hacia la gran explanada desierta del muelle. Urström lo siguió de cerca. Yo tenía un nudo en el estómago, no me gustaba nada tener que dar ese paseo. Pero Urström era sin duda el capitán y nada podía hacer yo para evitar sus órdenes. No, lo mejor era acabar cuanto antes con el recado.

El viejo de la oficina portuaria se dio media vuelta y dijo de pronto:

—Tengo un viejo almacén que creo que nos servirá. No está nada mal, pero se encuentra un poco lejos, así que nadie se molesta en guardar nada allí. ¿Te das cuenta de lo vagos que se han vuelto los estibadores? Y eso que se les paga por cargar.

Urström gruñó como señal de conformidad.

—Entremos entonces —dijo Urström, y me dio un empujón en la espalda.

Tragué saliva y obedecí.

El interior estaba oscuro y sin embargo pude ver con claridad que estaba completamente vacío. Di media vuelta y miré a Urström.

—¿Qué es todo esto? —dije mostrándome decidida, aunque en realidad tenía miedo—. ¿Qué vamos a hacer aquí?

—Vamos a dejar una mercancía que hemos traído desde Bahía Azul —dijo Urström—. Este es tu puerto de destino.

Sus palabras congelaron todo mi cuerpo. Quizá ese miedo en mi interior se debiera a que había presentido algo así, aunque había desechado la idea. No, no podía creer que el capitán pudiera hacer tal cosa. ¡Dejarme abandonada!

Corrí hacia Urström, intenté escabullirme, pero el viejo de la oficina portuaria le echó una mano, claro. Recibí un empujón y acabé en el suelo frío.

—¡Ya verás cuando se entere Fredrik! —exclamé con lágrimas en los ojos.

Urström esbozó una sonrisa.

—Lo único que Fredrik sabrá es que decidiste largarte.

Se metió la mano en el bolsillo y sacó una bolsa marrón. Era el monedero de Fredrik. No sabía cuándo había conseguido Urström apoderarse de él, pero seguro que fue mientras Fredrik y yo estábamos ocupados en la cocina. Abrió el monedero, derramó las monedas sobre su mano y se las guardó en el bolsillo. Luego arrojó el monedero a mi lado.

—Esto bastará para que se le quiten de su cabeza pelirroja las tonterías sobre Cabeza Blanca —añadió.

Lloré, lloré de tal manera que me dolía el pecho. Urström lo había planeado bien. Si Fredrik creía que yo le había robado el monedero, seguro que no me buscaría. Solo pensaría que era una ladrona, alguien capaz de olvidar lo que habíamos planeado juntos por dinero. Quizá pensara que el lobezno se me había metido en la cabeza y había decidido comprarme uno. Qué plan tan ruin y malvado.

—¡No puedes hacer esto! —dije.

—El *Estrella Polar* es mi barco, gracias —respondió Urström—. Me deshago de quien quiero.

Miré al viejo de la oficina portuaria. ¿No se daba cuenta de que todo esto estaba mal, de que Urström no tenía derecho a encerrarme?

El viejo comprendió lo que estaba pensando, pues se encogió de hombros y dijo:

—Yo solo le guardo la mercancía a Urström. Ya lo he hecho muchas veces antes y nunca hago preguntas.

Urström se demoró un momento, suspiró. Me pareció que se sentía un poco culpable. Pero luego levantó la nariz y se metió las manos en los bolsillos.

—Ahora tómate muy en serio lo que te voy a decir —dijo—. Nunca jamás vuelvas a acercarte al *Estrella Polar*. Si en Bahía Azul se hubiera hecho mi voluntad, nunca habrías subido a bordo, pues este viaje sin sentido que has emprendido solo puede acabar mal. Fredrik es un tipo bastante tonto y no lo ha entendido.

—¡No es ningún tonto! —respondí.

—De cualquier manera —dijo Urström—, hace buenas gachas. Y no tengo ganas de ir por ahí en busca de un cocinero nuevo y retrasar la vuelta a casa en la temporada de las tormentas de invierno. Si no, os hubiera dejado aquí a los dos, tan empeñados como estáis en poner en peligro nuestro bienestar. Así que esta es mi decisión.

Y con tales palabras me encerró. La cerradura rechinó cuando el viejo giró la llave. Empujé la puerta y la golpeé con todas mis fuerzas.

—¡Déjame salir! ¡Me moriré de frío aquí dentro! —grité.

—¡No estarás encerrada mucho tiempo! —exclamó Urström como respuesta—. Te soltarán en cuanto hayamos abandonado el puerto, así que deja de llorar.

—¡Déjame salir AHORA! —grité—. ¡No tienes derecho a hacer esto! ¡No hay derecho!

No me respondió. Golpeé aún más, pateé con todas mis fuerzas, tomé impulso y lancé mi cuerpo contra la puerta una y otra vez. Pero no se abrió y finalmente sentí el hombro, más bien todo el cuerpo, destrozado.

Me senté en el suelo y rodeé mis rodillas con los brazos. Después lloré, me lancé contra la puerta y le di una patada. Y al cabo de un rato, que me pareció una eternidad heladora, el viejo odioso de la oficina portuaria regresó y abrió la puerta.

—Ya puedes irte —dijo sin la más mínima compasión en la mirada.

No le respondí, solo pasé corriendo a su lado y regresé al puerto. Ya lo sabía, pero necesitaba verlo con mis propios ojos para entenderlo de verdad.

El lugar en el que el *Estrella Polar* había estado atracado se encontraba vacío. No se veía ni rastro de él en el mar. Me desplomé sobre un viejo cajón y me tapé el rostro con las manos. No había duda. Volvía a estar sola.

La Señal

Una señora pasó mientras estaba sentada en el puerto deshecha en lágrimas. Lucía un gorro de piel y pantalones de cuero bien cosidos. Tenía la cara arrugada a causa del frío y el viento. Detuvo su trineo y me observó. Supongo que era muy poco usual ver a una niña en Islas del Lobo.

—¿Qué haces aquí sentada? —preguntó.

No vi razón alguna para responder, no veía razón alguna para nada.

La mujer permaneció parada un rato, pero luego entró en la oficina portuaria. Cuando volvió a salir llevaba un paquete bajo el brazo. Tenía que haber hablado de mí con el viejo de la oficina portuaria, pues ahora dijo:

—Vaya, así que te han dejado en tierra.

Tampoco esta vez respondí.

La mujer siguió frente a mí, observándome con atención.

—¿Te parece buena idea ir en busca de Cabeza Blanca siendo apenas una cría? —preguntó, y como tampoco respondí, prosiguió—: Oye, a lo mejor deberías agradecer que alguien te haya quitado esa majadería de la cabeza.

—¡No estoy agradecida en absoluto! —exclamé—. ¡Mis majaderías son cosa mía!

Esta vez fue ella quien no respondió, pero después de un rato dijo:

—¿Tienes hambre?

Asentí.

—Entonces acompáñame a casa —dijo la mujer; se quitó un guante y me tendió la mano—. Nanni.

—Siri —respondí, y me puse de pie.

Quizá fuera una locura seguir a una persona completamente desconocida a su casa. Pero ¿qué alternativa me quedaba? Si no conseguía dormir esa noche junto a una chimenea, me congelaría. El viejo de la oficina portuaria, autor en parte de mi desgracia, no había mostrado la más mínima señal de preocupación.

Caminé por la calle del pueblo hacia el norte, pasé de largo las feas cabañas y todos los almacenes. Nanni me contó que el paquete que había ido a buscar llegó con un barco procedente de Isla de la Cabra. En Isla de la Cabra vivía su hermana, que una vez al año le enviaba nuevos pares de gruesos calcetines, pues los calcetines se desgastan rápidamente si una nunca se los quita.

—¿Por qué no te los quitas nunca? —pregunté.

Habíamos dejado el pueblo atrás y ahora los patines del trineo de Nanni formaban surcos en la nieve recién caída. Bajo la capa de nieve podían presentirse, por todas partes, las huellas de los cazadores de lobos. Nanni no respondió a mi pregunta.

Al poco rato el pueblo se convirtió en poco más que unas delgadas líneas de humo en la distancia. Después de unas horas pude entrever un par de pequeñas cabañas grises hundidas en la nieve. Eran las cabañas de Nanni.

Las había construido con madera que había encontrado en la playa, a la deriva. Muchos barcos naufragaban en el mar Helado y, para quienes necesitaban madera, lo más sencillo era buscar la de los naufragios. Las cabañas estaban en un estado un poco lamentable y algo desvencijadas, y fuera colgaba una cuerda de una manera algo extraña. La cuerda iba desde un hueco que había en una de las cabañas hasta un palo clavado en la nieve.

—¿No se congela la colada cuando la tiendes fuera? —pregunté.

Pero apenas sonrió y dejó el trineo a un lado. Luego apartó unos trapos que llevaba a bordo y bajo ellos apareció un fusil. Lo agarró con la mano, abrió la puerta de una de las cabañas y la seguí.

Lo que me llamó la atención al entrar fue una gran piel blanca en el suelo. Había otra sobre un camastro. Una tercera colgaba de la pared, junto a otro fusil.

—¿Eres cazadora de lobos? —pregunté sorprendida.

Nanni echó leña a su pequeño hogar. Se dio media vuelta y sus ojos claros brillaron.

—Pues claro —respondió.

—Pero… —comencé, aunque luego no supe cómo continuar.

Tomó una olla y salió fuera. Cuando regresó, la olla estaba llena de nieve. La colgó de una cadena sobre el fuego y después abrió un cajón y sacó un par de tajadas de carne. Metió la carne en la olla junto con una pizca de sal y luego, al parecer, no necesitó nada más para preparar una sopa de lobo.

Me mantuve todo el tiempo algo apartada y en silencio. No deseaba sentarme sobre la piel, aun cuando parecía suave, y no pensaba comer la sopa ni la carne, si es que esa era su idea.

Pero mi estómago echaba de menos la comida. Había pasado mucho tiempo desde la cena.

—¿No vas a comer? —dijo Nanni.

Negué con la cabeza.

Nanni se sentó y comió. Tuvo que masticar a conciencia, seguramente la carne estaba correosa.

—No me gusta que maten a los lobos —dije.

—Vaya —dijo Nanni sin mirarme.

Luego se hizo el silencio de nuevo. Solo se oía masticar a Nanni: un crujido cuando se le quedaba un cartílago entre los dientes o un sorbo cuando bebía la sopa.

Uf, cómo me dolía la barriga. La cabeza me daba vueltas y la sentía vacía, me palpitaban las sienes.

—¿Tú… tú no matarás a las mamás, verdad? —dije.

—¿Qué? —preguntó Nanni.

—¿Tú nunca disparas a las mamás lobas, verdad? —dije—. ¿Dejas en paz a las que tienen cachorros?

Nanni rebañó su tazón con el dedo gordo, se chupó el dedo para limpiarlo y apartó el tazón.

—Disparo a todos los lobos que veo —dijo, y después tomó una tajada de carne cruda del cajón y volvió a salir; se había hecho de noche.

De repente, algo tintineó a mi espalda y di un salto, pues sabía que me encontraba sola allí dentro. Cuando miré a mi alrededor descubrí que el sonido procedía de unas latas atadas al extremo de una cuerda. La cuerda entraba a través del pequeño agujero que había en la pared de la cabaña. Se trataba de la cuerda del tendedero que había visto antes.

Nanni regresó. Tomó uno de sus fusiles y lo cargó por el cañón con una bala que sacó de una caja que había en una estantería. Luego colocó el fusil junto al agujero y se tumbó en el camastro.

—Ahora tienes que guardar silencio —dijo, como si yo hubiera estado hablando por los codos desde que nos conocimos.

Se durmió. Todo resultaba tan absurdo, yo ahí parada y temblando, mientras ella, una extraña con pantalones de cuero, dormía a mi lado.

Pasaron un par de horas, o al menos me dio esa impresión. Estaba tan cansada y hambrienta que apenas podía pensar. La olla seguía junto al hogar. La comida se había enfriado aunque aún podía olerla. Casi podía saborearla en mi boca, sentir cómo el caldo se deslizaba por mi garganta, cómo llenaba el doloroso agujero que había en mi estómago.

Si solo tomaba un trocito de carne, no se daría cuenta, ¿verdad? Solo uno, pequeñito. Solo para probar su verdadero sabor.

Caminé de puntillas por el suelo. Estaba oscuro, a la luz del candil le quedaba poco para extinguirse. Pesqué con el cucharón un poco de carne, me la llevé a la boca y mastiqué. Estaba seca y correosa, pero sabía bien. No pude contenerme y tomé más. Y más y más, y luego me llevé la olla a la boca para beber el caldo espeso. ¡Y justo entonces algo resonó en el agujero de la pared! Y me asusté tanto que se me escurrió la olla de las manos. En ese mismo momento Nanni se levantó de golpe de la cama y se lanzó hacia el fusil.

Sonó un disparo, rodeé mi cabeza con los brazos y me acurruqué, el corazón me latía desbocado y creía que el pecho me iba a explotar. Nanni rellenó el candil para que hubiera más luz. Cargó el fusil de nuevo, lo agarró con una mano y con la otra sujetó el candil. Luego salió afuera. Sin siquiera mirarme.

Pero regresó enseguida. Se quedó un rato en el umbral.

—Me imagino que te alegrará saber que he fallado —dijo. Luego dirigió la mirada a la olla que seguía en el suelo—. ¿O también has cambiado de opinión acerca de la caza de lobos?

No dije nada. Recogí la olla; no creo que me viera mientras rebañaba la sopa derramada por el suelo y me la tomaba. Pero a la piel de lobo del suelo también le había caído caldo encima y no pude limpiarlo.

—Peor para ti —dijo Nanni, y lanzó la piel al catre junto a su propia piel—, yo no duermo en esa porquería.

Después volvió a salir de la cabaña con carne y enseguida volvieron a sonar las latas.

La Señal, así se llamaba el invento, y era cosa de Nanni. La cuerda que iba desde el agujero hasta el palo en la nieve no era en realidad ninguna cuerda para colgar la colada. No, en el palo ensartaba una tajada de carne. Y cuando un lobo tiraba de la carne atraído por su olor y comenzaba a comer, la cuerda se movía y las latas resonaban. Entonces Nanni sabía que debía ser rápida con el fusil, pero por muy rápida que fuera, a veces fallaba el tiro, sobre todo por la noche, cuando su única luz era la de las estrellas. A pesar de eso, tenía tanta carne de lobo en la despensa que nunca alcanzaría a comérsela toda ella sola. Nanni había llegado allí hacía un par de años, procedente de Isla de Abajo y no sabía cuánto tiempo se quedaría. Tal como dijo, no había mucha gente que hubiera nacido en Islas del Lobo, pero sí mucha gente que había muerto allí. La vida de aventurera era peligrosa.

Después de cebar la Señal, Nanni regresó y se acostó. Para entonces ya me había metido debajo de la piel y, aunque estaba húmeda y sucia, me calentaba bien. Olía fuerte, se trataba de un olor especiado a animal que resultaba extrañamente fresco. Así olían los lobos cuando vagaban por el campo, creyendo que en el mundo no había maldad ni peligro. Y a su lado quizá tuvieran a sus cachorrillos corriendo para ir a su paso.

Me pregunto qué habría dicho papá sobre esto. Verme durmiendo bajo una piel de lobo en casa de alguien que deja pudrirse la carne porque le sobra. Papá ponía mucho cuidado en tomar de la naturaleza solo lo necesario. Decía que quien no actuaba así era un avaricioso.

Finalmente me venció el cansancio. Nanni y yo dormimos pies contra cabeza y lo último en lo que pensé antes de dormir fue que, a pesar de todo, podía estar contenta de que justo ese día del año ella llevara puestos calcetines nuevos.

Cuando disparé

Al despertar a la mañana siguiente comprendí que en casa de Nanni no había que quitarse los calcetines. El fuego del hogar se había apagado hacía tiempo, y el suelo estaba tan mal claveteado que en algunas partes se podía ver la tierra que había debajo.

Por alguna extraña razón ese día nos comportamos con cierta familiaridad. Casi creí que vivía allí. Y cuando Nanni cocinó carne de lobo para desayunar no es que me lanzara con gritos de alegría sobre el tazón, pero me fue mucho más fácil dar las gracias.

Fuera había una auténtica tormenta de nieve, los copos eran tan grandes como guantes. La cabaña de Nanni no tenía ventanas, aunque se podía ver algo a través del agujero desde el que disparaba. Solo abríamos la puerta cuando era absolutamente necesario. Era una vida extrañamente ociosa la que se vivía en una cabaña así, pensé. Me sentía como una anguila metida en su agujero a la espera de que su víctima pasara nadando, se despistara cerca de la boca y entonces ¡paf! Después comía un poco y escupía el resto. Alrededor del lugar donde Nanni permanecía con la boca abierta había montones de esqueletos. Pero la nieve formaba nuevas capas sobre los huesos así que, si una no quería, no tenía que pensar en ellos.

Como si Nanni hubiera adivinado mis pensamientos, dijo:

—¿Tan malo te parece matar lobos?

Me tendió una taza con agua hervida, la tomé y puse los dedos alrededor, para sentir cómo el calor se introducía en la piel. Luego acerqué la boca al borde, soplé y sorbí.

—¿Es necesario matar a tantos? —dije al cabo de un rato.

Rio, me pareció que sin maldad, pero me hizo sentir como una tonta. Nanni tenía los dientes cortos y bastante espaciados.

—La idea es disparar a muchos —dijo.

—Sí, pero... ¿por qué? ¿No es suficiente con tener carne hasta saciarse? Y los cachorros, a ellos se los podría dejar en paz...

—Prefiero a los cachorros —me interrumpió Nanni—. Me paso las noches tendida en la oscuridad deseando que en cualquier momento una madre con sus cachorros se acerque a la tajada de carne de ahí fuera. Si supieras cuánto me pagan por un cachorro vivo.

Se metió la mano en el bolsillo de la chaqueta y sacó un monedero. Lo abrió y me lo mostró. ¡Uy, cuántas monedas de plata! Eran muchas más de las que tenía Fredrik cuando cobró su salario.

—Todo esto eran lobos —dijo Nanni—, lobos que vendí a las tiendas del pueblo. Y los tenderos venden la mercancía a los patrones de los barcos. Y los patrones transportan la mercancía muy, muy lejos. En las grandes islas hay gente rica que quiere tener alfombras blancas en el suelo y un tiro de lobos delante del trineo.

Cerró el monedero y volvió a guardarlo.

—Cada uno hace lo que puede para sobrevivir —dijo—. Lo hacen los lobos y lo hago yo.

Suspiró y miró por el agujero.

—¿No va a parar nunca? —murmuró.

Se refería a la tormenta de nieve que ya duraba horas; solo se veían unos repulsivos remolinos blancos. Nanni no había salido a echarle un vistazo a la Señal, quería esperar a que amainase la nevada. Pero según iba pasando el tiempo se iba poniendo más nerviosa. Las latas que colgaban del extremo de la cuerda seguían en silencio y Nanni comenzó a caminar de un lado para otro y a gruñir de inquietud. La carne se ha soltado de la cuerda, dijo. Era casi como si pudiera sentir que la carne se había caído del palo en la nieve, que un lobo ya se la había comido toda y se había largado de allí, lleno y satisfecho.

De repente, se lanzó sobre el fusil, lo agarró y se dirigió a la puerta.

—Voy a salir de todas formas —resopló.

Había nevado tanto que tuvo que empujar la puerta con todas sus fuerzas. Cerré la puerta tras ella. Luego fui hasta el agujero para mirar, pero entre tanta blancura no había ni rastro de ella.

Comprobé de verdad lo silencioso que resultaba estar allí, en medio de ninguna parte. Solo se oía un ligero, ligero crepitar del hogar, eso era todo. Los copos que caían ahí fuera aterrizaban en silencio sobre la suave capa, no soplaba el viento alrededor de la cabaña.

Pero no, no estaba en completo silencio. Pude oír un eco sordo, un sonido sombrío, como cuando alguien arrastra un mueble pesado por el suelo. Procedía de afuera, de la nevada.

—¡Siri!

Era Nanni quien gritaba, medio ahogada por el miedo. La voz se apagó y luego oí algo que me heló la sangre: ¡un aullido!

Corrí hacia la puerta, pero me di media vuelta y descolgué el fusil de la pared. Tomé la caja de balas y salí por la puerta.

Afuera la nieve me llegaba por encima de las rodillas, resbalé y se me cayó el fusil. Lo pesqué y miré a mi alrededor. Todo estaba blanco. Blanco y espeso y mojado, los copos se me pegaban a las pestañas, solo veía blanco.

—¿Dónde estás? —grité.

—¡Aquí!

Caminé con dificultad entre la nieve hacia la voz, pero enseguida perdí la orientación.

—¿Dónde? ¡Grita otra vez! —chillé.

—¡Junto al palo! —exclamó Nanni—. ¡Date prisa!

Junto al palo, claro, entonces supe qué podía hacer. Regresé corriendo a la cabaña, avancé pegada a la pared en dirección hacia donde sabía que se encontraba el agujero para disparar. Me metí la caja de balas en el bolsillo. Luego agarré la cuerda y comencé a correr en dirección al palo. La cuerda tenía casi diez metros de larga, eso había dicho Nanni, y se tarda un buen rato en recorrer esa distancia si hay mucha nieve. Mi corazón palpitaba de miedo, miedo al lobo que sabía que se encontraba ahí, miedo de verlo venir hacia mí con la boca abierta, miedo a que me desgarrara el vientre, pero sobre todo, miedo a quedarme sola de nuevo. Si el lobo mataba a Nanni y me dejaba a mí, entonces estaría sola de nuevo y por eso corría tan rápido como podía con la cuerda quemándome la palma de una mano y el frío cañón del fusil quemándome la otra.

De repente distinguí los contornos de una espalda blanca en la tormenta.

—¡Es... estoy aquí! —grité, creo que se lo dije al lobo, a pesar de que pareciera una tontería—. ¡Tengo un fusil!

—¡Dispara! —gritó Nanni.

El lobo se volvió, me buscó. Cuando me vio se entretuvo un

rato, olfateó para decidir qué era yo. Pensé que su cuerpo, aunque era grande, parecía flaco. Luego alzó el labio y mostró los dientes y eso hizo que me estremeciera, con los dedos busqué en el bolsillo la caja de latón. Tomé una bala y la introduje en el cañón. Los copos de nieve mojaron la caja enseguida. Cuando iba a cerrar la tapa, me resbalé y se me cayeron casi todas las balas; solo quedaron dos. Y ahora el lobo venía en mi dirección. Uy, era tan grande y terrible y tenía unos colmillos tan largos que seguro que podrían atravesarme por completo. Apunté. Quería matarlo, pues ahora lo odiaba. Hizo que me escocieran todos los músculos de mi cuerpo, hizo que las náuseas brotaran de lo profundo de mi garganta y vi sus fríos ojos. A ese lobo yo no le importaba nada, tampoco que hubiera llorado por un lobezno en el puerto. No, como Nanni había dicho, cada uno se preocupaba solo de su supervivencia.

Apreté, resonó un disparo, el fusil retrocedió e hizo que el hombro me palpitara de dolor.

Había fallado. Pero el lobo se sobresaltó, dobló el lomo, dio media vuelta y corrió un trecho antes de detenerse y girarse de nuevo. El disparo y el olor a pólvora lo habían asustado.

Entonces me decidí. Volví a cargar y apunté el cañón al aire, y disparé. El lobo se revolvió y corrió un trecho más. Después se detuvo y me miró. Casi como si supiera que pronto la caja quedaría vacía, como si deseara saber cómo pensaba utilizar mi última bala.

Cuando hube cargado, los brazos me temblaban tanto que el fusil parecía tener vida propia en mis manos, moviéndose de un lado a otro como un pez recién pescado. Yo apuntaba, bien al lobo o bien al aire, y no sabía qué hacer. El lobo me miraba con sus ojos extrañamente fríos. Aguardaba. Nanni berreaba que tenía que dispararle, pero la nevada ahogaba el sonido de tal forma que ella parecía casi irreal. Lo único real era el lobo frente a mí. El tiempo probablemente se había detenido; tuve la sensación de que podrían haber pasado años.

Luego el lobo se sacudió y se largó corriendo. Se esfumó en la profundidad de aquel mundo lechoso. Disparé mi último disparo hacia el cielo y lo busqué con la mirada. Había desaparecido.

Madera de cazadora

Transcurrió un momento antes de que Nanni llegara caminando a tientas por la nieve. Tenía los ojos húmedos y la boca todavía conservaba la mueca de un grito de terror.

—¿Está muerto? —preguntó.

Negué con la cabeza. Acto seguido regresamos a la cabaña agarradas a la cuerda y al llegar tiramos de la puerta entre las dos. Nanni echó el cerrojo.

Yo temblaba de tal manera que apenas me sostenía en pie. Mientras Nanni echaba más leña al fuego, fui hasta el catre y me senté. El fuego tomó fuerza. Las enrojecidas manos me dolían de frío y al mismo tiempo me picaban por el calor que empezaba a recorrerlas de nuevo. Nanni se acercó y se sentó a mi lado.

—Apareció sin hacer ruido —dijo—. Yo solo quería ver si la tajada de carne seguía allí, iba a quitarle la nieve, y… de repente, ahí estaba. Como aparecido por arte de magia. Quise dispararle, pero se me cayó el fusil y se hundió en la nieve.

Ocultó el rostro entre sus manos y permaneció sentada en silencio un buen rato, lo único que oía era su respiración pesada. Luego levantó la nariz y me miró fijamente.

—Fuiste valiente —dijo—, más valiente que muchos hombres que vienen aquí y creen que es fácil enfrentarse cara a cara con un lobo blanco.

Entonces sentí como si algo explotara en mi pecho, algo

que desencadenó una desenfrenada e imparable ola de llanto.

—¡No fui valiente en absoluto! —exclamé—. ¡Pasé mucho miedo! Más miedo del que nunca he pasado en la vida.

Nanni me acarició la espalda.

—Venga —dijo—, ya ha pasado todo. Ya no necesitas llorar más.

Pero yo, sin embargo, seguía llorando. Pasamos un buen rato sentadas así, yo hipando y Nanni pasándome la mano por la espalda. En varias ocasiones intentó consolarme, pero no funcionó. Entonces dijo:

—¿Si te cuento una historia dejarás de llorar?

—No sé —dije entre sollozos—, bueno, quizá.

Nanni pensó un rato y decidió contarme una historia de Islas del Lobo. Ella misma la había escuchado en una ocasión al poco de llegar a la isla y la había animado cuando todo le resultaba extraño y nuevo. Decía así:

Tonto y Nadie se compraron un fusil porque deseaban aprender a disparar. Nadie quiso ser el primero. Tomó el fusil y disparó, pero la bala rebotó y le dio en la frente. Cayó al suelo. Tonto fue corriendo al pueblo, a la posada donde se reunían los cazadores. «¡Nadie se está muriendo!», exclamó. «Qué bien», respondieron los cazadores. «No escucháis lo que estoy diciendo, ¡Nadie se está muriendo!», volvió a gritar Tonto. «Es bueno que nadie se esté muriendo», dijeron los otros. «Pero bueno, ¿no me podéis ayudar? ¡Nadie se está muriendo!», gritó el pobre hombre desesperado. Entonces los cazadores lo miraron y dijeron: «¿Eres tonto o qué?». «¡Sí!», dijo Tonto.

Cuando Nanni llegó al final, rompió a reír. Y ahora también sentí cómo la risa despertaba en las profundidades de mi cuerpo.

Como cuando el agua comienza a bullir en la olla al fuego. Primero despacio y con cuidado, de forma cautelosa; y después desde
el fondo va subiendo el primer collar de perlas de aire, y luego
vienen más y más y, finalmente, la superficie borbotea, repleta de
espesas y felices burbujas que parecen no tener fin. En realidad, la

historia era bastante tonta y sin embargo me hizo reír, pues resultaba increíblemente maravilloso sentir cómo el miedo abandonaba el cuerpo y saber que ese día no moriría.

Nanni se secó algunas lágrimas de la comisura de los párpados. Después volvió a clavar sus ojos en mí.

—Puedes decir lo que quieras —dijo—, pero creo que eres buena para este tipo de vida. Y es agradable tener compañía en la cabaña.

Luego se puso de pie y echó un vistazo a través del agujero para disparar. Por fin había dejado de nevar. Caían los últimos, escasos y despistados copos de nieve como si se preguntaran adónde había ido a parar la nevada.

—Voy a ver si encuentro el fusil —dijo.

—A mí también se me cayeron las balas —dije.

Nanni respondió que no importaba pues tenía muchas cajas. Descorrió el cerrojo y abrió la puerta. El cielo seguía de color gris claro, pero a ras de suelo la visibilidad era otra. Salir era seguro.

Cuando cerró la puerta tras de sí, permanecí sentada pensando en lo que había dicho. ¿Yo podía disparar? ¿Ser como Nanni? ¿Una cazadora?

Me puse en pie y anduve en círculos. Imaginé que se trataba de mi cabaña, de mis pertenencias. Me detuve ante la piel que colgaba de la pared, acaricié con la mano la piel blanca y tupida. ¿Y si fuera yo quien hubiera matado y desollado a ese lobo? ¿Y si fuera yo quien tuviera el monedero lleno de monedas de plata? ¿Y si regresara a Bahía Azul con tanto dinero…?

No. Nunca podría regresar a casa. Pero sí podría ir a otro lugar. A lugares donde hubiera calles empedradas. Podría comprar dulces. ¿Y si Fredrik estuviera equivocado cuando dijo que no se puede olvidar? ¿Y si fuera cierto que, si una realmente quisiera, las bayas y las hermanas y las minas, al final, pudieran desaparecer de la memoria?

La puerta se abrió de nuevo. Nanni había encontrado su fusil. Me sonrió. Hasta entonces no me di cuenta de que aún estaba de pie acariciando la piel. Aparté la mano.

—Una piel de lobo en la pared —dijo Nanni, y sus fríos ojos brillaron—. Hay mucha gente que desea tenerlas.

No sé qué me pasó entonces. Ni siquiera había pensado en ello desde que salí de viaje, pero abrí la boca y las palabras salieron solas:

—¡Adivina qué tenemos en la pared de nuestra casa de Bahía Azul!

Nanni se quedó mirándome, con curiosidad, de eso estaba segura.

—La cola de una sirena —dije, y sentí cómo el aire llenaba mis pulmones de tal forma que la camisa se me ciñó al pecho.

Nanni sonrió, como si hubiera vuelto a decir una tontería.

—Quiero decir —dije—, un trocito.

—¿Quién te ha engañado con eso? —dijo Nanni.

Se sentó en el catre y comenzó a inspeccionar el fusil.

—Nadie me ha engañado, está allí colgado —dije—. Has de saber que yo misma he pegado unas piedras a su alrededor.

Asintió, sonriendo todavía.

—Un día, mi padre la capturó con una red —proseguí—. Yo era pequeña.

Entonces Nanni dejó el fusil sobre sus rodillas, me miró y dijo:

—Siri, las sirenas no existen.

Me reí pues por fin la tonta era Nanni y no yo.

—¿De dónde viene el trozo de aleta si no existen? —dije—. Ja, ja, ja, ¡no has pensado en eso, eh!

—Seguramente tu padre te ha gastado una broma —dijo Nanni y sonó casi irritada—. ¿No te das cuenta?

—Eso no es cierto, yo estaba allí cuando desembarcó y lo contó, no era ninguna broma.

Nanni suspiró y arqueó las cejas. Entonces me puse de jarras.

—¡Sé perfectamente cuándo bromea mi padre y cuándo no! —dije.

—Bueno, entonces será un chiflado —murmuró.

—¿Qué? —dije.

—Es posible que no quisiera bromear, no puedo saberlo —dijo Nanni—. Pero sé una cosa. Y es que las sirenas no existen como sí existen los peces o los pájaros o los lobos. Así que si tu padre cuando desembarcó de verdad te dijo que había visto una, es un chiflado. Debes entenderlo, no tenemos que enfadarnos por ello.

Siguió trasteando su fusil y observé el cuidado con el que utilizaba la manga para secar el cañón, con qué esmero soplaba la nieve derretida en el percutor. No, claro que nunca pensé que mi padre fuera un chiflado. De haber alguien chiflado, esa era yo. Ahí había estado yo soñando con disparar. En solo un día me había transformado en alguien completamente distinto, en alguien que era ella, Nanni, que se ocupaba de su fusil como si fuera su hijo. Y, sí, reconocí su impaciencia mientras esperaba a que acabara el mal tiempo; no era otra cosa que la corrosiva y fea avaricia.

—No pienso disparar nunca más contigo —dije.

—Bien —respondió sin levantar la vista.

Sopesé la respuesta un momento, procuré tranquilizarme antes de seguir:

—Si cazas lobos por dinero, entonces no eres mejor que Cabeza Blanca. Sois exactamente iguales.

Nanni se puso en pie con tanto ímpetu que me sobresaltó, su rostro se tensó de rabia, tenía los ojos abiertos llenos de rencor.

—¡Retíralo!

—¡No! ¡Nunca lo retiraré porque es verdad!

—¡Hay una gran diferencia entre cazar por dinero a lobos o a personas!

—Según a qué personas —grité.

Después agarré la chaqueta, los guantes y el gorro y salí corriendo.

Un balandro llamado Pulpo

—¡Siri!

Nanni gritó a mi espalda pero no me di la vuelta, no, no deseaba verla nunca jamás. Ella creía que había diferencia entre los seres humanos y los animales. Pero de lo que no se daba cuenta era que hacía nada, dos animales de presa habían estado temblando ante la muerte en la tormenta, y en ese momento no había diferencias. Y yo pensaba ir a buscar el pequeño animal que Cabeza Blanca me había arrebatado para encerrarlo en su mina por dinero. Ahora sabía que continuaría mi camino.

El rastro que Nanni y yo habíamos dejado el día anterior ya no se veía. Pero si entrecerraba los ojos podía ver el humo de las chimeneas del pueblo como tenues hilos en la distancia. No sería muy difícil encontrar el camino. Me puse la chaqueta y el gorro y los guantes y comencé el largo camino a través de la nieve. En el puerto, además del *Estrella Polar*, había visto varios barcos. Quizá hoy mismo podría enrolarme en alguno de ellos. Y aunque no fuera directo a Las Velas quizá podría acercarme un poco, dejarme a medio camino o algo así. A veces hay que poner un parche para coser una colcha nueva.

Nanni gritó un par de veces más, más que nada para tener la conciencia tranquila. Y esa conciencia vieja y maloliente a mí no me importaba mucho. Podría ponerle un lazo y vendérsela a cualquier tendero del pueblo.

Al fin paró y volví a estar sola en el silencio. La nieve se metía por las cañas de las botas. Me quedaba un largo trecho por delante y ahora sentí que el miedo entraba en mi cuerpo. Por supuesto que el tiempo en calma dejaba un paisaje despejado, pero los campos ahora eran blancos, y los lobos también.

De repente, me lancé a un lado, ¡había algo detrás de mí!

No. Nada. Era solo mi imaginación.

Pero allí, ¿detrás de aquel cerro? Me detuve y oteé, pero ningún lobo vino babeando a la carrera. No se oyeron aullidos. Todo estaba tranquilo.

No dejé de caminar, pensando que en cualquier momento me asaltaría una alimaña. Finalmente corrí, avanzando con dificultad en la nieve, resbalándome, empapada en sudor. Las chimeneas del pueblo crecían ante mis ojos. Por fin un olor familiar y agradable penetró en mi nariz. Justo después entré en la calle del pueblo.

Era por la tarde, los comerciantes estaban cerrando sus pequeñas tiendas, se aproximaba el crepúsculo. Me dirigí al puerto. Tanto el *Buen Viento* como el *Errante* habían zarpado, pero el *Tasse*, un barco grande y magnífico recién llegado, todavía seguía allí.

El viejo gordo de la oficina portuaria se encontraba en las escaleras de la oficina. Tenía la mirada clavada en dos tipos desaliñados que deambulaban entre los barcos de pesca. En realidad, el viejo me gustaba tan poco que hubiera preferido no hablar con él, pero ahora no me quedaba otra. Me animé y fui directamente hacia la escalera. Tosí un poco para llamar la atención, pero él tenía la vista fija en los dos tipos.

—Buenos días —dije.

Bajó la mirada y emitió un gruñido por toda respuesta.

—Quisiera saber cuándo zarpa el *Tasse*. Y si sabe cuál es su destino.

—¡Eh, oídme! —exclamó el viejo. Los hombres del muelle se sobresaltaron y lo miraron—. ¡Si ninguno de esos barcos es vuestro ya os podéis largar de ahí!

Uno de los hombres, el que era bastante bajo y calvo, se abrió de brazos.

—¿Uno ya no puede admirar los barcos pesqueros? —gritó; tenía una voz chillona y desagradable.

El viejo resopló.

—Como si vosotros fuerais pescadores... Sé reconocer a la chusma. ¡Venga, largo de aquí!

Pareció como si el calvo quisiera crear problemas, pero el otro, que tenía pelo largo y barba, le dijo algo a su camarada y luego se marcharon de allí.

El viejo los siguió con la mirada y hasta que no hubieron desaparecido calle arriba no se fijó de verdad en mí y dijo:

—¡Vaya!

—Quisiera saber cuándo se hace a la mar el *Tasse* —dije de nuevo y cabeceé hacia el muelle—. Voy a hablar con el capitán sobre la posibilidad de que me ofrezca un trabajo.

El viejo de la oficina portuaria suspiró.

—¿No te dijo Urström que te olvidaras de esos disparates?

—Sí, pero solo quiero preguntar —murmuré.

El viejo esbozó una mueca de hastío.

—De aquí no zarpará ningún navío hasta que vuelva la primavera —dijo—. Así que si quieres salir a la mar tendrás que hacerlo nadando.

—Sí, pero, ¿el *Tasse*? —dije.

—El *Tasse* es nuestro barco y pasa aquí el invierno. Así que ya lo sabes.

Con tales palabras dio media vuelta y desapareció en el interior de la oficina. Sin duda no era de la clase de personas que se preocupaba por una niña abandonada.

Me alejé de allí. En la calle del pueblo las tiendas estaban a punto de cerrar. Un hombre abrió una ventana y vació un orinal, otro intentaba soltar a patadas su trineo pegado al suelo por la helada. Nadie me prestó atención. A nadie se le ocurrió pensar qué hacía yo allí o si necesitaba ayuda. La única persona que se había preocupado por mí fue Nanni. Y me había alejado de ella. La preocupación encogía mi estómago, cada vez con más fuerza. No tenía lugar alguno adonde ir y pronto la noche tendería su manto negro sobre las Islas del Lobo. Ya se habían iluminado algunas estrellas. ¿Qué podía hacer ahora?

De repente, oí un murmullo de voces. Estiré el cuello y vi que eran el calvo y el barbudo del puerto. Se habían detenido en el interior de un callejón y habían dejado su equipaje en el suelo, pero no me habían visto. Estaba a punto de alejarme de allí pues, por alguna razón, me desagradaban. Pero entonces oí de qué hablaban y me quede completamente inmóvil.

—Me pregunto si no será una locura —refunfuñó el barbudo—. Iniciar tratos con Cabeza Blanca.

—¿Tienes una idea mejor? —respondió el calvo.

—Puede que no la tenga —dijo el barbudo—. Sin embargo,

creo que es una necedad trabajar para alguien como él. Me refiero a que si capturan a la tripulación, ¿qué pasará entonces? ¿Qué harán con los piratas?

Me oculté detrás de un par de cajones desvencijados que había junto a la pared de una cabaña. Me encontraba apenas a cuatro metros de ellos, podía verlos y oírlos bien.

—¿Quiénes? —resopló el calvo—. No hay nadie en todo el mar Helado que persiga a los piratas.

—Bueno —dijo el barbudo. Se demoró, pareció pensar durante unos instantes, después suspiró—. ¿No deberíamos esperar un poco? Seguro que el viejo está en algún lugar vigilando si volvemos.

—Saldremos esta noche —repuso el calvo con decisión—. Cuanto antes salgamos, mejor.

—No sé, no sé —dijo el barbudo—, ya ni siquiera los buques se hacen a la mar, ¡y tú quieres que crucemos el mar en un barco de pesca!

—En este mundo uno tiene que tomar algunos riesgos si no quiere acabar como un maldito pobretón —dijo el calvo—. Y los marinos de Cabeza Blanca ganan fortunas. ¿No sabes que permite a sus piratas quedarse con todo el botín? ¡Él no lo quiere para nada!

El calvo resopló.

—Algo querrá, seguro.

—Por supuesto —dijo el calvo, en tono conciliador—, pero ¿desde cuándo te preocupa que envíen a un hatajo de niños a una mina? Yo tampoco lo pasé bien cuando era niño. Si tenemos suerte con el viento, alcanzaremos Las Velas en dos o tres días.

—Y si tenemos mala suerte…

—¡Déjate de tonterías de una vez! —exclamó el calvo.

Se quitó los guantes y sacó con cuidado un adorno que llevaba colgado en el interior de la chaqueta. Estiré el cuello. Se trataba de un pez remo. Parecía nuevo. Se decía que quien llevara un pez remo estaba protegido contra las desgracias.

El calvo apretó la alhaja con fuerza en su mano.

—Se acabó la mala suerte —dijo.

Tomaron el equipaje y desaparecieron del callejón. Cuando pasaron junto a los escombros donde estaba oculta, me acurruqué todo lo que pude, apenas me atrevía a respirar por miedo de ser descubierta. Pero los hombres no me vieron. Continuaron en dirección al puerto.

Ya había salido la luna, bajo su brillo resultaba fácil no perderlos de vista. Los seguí, corriendo de sombra en sombra hasta que llegamos al mar ondulante.

El balandro que pensaban robar tenía una vela cangreja y era bastante grande, por lo menos para ser un balandro. Frente a la oficina portuaria había un almacén y me pude ocultar detrás mientras los hombres se preparaban para zarpar. Lanzaron su equipaje al balandro, pero justo cuando iban a subir a bordo, se oyó un grito que procedía del almacén del puerto. El barbudo había tenido razón, el viejo se había quedado esperándolos y ahora se acercaba a toda prisa.

—¡Suelta las amarras! —gritó el calvo, y comenzó a tirar de los cabos.

Pero el viejo llegó enseguida y tiró de su chaqueta, alejándolo de la embarcación.

—¡Vaya! —soltó el viejo—. ¿Qué decía yo? ¡Queréis navegar en el barco de otro marinero! Esperad a que vaya a buscar al dueño de este balandro, seguro que querrá hablar con vosotros. ¡Y os arrojará al mar! Eso es lo que hacemos aquí con los ladrones.

Pero el calvo actuó con rapidez. Se abalanzó sobre el viejo, empujó su imponente barriga y lo derribó.

—¡Busca algo con lo que atarlo! —exclamó el calvo, y el barbudo fue corriendo hacia el almacén.

Regresó enseguida con unas cuerdas. Juntos sometieron al anciano que se resistía y gritaba mientras le ataban las manos a la espalda. Lo condujeron al interior del almacén. Así acabó él mismo encerrado allí también. Pasaría una noche fría.

Ahora me tocaba actuar con rapidez. Corrí por el muelle y salté a la embarcación. Luego me acurruqué en la bancada de popa y me escondí bajo la tapa. Si me quedaba bien quieta ahí, tendría sitio de sobra.

Los hombres regresaron enseguida, soltaron amarras y se metieron en la bañera. El balandro se balanceó al abandonar el muelle. Izaron la vela, uno de ellos se sentó en la bancada en la que me ocultaba y sujetó el timón. Y cuando la vela se hinchó y la embarcación tomó velocidad, sentí cómo comenzaba a inclinarse y tuve que sujetarme para no rodar y darme un golpe. Teníamos viento terral. Eso significaba que iríamos deprisa.

—*Pulpo* —dijo el barbudo, que al parecer era el que estaba sentado encima de mí—. Qué nombre tan ridículo para un barco.

—¿Qué tiene de ridículo? —preguntó el calvo.

Al principio el barbudo no supo qué responder, pero después de razonar un rato sobre ello, llegó a la conclusión de que robar un barco llamado *Pulpo* tenía que significar mala suerte. Pues ¿qué otra cosa le podía deparar el destino a un barco así, sino arrastrarse por el fondo, condenado como un pulpo?

Pasamos un estrecho y el mar se volvió más encrespado, oí varias veces suspirar y mascullar al calvo. Embarcar en este velero con *Pulpo* por nombre, no era otra cosa que una locura de viaje.

Madera

Me despertó una luz tenue que se filtraba a través de una rendija. El rumor, el eterno rumor que se hacía más fuerte en la cresta de la ola y disminuía en el valle, me había adormecido y ya estaba amaneciendo. Tenía tanto frío y estaba tan entumecida que me dolía todo el cuerpo. Pero no me atrevía a moverme. El más mínimo crujido de la madera podría provocar que los hombres se sobresaltaran y abrieran la tapa de la bancada de popa. Y entonces ¿qué harían al descubrirme?

Por lo visto, el barbudo también había echado una cabezada, quizá se habían turnado al timón. En todo caso, le oí bostezar y gruñir como hacen algunos al despertarse. Le preguntó al calvo por el viento; le contestó que no había estado nada mal. Habían navegado con viento por la aleta manteniendo el curso sudoeste. Sonaba como si tuvieran un mapa del mar.

Me quedé quieta, como si estuviera clavada, como si mi cuerpo se hubiera vuelto uno con el *Pulpo*, transformado en madera curva y gris. ¿Ser una barca consistía en eso? ¿Sentir que cada golpe y bandazo se propagaban como un destello de dolor a través del cuerpo? Únicamente deseando estirarse, separarse de las cuadernas y evitar el eterno y maldito vaivén. Ser una barca encerrada en su forma. Ahora comprendía lo horrible que debía ser.

—¿Puedo tomar el timón? —preguntó el barbudo.

—Bueno —respondió el calvo.

Después guardaron silencio. Pero al cabo de un rato, oí al barbudo suspirar un poco y decir que no había duda de que estaban desafiando al destino haciéndose a la mar cuando todos los grandes barcos habían dejado de navegar.

—¡Qué pesado! —dijo el calvo—. ¿Acaso te parece que el destino nos tratara bien en Islas del Lobo?

El barbudo no respondió.

—¿Eh? —dijo el calvo—. ¿Tuvimos mejor suerte allí con el destino?

—Quizá no, pero aún así no se nos ocurrió hacer ninguna locura.

—Vaya, ¿lo que hacíamos no era ninguna locura? ¿Dejar pasar los meses sin conseguir nada?

—Bueno, los comienzos nunca son fáciles…

—¿Los comienzos? ¡Qué dices! Lo único que hicimos durante un año fue comenzar una y otra vez.

Siguieron discutiendo y por la discusión comprendí que para el calvo y el barbudo, el año pasado en Islas del Lobo había sido un largo fracaso. ¡No habían cazado ni un solo animal! Resultaba extraño; el calvo opinaba que si el destino le deseaba tanto mal como para no dejarle cazar ni un solo lobo, entonces iba a vérselas con él. Pensaba darle al destino un guantazo en todo el morro y por eso se había hecho con el pez remo.

El calvo murmuró que pensaba que el destino no se podía controlar, pues el destino era más poderoso que las personas y los lobos y todos los peces remo juntos.

Entonces el calvo resopló como respuesta y después creo que siguieron enfadados entre ellos, pues no volvieron a hablar más durante por lo menos un par de horas. Solo se oían el viento y el mar. Cada vez soplaba más el viento, las olas se volvieron más bravas y entraba más agua en la bañera. Yo sentía una especie de vértigo cada vez que subíamos la cresta de una ola y volvíamos a bajar. Pero los hombres guardaban silencio, navegando de mala gana, como si todo se hubiera transformado en una competición sobre quién podía estar más tiempo sin decir: ¡vaya viento!

Pero finalmente el barbudo creyó que debían rasgar la vela mayor.

No, fue todo lo que dijo el calvo, quien no pensaba rasgar nada.

El barbudo rezongaba y quería rasgarla a toda costa, aunque solo fuera un poco, pensaba que era una locura forzar el balandro de esa manera cuando no estaban acostumbrados a él.

El calvo se negaba, pues deseaba seguir adelante. Durante demasiado tiempo había dejado que el maldito destino dirigiese su vida y no le tenía miedo al viento.

Entonces el barbudo, al parecer, empezó a aflojar la driza, pues de pronto el calvo le gritó que la dejara estar. Estalló una nueva discusión. El barbudo gritó que el calvo los mataría, y el calvo gritó que si fuera por el barbudo arriarían las velas y dejarían que el destino los llevara a su antojo. El viento arreció y sentí miedo de estar allí acurrucada en la oscuridad escuchando aquellos bramidos: los bramidos de los hombres, el bramido del viento y el bramido de las olas. El agua golpeaba el casco, martilleándolo con sus cientos de puños como queriendo decir: ¡Dejadme entrar!

Y entre todos esos bramidos, escuché un golpe y algo que se caía al agua. El *Pulpo*, que había estado mucho tiempo inclinado hacia el mismo costado, de repente, se escoró violentamente, rodé y me golpeé la cabeza. Los hombres blasfemaban desesperados, el calvo le gritó al barbudo que aflojara, oí el sonido de una vela al rasgarse con el viento. El palo de la cangreja se había soltado. Eso era lo que había pasado y la vela acabó en el mar. El barbudo debió lanzarse hacia la borda para rescatarla y el calvo no paraba de gritar y cada vez entraba más agua por la cubierta.

—¡Nos empaparemos! —gritaba el calvo—. ¡Prepara un ancla flotante!

Un ancla flotante es algo que se lanza al agua para obligar al barco a navegar más despacio. Lo mejor era hacerlo con un cubo y una cuerda larga; después de que el barbudo recuperara la vela mayor, comenzó a buscar un cubo. Yo estaba en ascuas, me mordí el labio con fuerza, confiando en que encontrara algo en la proa, guardado en otra bancada quizá. Pero después de un rato oí cómo le decía al calvo que se pusiera de pie.

Y de repente, la luz llenó mis ojos, provocándome tanto dolor que los tuve que cerrar. Luego alguien tiró de mi brazo, que crujió como si fuera de papel, y mi cuerpo, que había estado inmóvil y acurrucado, pareció romperse en mil pedazos. Grité y los hombres gritaron también. Me preguntaron qué diablos pensaba que estaba haciendo ahí, soltaron toda clase de palabrotas, gritaron que me tirarían al mar. Pero entonces recibimos una nueva ducha de agua helada y comprendieron que tenían que ocuparse de la barca, cuya roda casi estaba bajo el agua.

Como no habían conseguido encontrar un cubo, el barbudo estaba vaciando uno de los sacos que habían subido a bordo; encontró un cabo, lo ató al saco y luego lanzó el saco por la borda.

Fue como si enseguida dominaran al *Pulpo*, como si un jinete grande y fuerte sujetara sus riendas y lo doblegara. El viento siguió rugiendo y azotando y el oleaje resultaba atronador, pero ya no hacían lo que querían con nosotros. Estábamos mojados y yo estaba tan congelada que el aire parecía inmóvil en mis pulmones. Todavía me resultaban extrañas la luz y la libertad de movimientos. ¿Qué sería de mí ahora?

El calvo sujetó con fuerza la caña del timón, sin quitarme la vista de encima mientras yo permanecía sentada en la bancada. Su mirada era penetrante y horrible. El barco avanzaba cabeceando sobre el espumoso y plomizo mar. El calvo había apartado la vela que habían recuperado. Ahora achicaba agua de la bañera, me miraba de vez en cuando, pero no con la misma intensidad que el calvo.

—Tú eres la joven que ayer por la tarde hablaba con el viejo de la oficina portuaria —dijo.

No respondí, solo tiritaba e intentaba no mirar sus siniestros ojos.

—¿Cuándo te metiste en la bancada? —preguntó el calvo.

—Mientras vosotros… cuando vosotros lo atasteis —respondí en voz baja—. Al viejo.

El calvo recapacitó un momento.

—¿Sabes siquiera adónde nos dirigimos? —preguntó.

Asentí.

—A Las Velas. Oí comentarlo en el callejón.

Entornó los ojos.

—¿Y por qué quieres ir allí? ¿Qué tiene que hacer en Las Velas una canija como tú?

Tragué saliva.

—Cabeza Blanca se ha llevado a mi hermana. Yo... yo la voy a rescatar.

Los hombres se miraron. Guardaron silencio un rato, pero luego rompieron a reír. Aunque no fue una carcajada de cuando se oye algo divertido. No, era un tipo de risa burlona, como cuando alguien escucha algo increíble.

La tormenta desapareció tan rápidamente como había empezado. Ahora surcábamos una larga y gris marejadilla. El calvo subió el ancla flotante y después seguimos navegando con el foque, la vela triangular delantera. La tormenta nos había empujado y ya no sabíamos dónde estábamos. Comenzamos a ver islas e islotes, a veces varias de ellas se encontraban esparcidas en línea, como perlas ensartadas en una cuerda. Pero eran islas e islotes desiertos donde solo habitaban el hielo y la nieve.

El calvo, que había tenido tiempo para pensar un poco, ahora se sentía más contento de tenerme a bordo, pues bajo su punto de vista, el mejor regalo que podían llevarle a Cabeza Blanca era una niña para trabajar en la mina. Así serían bien recibidos en *El Cuervo Nevado*.

—Si es que llegamos antes de que se nos acabe el agua —murmuró el barbudo y miró el mapa.

Los témpanos de hielo y los icebergs que flotaban hasta nosotros eran enormes. A veces golpeaban el casco con tal fuerza que estaba segura de que nos hundiríamos. Pero nos salvábamos una y otra vez, y el *Pulpo* continuó, mutilado y alerta, su viaje por mar.

De repente el barbudo se sobresaltó.

—He visto algo —dijo.

—¿Qué? —dijo el calvo.

El barbudo siguió oteando.

—Ahora ha desaparecido.

—¿Qué era? —preguntó el calvo.

—Una foca quizá —respondió el barbudo, que todavía observaba el punto donde la había visto. Entonces se puso en pie—. ¡Allí está de nuevo!

Tanto el calvo como el barbudo estiraron el cuello y al aproximarnos los tres pudimos verlo. El calvo blasfemó entre murmullos, parecía un tanto asustado. Lo que había entre las olas era un ser vivo, algo que parecía agitar los brazos con desesperación, algo que lloraba y tenía la piel rosada. De no haber sabido qué era, habría pensado que lo que veíamos era un niño completamente desnudo.

Un niño en el agua

Viramos a estribor, el barbudo soltó la vela. El *Pulpo* redujo la marcha. El calvo reposaba el codo sobre la borda y miraba la cosa desnuda que daba vueltas en el agua. De vez en cuando golpeaba con una cola parecida a la de una foca.

—¿Qué es eso? —dijo el barbudo.

El calvo apenas sacudió la cabeza, continuó mirando fijamente como si creyera estar soñando.

—No sé —murmuró.

Se vislumbraba una cabecita entre la espuma, se oyó de nuevo un llanto, oí un grito desesperado. Dos bracitos rollizos golpearon desesperados la superficie del mar.

—Una sirena —susurré.

—¿Qué has dicho? —preguntó el calvo.

—Debe de serlo —dije mientras observaba a la criaturita en el agua—. ¿Una cría de sirena?

El barbudo y el calvo se rieron. Casi les parecía divertido que las tonterías de una niña quitaran gravedad al momento. Se intercambiaron miradas de complicidad. Pero les vi inseguros de que no tuviera sentido lo que decía. Porque si lo que había en el agua —un cuerpo con cabeza y brazos y aleta caudal y piel rosada— no era una sirena, entonces ¿qué era?

El calvo se decidió en un par de segundos.

—Toma el salabre —dijo.

—¿Estás seguro? —respondió el barbudo—. Podría romperse.

—Bah, no importa.

—Sí, pero, ¿y si se rompe? Nos conviene tener un salabre para…

—¿No comprendes que tenemos que pescarlo? Podría valer una fortuna.

El calvo asintió, rebuscó entre unos cabos y sacó el salabre.

—Tengo que acercarme más —dijo.

El calvo me miró.

—¿Puedes remar? —me preguntó.

Asentí, pues no me atreví a hacer otra cosa. Agarré los remos y los introduje en los escálamos. Después remé bajo las órdenes del calvo hacia el niño en el agua.

Al acercarnos, el niño se asustó y se sumergió. Lo único que quedó en la superficie fue una flor blanca de espuma.

—¡Maldita sea! —exclamó el calvo. Se puso en pie, tomó el bichero y me miró—. ¡Mantén la barca quieta aquí! —gritó.

Se puso de rodillas en la bancada de proa, se inclinó sobre la borda y examinó el agua. Mientras la examinaba contó que en los pueblos grandes había médicos que pagaban muy bien por nuevas especies de peces que podían poner en formol y examinar con un cuchillo. Y si pagaban bien por una nueva especie de pez, qué no pagarían por algo como esto, algo…

Sí, ¿qué habíamos visto? El barbudo, que al parecer era un tipo bastante impresionable, se revolvió y dijo que de existir las sirenas, serían seres infernales. Eso era lo que había oído: podían pesar varios centenares de kilos y si querían, podían matar a un hombre de un solo golpe. ¿Y si debajo de la barca había todo un grupo?

El calvo no le escuchaba, estaba ocupado observando. De vez en cuando sus manos buscaban el pez remo que le colgaba del cuello, lo tocaba con mucho cuidado. Como si rezara pidiendo ayuda. Y de repente se sobresaltó.

—¡Allí está! —exclamó.

Sumergió el bichero por la parte afilada tanto como pudo, y luego lo lanzó rápido y con fuerza. Quería clavárselo a la criatura en la piel.

—¡Para! —grité.

El calvo, que no había conseguido alcanzar a la criatura en el primer intento, utilizó el bichero de nuevo, calculó y trató de acertar. Pero no era una tarea fácil, pues el mango del bichero sobre todo tendía a flotar. Tiró de nuevo de él.

Ahora me puse a remar, remé con toda mi alma, alejándome de la criatura y pateando en la bañera con los pies para asustarla y así se sumergiera y se ocultara a la sombra del hielo.

—¿Qué haces? —exclamó el calvo—. ¡No hagas ruido!

Pero continué pateando y remando con rapidez, pues sabía que con solo alejarme un poco al calvo le resultaría difícil volver a encontrar el mismo lugar. Se enfureció. Tiró el bichero a la bañera, se abalanzó sobre mí y me levantó sujetándome por la chaqueta. Me sostuvo sobre la borda.

—¡Has conseguido que pierda el botín! —protestó, y me pareció ver que sus ojos se humedecían—. ¡El único botín que he tenido a la vista en todo un año!

—¡Es tan pequeño! —dije, y pataleé desesperadamente en busca de un apoyo para los pies en la borda, pero la madera estaba mojada y resbaladiza.

El calvo miró un momento a la superficie del mar y luego clavó en mí su fea y pegajosa mirada.

—Pensándolo bien, tú no eres la clase de niña que Cabeza Blanca querría —dijo—. ¿De qué le valdría una revoltosa?

Y entonces soltó mi chaqueta. Sentí cómo me quedaba suspendida en el aire un tiempo extrañamente largo. Quizá el hecho de estar flotando durante unos interminables segundos solo sucediera en mi cabeza. De todos modos, sé que agité los brazos, buscando algo a lo que agarrarme, y una de las manos encontró el cordón de cuero con el pez remo. El calvo, que no estaba preparado, me acompañó. Durante un instante estuve segura de que los dos caeríamos juntos por la borda.

Después el barbudo vino en su ayuda, agarró al calvo por la cintura y lo sujetó con fuerza. El cordón se rompió y entonces caí al mar. El pez remo me siguió al fondo del mar.

Ya me había caído antes al agua en un par de ocasiones. La sensación, en cierto modo, es siempre la misma. Si tuviera que describirla, podría decir que de repente sabes quién eres. A veces pueden pasar muchos días sin que una piense en tales cosas. Haces todo de forma automática: fregar, limpiar el pescado, enjuagar la colada, dormir y levantarte; y no te preocupas sobre quién hace todas esas cosas. Pero cuando te caes al agua, entonces lo sabes. De inmediato piensas: Soy Siri. Soy yo quien se ha caído al agua.

Lo peor es que la ropa se vuelve muy pesada. La lana en el agua se transforma casi en plomo. Sentía como si una poderosa mano me sujetara y tirara de mí hacia abajo.

Llegué al fondo y entonces me asusté, pues si me había hundido tanto, estaba perdida. Nunca reuniría fuerzas suficientes para alcanzar la superficie de nuevo si no había nada por donde subir.

Pero ¿era eso realmente el fondo?

Miré a mi alrededor, todo azul, y vi oscuridad en una dirección y claridad en la otra; entonces comprendí que había caído en el rellano de un iceberg.

Cuando solté el cordón para agarrarme a las irregularidades del iceberg, el pez remo cayó hacia la oscuridad. Enseguida me quedé sin aire en los pulmones. Papá me había contado que, antes de morir, los ahogados enloquecen por la falta de aire. Como pierden la cabeza, intentan respirar a pesar de estar en el fondo y, en lugar de aire, el agua inunda sus pulmones. Así mueren.

Pero ahí arriba había más claridad. Vi pequeños témpanos de hielo flotando como una banda de gaviotas. Me esforcé el último tramo antes de que los ojos se me oscurecieran y al salir busqué aire con todas mis fuerzas y aspiré hasta que me dolieron los pulmones. Logré saltar de témpano en témpano hacia un islote que había allí cerca. Al momento sentí el suelo, suelo de verdad bajo mis pies. Pisé tierra y me arrodillé. Tenía tanto frío que creí que mis brazos y piernas se desprenderían del cuerpo.

Los seres que vivían en Rosa Nevada

En cuanto tomé aliento me puse en pie y empecé a correr. Así se mantiene el calor corporal. Y después de corretear por la pequeña playa blanca, vi huellas. No eran las huellas que suelen dejar los pies, no, eran de otra cosa. Quizá fueran las huellas de pateras que habían arrastrado a tierra.

Miré alrededor. Quizá no fuera un islote deshabitado. ¿Y si había gente al otro lado de las rocas? ¿Y si encontraba una aldea?

No conocía el tamaño del islote, pero seguro que podría recorrerlo entero antes del anochecer. Debía resistir.

Mi ropa se congeló y se transformó en hielo, de manera que se convirtió en un blindaje contra el frío. ¿A que parece extraño? ¡Tenía un caparazón! Los calzones y la camisa de lana, pegados al cuerpo, se secaron con mi propio calor. El hielo a la deriva había alcanzado las paredes de las rocas y había formado témpanos tan grandes como casas. Escalé y descendí, arriba y abajo; pronto empecé a sudar. Pero había nieve de sobra, así que no pasaría sed.

«Aquí hay vida —pensé—. Encontraré vida. Tengo que hacerlo.»

La oscuridad comenzaba a envolver el islote. Al principio fue tan despacio que creí poder cerrar los ojos y espantarla, pero se volvió más espesa. El techo del cielo se acercó. Aunque mis piernas deseaban descansar, las obligué a continuar. Me quedé casi ciega buscando algún rastro, un lugar donde la gente arrastrara sus barcas y hubiera casas y comida y fuego.

Cuando finalmente vi huellas, fue como si el corazón se me saliera del pecho. Corrí el último tramo, asustada de que fueran imaginaciones mías, pero allí estaban. ¡Más huellas de barcas!

—¡Hola! —grité—. ¿Hay alguien aquí?

Grité una y otra vez, grité hasta quedarme afónica. A pesar de todos mis gritos no recibí respuesta alguna.

Entonces, de repente, en la nieve vi huellas de pies, pero no eran huellas de la gente que remaba en las pateras. Eran mis propias huellas.

Me dejé caer en el suelo. Había dado la vuelta entera al islote. Estaba agotada, había caminado más deprisa de lo que había creído y no había encontrado señales de vida en ninguna parte.

Tal vez este islote fuera un lugar de caza para gente que vivía lejos, en otra isla. Al igual que Miki y yo solíamos ir en barca a Manzana de Hierro, esta gente remaría hasta aquí alguna vez al año. Quizá este lugar también tuviera un nombre, ¿Rosa Nevada?

Eso daba igual. Las estrellas se habían encendido y enseguida llegó el furioso frío nocturno. Durante la caminata casi había deseado quitarme la chaqueta, pero ahora tenía todo el cuerpo con la piel de gallina. Corrí y salté, corrí entre las paredes de hielo a la deriva y agité los brazos a mi alrededor. Tendría que hacerlo durante toda la noche para mantener el calor. Quizá al día siguiente asomara el sol. Quizá tendría ganas de brillar al menos unas cuantas horas sobre Rosa Nevada, así podría dormir un rato bajo su calor. Corrí para salvar mi vida bajo las estrellas, aunque cada vez lo hacía más despacio, no podía evitarlo. Las piernas no me respondían, los pies tropezaban con las extrañas huellas, me caía y me volvía a levantar. Caía y me volvía a levantar. Caía, me levantaba.

Y de repente, al caer una vez más en la nieve, aterricé sobre la barriga, y entonces dejé de levantarme. No me quedaban fuerzas. ¡La verdad era que no deseaba levantarme! No me importaba si el frío se apoderaba de mí, solo deseaba descansar. Cerrar los ojos, apoyar la frente contra la fría almohada, oh, resultaba tan agradable. Bueno, si morirse de frío era así de grato, entonces quizá no importara. No pensé en Miki ni en papá ni en Fredrik. Solo pensaba una cosa: descansa un poco, luego ya veremos.

¿Era yo quién lloraba? Tal vez. ¿Estaba ya muerta, sentada y llorando junto al caparazón de mi cuerpo?

Me senté y escuché. No, no estaba muerta. ¡Era otro el que lloraba!

Me puse en pie. Al principio no supe de dónde procedía el llanto, pero entonces, de repente, oí un chapoteo, como si alguien pataleara en el mar, y el llanto se convirtió en gruñidos desesperados.

Corrí hacia el agua. En la distancia pude ver un cuerpecito bajo la luz de la luna y enseguida supe a quién pertenecía. ¡Era el niño que habíamos visto antes!

Estaba boca abajo, luchando por avanzar, empujándose hacia delante con la cola, donde no tenía piernas sino una aleta caudal. Resultaba horrible verlo ahí en la orilla, completamente desnudo y desamparado.

Me acerqué sin hacer ruido, me puse en cuclillas a su lado. El niño enmudeció. Me miró expectante, quizá fuera tímido. Luego prosiguió con su lucha. La superficie era resbaladiza y casi de inmediato comenzó a gruñir. No había duda de que estaba enfadado y me miraba como reclamando mi ayuda.

Pasé mis brazos alrededor del cuerpecito y cargué con él hasta la playa. Me quité los guantes congelados para sentir si estaba frío; extrañamente, no lo estaba. No, estaba caliente, ¡incluso parecía estar sudando!

El niño se bamboleó hasta lograr sentarse. En su fino rostro rosado, los profundos ojos brillaban azules bajo el claro de la luna. Su nariz era pequeña y corta, y unos dientes le habían salido recientemente en la boca. Tenía la piel dura y áspera, y bajo la aleta caudal le colgaba una cosa más pequeña que mi dedo meñique. La colita.

El niño estiró los brazos y señaló. Echó la cabeza hacia atrás y soltó un largo silbido. Miré hacia las rocas, pero no comprendí qué quería mostrarme.

Hizo varias veces lo mismo, luego se apoyó en la barriga y comenzó a arrastrarse en dirección adonde había señalado. Avanzó con las manos, y como se arrastraba con tal destreza sobre los baches de la nieve dura, casi tuve que correr para seguir su paso.

Había una grieta entre las rocas que no había visto antes. El pequeño se deslizó hacia su interior y le seguí.

Dentro estaba negro como el carbón. Pisé algo que crujió bajo mis pies. No sabía adónde había ido el niño.

—¡Vuelve! —grité—. ¡Puede ser peligroso!

No se le oía. Apoyé la mano contra la pared de la roca y avancé a tientas en la oscuridad. El crujido bajo mis pies fue en aumento. ¿Qué había en el suelo? No eran ramas ni hielo. ¿Serían espinas?

Ahora oí gritar al niño:

—¡Na-naa!

Me despabilé, vi luz más adelante. El claro de luna se filtraba a través de una rendija en el techo. Y allí se encontraba el niño.

En la cueva hacía calor, casi tanto calor como en primavera dentro de nuestra casa. Pero el aire traía un hedor a putrefacción. Me atreví a ponerme de cuclillas para echar un vistazo a aquello que crujía bajo mis pies. ¡Eran caparazones de mejillones! Había montones a mi alrededor. Ahora comprendí la situación: las sirenas comían mejillones, el niño vivía en esa cueva con su madre. Quizá fueran más, toda una manada. Pero ayer salieron al mar y la tormenta las separó. El niño debió de buscar durante horas el camino de vuelta a casa.

El niño gritó, como si quisiera que le siguiera. Cuando lo alcancé, ya se había tumbado. Me senté y noté que se había acostado en un nido. Un gran nido de ramas y algas secas. Ronroneó. Y cuando me quité la ropa helada y me acosté en el nido, acercó su cálido cuerpo al mío, entonces tomó un mechón de mis cabellos y comenzó a chuparlo.

Las huellas de la playa no eran de pateras, pensé antes de dormirme. Eran las huellas de las criaturas que vivían en Rosa Nevada.

En busca de un barco

Me desperté porque el niño me tiraba del pelo, lo chupaba y lo mordía. Después de un rato empezó a subirse encima de mí. Me arañaba y raspaba, lloriqueaba y resoplaba. Hay que ver lo torpe que era, y seguía tan cansado que apenas podía mantener la cabeza derecha. Una y otra vez me embistió con su frente diminuta, ¡y una y otra vez repetía su lastimero «Na-naa»! Supuse que era así como llamaba a su madre.

—¿Tienes hambre?

Bostecé y me senté. El niño protestó y sacudió todo el cuerpo.

—No tengo comida para ti —dije—. Ni tampoco para mí.

Los quejidos del niño iban en aumento, como si comprendiera exactamente lo que decía pero no pudiera responder. Su boquita se transformó en una mueca desesperada, y entonces aparecieron las lágrimas.

—¡Chist! —dije, y me vestí con mi ropa húmeda—. Ven, vamos a ver qué encontramos.

Rodeé su vientre rollizo con mis brazos y lo cargué con cuidado a través de la cueva oscura, caminando por encima de los apestosos caparazones.

Al salir, la luz nos golpeó con fuerza en los ojos. El mar estaba gris y revuelto con pequeñas olas que levantaba el viento. La temperatura había bajado por la noche. Mi respiración se convirtió en espesas nubes de un vaho acristalado. Dejé al niño en el suelo.

Se apoyó con las manos y se deslizó hacia la playa. Miré a mi alrededor. ¿Qué comían en Rosa Nevada? Aquí no había gallinas a las que pedir un huevo, ni arbustos de los que recoger bayas. No tenía aparejos de pesca ni salabre para atrapar frailecillos. No, la respuesta era obvia. En Rosa Nevada se comía lo mismo que las sirenas. El niño ya se encontraba en la orilla ocupado en la recogida.

Fui hasta allí. El fondo estaba repleto de mejillones negroazulados. Después de agarrar unos seis o siete, me dolían las manos por el frío. Abrí los caparazones, arranqué la carne fría y escurridiza, me la metí rápidamente en la boca y me obligué a tragarla. No estaba tan mala. En casa varias veces habíamos tenido que comer arenques pasados, que estaban mucho peor. Pero claro, no habría estado mal tener algo más que llevarse a la boca. La vida en Rosa Nevada seguramente era bastante monótona y sombría, con solo una cueva maloliente como vivienda y mejillones por todo alimento.

El niño comió con buen apetito, masticaba los caparazones sin cortarse, hasta convertirlos en esquirlas y después se zampaba la carne. Me miraba de vez en cuando con sus ojitos azules; ahora estaba más contento. Pensaba, claro, que nos lo estábamos pasando en grande juntos.

Después de comer tres puñados de mejillones, me sentí llena. Me sequé la boca con la manga de la chaqueta y luego oteé el mar. Si pudiera encontrar un barco. Si alguien pasara navegando por aquí, quizá para recoger unas redes o para lanzar unas nasas. Y si el pescador sentado en la barca se diera cuenta de mi presencia, miserable y abandonada a mi suerte en la isla.

Caminé durante varias horas alrededor de Rosa Nevada, sin rumbo fijo, pero con la mirada clavada en el mar. El niño no me dejaba en paz. Lo tenía todo el tiempo entre mis piernas. Tiraba de las cañas de mis botas y las mordía, y todo el rato alargaba los brazos hacia mí, pidiéndome que lo aupara.

—¡Na-naa! —era todo lo que decía.

—Bueno —dije al final, cuando comencé a sentir cansancio en las piernas—, ¿quieres sentarte un rato en mis rodillas?

El sol se había filtrado a través del manto de lana grisáceo del cielo y ahora calentaba de verdad. Tomé al niño en brazos y fui hacia la entrada de la cueva. Allí había una piedra sobre la que tal vez resultara agradable descansar un rato. Pero antes de llegar tropecé con algo en la nieve. Me caí y el niño rodó por el suelo. Lloró de tal manera que parecía llover a cántaros, y me costó unas cuantas caricias y arrumacos lograr calmarlo. Entonces pateé un poco la nieve para ver con qué había tropezado; se trataba de vieja madera de barco. Los restos de un velero que seguro llevaban allí varios años. Sentí un estremecimiento, pues, de alguna manera, resultaba extraño que me hubiera pasado todo el día buscando un barco y cuando por fin encontraba uno, se trataba solo de unos restos. Tampoco me serían de mucha utilidad.

Pero ¿y si lo fueran?

Dejé al niño en el suelo y en esta ocasión no me importó si se quejaba y lloraba. Algo se había despertado en mi corazón, algo que me dio un poco de esperanza. Seguí pateando la nieve y me ayudé con las manos. Encontré piezas de las cuadernas y tracas, clavijas y clavos, incluso una sobrequilla rota. Pero lo que realmente buscaba era otra cosa.

Después de escarbar un buen rato, cuando tenía los guantes tan mojados y pesados que casi se me escurrían de las manos, ¡entonces, por fin, lo encontré! La habían enterrado algo más lejos, junto a los restos del aparejo: ¡la vela mayor!

Era mastodóntica, resultaba casi imposible sacarla. Tuve que quitarme los guantes para conseguir un mejor agarre, y durante todo el tiempo el niño se empeñaba en subirse encima de las velas y los cabos, así que tuve que apartarlo.

Después de sacar la vela de la nieve, me quedé parada mirándola. Se trataba de una vela cebadera, de forma cuadrada y bien gruesa, y no tenía ni una rasgadura. Las costuras se habían podrido un poco y se había oscurecido en un par de esquinas, pero eso no importaba. Desenterré el mástil del que se había desprendido y la mayor cantidad de cabos que pude encontrar.

—Oye, tú —dije, y sonreí al niño—, ahora vamos a subir al lugar más alto de Rosa Nevada.

El niño se rio; debió de parecerle una buena aventura. Sujeté con fuerza el trozo de vela rígida, la acomodé en el hombro y después emprendimos el camino.

Uy, lo que bregué ese día. En primer lugar cargué con todo, vela, mástil y cabos hasta el punto más alto del islote, a través de la nieve en la que todo el tiempo se hundían mis pies y me llegaba hasta la cintura. Luego comenzó el trabajo de sujetar la pesada vela al mástil. Lo complicado era que la vela no tenía que estar en el lado largo del mástil, para el que fue cosida, sino en el corto. Renegué de tal manera que creo que el sol se ocultó un rato tras las nubes y, cuando por fin acabé, llegó el peor momento de todos: levantar todo el invento.

Amontoné rocas que desenterré de la nieve. Cuanto mayores eran las piedras, mejor, pero después de cargarlas me dolía la espalda, claro. El niño se portó bien y quiso ayudar arrastrándose de un sitio a otro con piedras en las manos. Piedras apenas mayores que patatas. Las colocaba en el mojón, y al segundo siguiente era igual de divertido quitarlas y colocarlas en otra parte. El traviesillo era muy juguetón.

Al atardecer el mar se volvió completamente violeta. Las alegres y desbocadas olas se habían calmado, ahora la superficie del mar parecía casi un espejo. Los témpanos de hielo apenas se movían. Con todos los músculos temblorosos y empapada en sudor, coloqué con cuidado la base del mástil en el montón que había levantado y que tenía un agujero en medio. Utilicé mis últimas fuerzas para levantarlo, después retrocedí para contemplar mi trabajo.

Me asaltó cierto pesar. ¿Era así cómo me lo había imaginado? Había trabajado duro todo el día con tres puñados de mejillones en la barriga, ¿y solo había conseguido esto? ¿Qué conseguiría con un palo y un triste trapo?

Andaba dándole vueltas a esa idea cuando, de pronto, se levantó una ráfaga de viento que alcanzó el islote y agitó la vela. Al momento mi corazón latió con más fuerza. ¡Ahora se veía mucho mejor que antes! Era justo así como me la había imaginado. La tela ondeaba al viento y, una vez más, miré hacia el inmenso y silencioso mar. La superficie se encrespaba y las olas impulsaban los témpanos de hielo. No se veía barco alguno hasta donde alcanzaba la vista.

Pero tal vez, tal vez un día alguien navegaría por ahí y vería mi bandera.

El juego

La temperatura en Rosa Nevada bajaba a un ritmo vertiginoso. La neviza que había junto a la playa se endurecía día tras día. Fuera, el mar tronaba y crujía, aunque el frío no llegaba al interior de nuestra cueva. Allí reinaba la misma eterna, oscura y cruda primavera. No pasaba ni un solo barco. No cabía hacer otra cosa que esperar.

El día sobre el que ahora voy a hablar era el séptimo que pasaba en el islote. Habíamos desayunado y en ese momento me paseaba oteando el mar, como de costumbre, en busca de señales de vida. Los icebergs cruzaban el horizonte, lentos, silenciosos e imponentes. Como de costumbre, el niño estaba entre mis piernas y, como de costumbre, mordía mis pantalones y la caña de mis botas.

—Para de una vez —dije, y lo aparté sin miramientos—. ¿No comprendes que me vas a romper las botas?

Cayó, pero rodó enseguida hacia un lado y quedó de nuevo sentado, me clavó los dientes en la pierna y solté un berrido.

—Pronto me vas a dejar la ropa hecha jirones —dije—. Tendrás que jugar con otra cosa.

Pero el niño no quería jugar solo, claro, y cuando volvió a mordisquearme me enfadé y rompí a reír al mismo tiempo. Resultaba imposible defenderse de esa criaturita rolliza.

Me agaché para agarrar una piedra y la sostuve delante de su nariz puntiaguda.

—¿Ves esto? —dije—. ¿Puedes ir a buscarla? ¡Vamos!

Lancé la piedra que aterrizó con un «paf» junto a la orilla.

El niño gritó y se arrastró tras ella. La encontró enseguida y regresó con ella.

—Muy bien —dije—, ¿puedes hacerlo otra vez? ¡Venga!

La piedra cayó una vez más en el agua y el niño fue tras ella igual de contento que la primera vez. Regresó tan pronto como la hubo encontrado y me la entregó con la mirada ansiosa.

Le toqué la barbilla y lo acaricié.

—¿Esto te parece divertido? —pregunté.

El niño rezongó y movió el cuerpo, deseando que lanzara de nuevo. Entonces lo hice. ¡Y zas, habíamos encontrado un juego con el que entretenernos en Rosa Nevada!

Sí, ¡vaya lo que jugamos! Yo lanzaba y el niño buscaba, hora tras hora. No se cansaba jamás. A mí también me parecía divertido. Se me ocurrió que si cada vez lanzaba la piedra un poco más lejos, aprendería a nadar mejor. Recordé el día en que lo vi desde el *Pulpo*, lo torpe y lastimoso que se había mostrado. Le vendría bien entrenarse y el juego contribuía a que saliera por sí solo.

—Ahora sí eres rápido en el agua, ¿no te parece? —le dije, y sopesé la piedra en la mano.

El pequeño sonrió, preparado para salir tras ella.

Decidí ponérselo un poco más difícil. Tomé un buen impulso y lancé la piedra con todas mis fuerzas. Me arrepentí en el mismo momento en que alcanzó el agua. Había caído demasiado lejos.

—¡Espera! —exclamé, pero fue demasiado tarde.

Ya se había lanzado tras ella. Dio un par de rápidas brazadas por la superficie y luego se sumergió.

Me paseé de un lado a otro por la orilla esperando impaciente. Las salpicaduras me mojaron los pantalones, pero no me importó. Todo lo que quería era que el pequeño regresara a tierra.

Cuando apareció en la superficie había tragado agua. Tosió y balbuceó, se restregó la nariz y gritó.

—¡Ven aquí! —exclamé.

El pequeño no respondió.

—¡No quiero que vayas tan lejos! —dije—. ¡Ven aquí ahora mismo, la piedra no importa!

Pero cuando se recuperó del agua tragada, golpeó el agua con su gruesa y corta aleta caudal y se sumergió de nuevo.

El tiempo pasó. Miré fijamente el punto por el que había desaparecido, vi cómo la espuma de la superficie se borraba poco a poco. No sabía cuánto tiempo podía pasar una sirena sin respirar. Si era el mismo que los humanos, entonces debería salir ya. ¿Y si era demasiado pequeño para comprenderlo? ¿Y si se ahogaba?

Me fui preocupando cada vez más, sentía que empezaba a faltarme el aliento. Finalmente, fui hacia el agua aun sabiendo que era una locura. Pero entonces, por fin, algo borboteó un poco más allá y el niño apareció de nuevo. Gritaba de alegría y provocaba remolinos en el agua golpeando con su aleta.

Cuando alcanzó la playa corrí hacia él y lo abracé con todas mis fuerzas, como si nunca más quisiera soltarlo.

—Me has asustado —susurré.

Después de un rato se deshizo de mi abrazo. Se arrastró un trecho y se irguió hasta quedar sentado. Y en ese momento vi por primera vez lo que sostenía en las manos, y no era una piedra. Era una piececita brillante con un cordón: el pez remo.

El niño lo toqueteaba, probaba a hincarle los dientes.

—Te enseñaré cómo se usa —dije, y me senté a su lado.

Agarré el pez remo, le hice un nudo al cordón y luego le colgué el adorno al cuello. Yo reía, resultaba tan divertido y bonito al mismo tiempo. Una sirena luciendo un adorno humano.

Pero al pequeño no parecía gustarle el cordón. No dejó de tirar hasta que finalmente lo soltó, y entonces lanzó el pez remo al suelo.

—¿No lo quieres? —pregunté, y me lo colgué del cuello.

El niño se metió un trozo de hielo en la boca, lo mordió hasta triturarlo con sus dientecitos afilados. De pronto dejó de interesarle por completo el adorno que tanto le había costado encontrar.

Enderecé la espalda, ¡mi propio amuleto de la suerte! No había muchos niños que tuvieran uno así. En casa, en Bahía Azul, algunos vecinos habían comprado un pez remo, pero eran gente con más dinero que nosotros.

Tomé al pequeño de la mano.

—¿Quieres jugar más? —dije—. Si quieres puedo buscarte otra piedra.

Pero el niño estaba cansado después de tanto bucear. Lo llevé en brazos hasta el nido y me tumbé a su lado. Le acaricié la espalda con cuidado y le besé en la frente. Entonces se puso tan contento, tan contento que se pegó a mí y dijo su «¡Na-naa!», como si creyera que yo era su madre. Permanecimos ahí tumbados un buen rato antes de dormirnos y durante todo el tiempo mantuve mi nariz pegada a su pelo ralo y claro. Me pareció que olía tan bien, como a mar y tierra al mismo tiempo.

Por la noche soñé con un barco. Me encontraba en el islote

y veía cómo se acercaba por el agua con una lentitud pasmosa. Tenía las velas izadas a pesar de que no hacía viento. Y cuando se detuvo pude ver que la vela no estaba hecha de tela, sino de hielo y nieve. Todo el casco estaba hecho de agua congelada. A bordo había un hombre de cabello largo y blanco. Sujetaba con fuerza a una niña del brazo, una niña pequeña de apenas un año, y era rolliza y estaba completamente desnuda. Yo le decía al hombre que tenía un pez remo con el que quería comprar a la niña. Y el hombre asentía y levantaba a la niña, la lanzaba por la borda formando un arco, pero acababa en el agua y se hundía. Entonces el hombre se reía y preguntaba si yo no sabía que en realidad los peces remo traían mala suerte.

Travesía

Esa niña en realidad se parecía a Miki. De pequeña también había sido así de rolliza y suave y maravillosa. Mamá había muerto y no podía darle leche, por lo que papá la alimentaba con nata, que Miki bebía y bebía y bebía. Recuerdo que cuando ponía la oreja sobre su estómago siempre oía un gluglú.

Pensar en Miki me causaba dolor. Pobre hermanita. A estas alturas seguro que se arrastraba por la mina de Cabeza Blanca cargando tantos diamantes en su espalda que pronto acabaría destrozada. ¿O estaría ya enferma de los pulmones por la humedad? ¿Estaría, tal vez, metida en un hoyo resollando y tosiendo de tal manera que escupiría sangre por la boca? ¿O sencillamente se había consumido? ¿La oscuridad la habría vuelto loca y habría exprimido todas las fuerzas de su cuerpo, hasta robarle la vida misma? ¿Estaría muerta?

Sí, pensar en Miki resultaba doloroso, pero también me dolía pensar en el niño. Sabía que no podía quedarme en Rosa Nevada, que un día tendría que abandonarla por causa de Miki.

—No me resultará fácil marcharme de aquí —le dije una tarde, mientras disfrutábamos de los últimos rayos que el sol nos ofrecía—. Te echaré mucho de menos.

El niño me miró, algo se había despertado en su mirada. Algo que creo que era sorpresa y enfado al mismo tiempo.

—Eso ya lo sabías, ¿no? —dije, y le acaricié el cabello, un pelo siempre áspero a causa de la sal—. No podré quedarme aquí siempre contigo. Tú sabías que tendré que navegar, ¿no?

Apartó mi mano y dio un gruñido.

—Oye —dije, y tragué con fuerza para contener el llanto—, tengo que navegar. Entiende que tengo que rescatar a mi hermanita de los piratas. Sé que te apañarás bien solo. Tienes el fondo del mar repleto de mejillones, ¿verdad? Y te has convertido en un gran nadador. He sido yo quien te ha enseñado. No te enfades.

Pero el niño se enfadó; de hecho, se enfureció. Empezó a hacer aspavientos, golpeó la nieve, que se arremolinó, y cuando intenté abrazarlo se alejó de mí. Me sentí desconcertada y tonta al mismo tiempo. Había estado tan segura de que lo comprendería.

—Tú me ayudaste a fabricar la bandera —dije.

Cuando noté que no comprendía de qué estaba hablando, señalé hacia arriba, donde se encontraba la bandera, esa bandera que no se veía desde nuestra playa, pero que él sabía muy bien que estaba allí.

—La bandera está allí como señal para los barcos —dije—, para que sepan que hay alguien aquí, para que vengan a rescatarme.

El niño negó con la cabeza, la boca se torció en una mueca. De repente lloró con tanto desconsuelo que me partió el corazón.

—No he querido decir «rescatarme» —dije—. Quiero decir… recogerme. Oye, ven, por favor, para que pueda abrazarte.

Se hizo a un lado y me miró furioso durante un segundo, con la cara roja y empapapada de lágrimas. Entonces dio media vuelta y se alejó reptando.

Pasé más de una hora esperándolo. El sol había dejado de calentar y yo cada vez tiritaba más. Di vueltas por la playa ante la entrada de nuestra cueva, miré a derecha e izquierda. No había rastro del niño.

Decidí salir a buscarlo.

—¡Hola! —grité, mientras subía y bajaba por el hielo a la deriva—, ¿dónde estás?

Asustado por mis gritos, un eider real con su cabeza colorida levantó el vuelo desde el mar. Desapareció enseguida en el cielo.

—¡Niño! —chillé—. ¡Ven, vamos a comer algo juntos! Quién sabe, quizá tenga que esperar hasta la primavera antes de que alguien vea la bandera. No hay que pensarlo ahora.

Lo único que recibí como respuesta fue silencio. Di media vuelta para buscar por otra parte, y... ¡zas! ¡Ahí estaba! Justo detrás de mí.

Estaba sin aliento, con el pelo cubierto de nieve, pero ya no parecía enfadado. Me miró con sus lindos ojitos y me sonrió.

—¿Adónde has ido? —pregunté—. Te he estado buscando.

—¡Na-naa! —respondió, y alargó sus brazos hacia mí.

Lo tomé en brazos y le besé en la frente.

—Yo no soy Na-naa —susurré—, pero ahora vamos a comer.

Lo llevé en brazos de vuelta a nuestra playa, abrazando su cuerpo con fuerza. Luego comimos mejillones hasta hartarnos, y en algún lugar en la distancia se oyeron los temblorosos gritos de un eider real. El atardecer llegó con sus resplandores rosas y violetas, dando paso a un frío penetrante y crudo. Así eran los atardeceres en Rosa Nevada. Bonitos pero terribles, hermosos pero peligrosos.

«Cuando suceda —pensé—, cuando continúe la travesía, siempre recordaré estos atardeceres junto al niño.»

Cuatro días después fui la primera en despertarse en el nido. Me quedé tumbada un rato y miré al niño bajo la tenue luz grisácea que se filtraba a través del techo de la cueva. Vi cómo subía su barriga, cómo la boquita abierta se movía en sueños, cómo los ojos se movían inquietos detrás de los párpados. Era tan lindo que me dolía.

Decidí darle una sorpresa y tener el desayuno preparado cuando se levantara. Me escabullí por la larga y maloliente grieta, y cuando salí fui directa hacia la playa. Ese día soplaba un viento fuerte. La neviza en el agua era tan espesa como las gachas. Pero por lo menos los mejillones no escaseaban, y yo, que me había acostumbrado a atraparlos en cuclillas, pronto reuní un buen montón a mi lado.

Descansé un rato, me chupé los dedos, oteé el mar. Seguí la línea del horizonte con la mirada, entornando los ojos por el viento… Y de repente una ola de perplejidad recorrió todo mi cuerpo. ¡Allí había un barco! ¡Un velero!

—¡Aquí! —grité, y me puse en pie. Salté y agité las manos, desesperada—. ¡Aquí! ¡Aquí! ¡Mira hacia aquí!

El marino del barco no se dio la vuelta. Seguramente era mayor y medio sordo. Pero, ¿por qué no había descubierto mi bandera? Viendo cómo navegaba por la aleta tenía que haber pasado muy cerca de mi islote.

Grité y berreé; el niño salió apresurado de la cueva muerto de miedo, claro. Pero enseguida él también vio el velero en la distancia y comprendió a qué se debía tanto jaleo.

Sí, me ardía la garganta de tanto gritar, pero el barco se hizo cada vez más pequeño. Enseguida dejó de verse entre las olas.

Corrí furiosa y alterada para ver qué había pasado con mi bandera. ¿Se habría caído? El niño me seguía, lloriqueando.

Cuando alcancé el punto más alto me quedé parada un buen rato, mirando como una tonta. No se veía la bandera por ninguna parte. Le di una vuelta al montículo de piedras. Todavía estaba en buen estado, solo se había derrumbado una parte. Pero, ¿dónde estaba la bandera?

Entonces vi un montón de nieve largo y estrecho a un par de metros del montículo de piedras. Ese montón no estaba ahí antes. Me acerqué, pateé un poco la nieve y enseguida apareció la madera del mástil. Me agaché y agarré con fuerza la base para destapar todo el invento oculto bajo su manto de nieve. No, la bandera no se había caído. Alguien que no deseaba quedarse solo en Rosa Nevada la había desmontado y enterrado.

Un débil sonido hizo que me diera la vuelta. El niño me había alcanzado. Estaba sentado en el suelo, me miraba expectante. Alargó con cuidado sus brazos hacia mí y dijo en voz baja:

—¿Na-naa?

Entonces solté la bandera, me dirigí hacia él y lo empujé con todas mis fuerzas. Rodó por el suelo y cayó de bruces en la nieve, pero recuperó enseguida su posición sentada y me miró asustado. Las lágrimas brotaban de sus ojitos azules, frunció el labio inferior. Él lloraba y yo temblaba de rabia.

—¿Sabes qué has hecho? —grité—. ¿Sabes la que has organizado? ¡No quiero verte nunca más!

Él lloraba y lloraba, con tal fuerza que parecía que iba a romperse. Me agaché de golpe y lo sujeté.

—Perdón —susurré—, perdóname, por favor, por favor.

Me quedé así sentada sujetando su cuerpo tembloroso y me odié a mí misma por haberle empujado y por haber pronunciado tales palabras. Resonaron en mis oídos hasta que me resultaron insoportables y de repente me puse en pie y corrí hacia la bandera. Comencé a rasgarla, con uñas y dientes para separar el trapo del mástil y cuando la tela se soltó, la arrastré hacia el precipicio y la mandé al vacío. Después tomé el mástil y también lo lancé al vacío. Me senté delante del niño y sujeté sus hombros, mirándolo a los ojos.

—Escúchame —dije—. No te abandonaré. Te lo prometo, me ocuparé de ti. Como si fueras mío.

Visita del mar

Desde el día en el que empujé al niño al suelo me remordía la conciencia mañana, tarde y noche. No podía abandonarlo. ¿Cómo podía hacerlo si le había prometido lo contrario?

Pero, ¿cómo podría rescatar a Miki sin abandonar al niño? Era imposible llevármelo de viaje, porque a lo mejor era como había dicho el calvo. Tal vez en los pueblos hubiera médicos deseando poner a las sirenas en alcohol y examinarlas con un cuchillo... En ese caso, sería demasiado peligroso llevar al niño a Las Velas.

No, estaba atrapada entre dos pequeñas vidas que me necesitaban. No había solución alguna.

Eso era, por lo menos, lo que yo creía. Pero había una solución, natural y sorprendente al mismo tiempo, que llegó del mar una noche, cuando la luna brillaba como una moneda en el cielo y se encendieron miles de estrellas. Los icebergs crujían en la distancia, el mundo entero parecía inquieto.

Me encontraba acurrucada en el nido de algas y ramas. En solo un par de días la temperatura había descendido más de diez grados y cada vez salíamos menos. Dormía a gusto envuelta en la segura calidez de la cueva.

Pero de repente, me despertó un grito. Fue en la distancia, y al principio creí que soñaba. Pero al palpar a mi alrededor noté que el niño no estaba. Me senté y escuché en dirección a la entrada de la cueva, y entonces volvió a gritar. ¿Qué hacía allí fuera en medio de la noche?

Me levanté para salir a ver qué pasaba, pero en ese momento escuché algo que me dejó de piedra: allí en la playa no chillaba solo él, había alguien más. ¡Alguien había llegado! ¡Alguien había desembarcado en nuestra Rosa Nevada y había encontrado al niño!

Corrí hacia la entrada de la cueva, pero tropecé y caí. Y allí, con la nariz entre los apestosos restos de mejillones, volví a escuchar la otra voz. Un escalofrío me recorrió toda la espalda. Se trataba de la voz oscura e irritada de un hombre. Y el niño chillaba y chillaba y la voz masculina respondía bramando y creí que me desmayaría de miedo.

Y quien había llegado, ¿conocería también las intenciones de los médicos de los pueblos? ¿Y si quería atrapar al niño y venderlo? ¡No, eso no iba a pasar!

Me puse en pie y salí corriendo, brotaron náuseas de mi estómago, sentía las piernas tan débiles que apenas me aguantaban. Me detuve cuando llegué a la entrada de la cueva. Me tomó unos largos y extraños segundos comprender qué era lo que veía en la playa bajo la luz de la luna y las estrellas. No había ninguna barca en la orilla. Allí tampoco había ningún hombre. No, el niño le gritaba a algo completamente distinto, a una criatura enorme, rechoncha y amorfa, y con unos pechos grandes como sacos. Tenía el cabello largo y enmarañado, en el rostro pálido había una prominente barbilla y una nariz pequeña. La cola golpeaba el suelo con fuerza, de tal manera que la nieve y el hielo se arremolinaban.

El niño se abalanzaba sobre la figura una y otra vez, la embestía, mordía su piel y golpeaba con entusiasmo su gran barriga. Quería subirse a ella, llegar a su regazo y ella lo aupaba con sus enormes brazos, brazos en los que se mecían la grasa y la piel fláccida. El niño olfateó sus mejillas, olfateó la nariz, volvió a morderla por todas las partes a su alcance. Y gritaba y gritaba, y ahora oí lo feliz que estaba, lo que salía de esa garganta gruesa no eran gritos desesperados. Y cuando la gran figura rugió como respuesta, comprendí que no estaba enfadada, sino que era así como sonaba ella, la madre del niño.

Yo estaba allí mirándolos, cómo se reían y olisqueaban. Y vi que se formaba un hueco en el hielo debido al calor que desprendía la madre a pesar del frío helador.

—¡Na-naa! —dijo el niño.

Lo repitió una y otra vez, y finalmente su conversación me hizo tanto mal que me tapé los oídos. La odiaba. Odiaba que hubiera venido y que él le chupara el pelo a ella en lugar de hacérmelo a mí. ¿Por qué había tardado tanto en venir, no sabía que el niño podría haber muerto de soledad de no haber estado yo allí? ¿Sabía que ahora él y yo dormíamos juntos en el nido?

Di unos pasos decididos en dirección hacia ambas sirenas y solté de una patada una piedra del suelo helado.

—¿Quieres jugar? —le dije al niño—. ¡Mira lo que tengo para ti!

Lancé la piedra al agua, pero el niño no salió tras ella. Apenas me miró con los ojos entrecerrados y apoyó la frente en el pecho de su madre.

Pero la madre dejó al niño detrás de sí y emitió un terrible alarido. Echó la cabeza hacia atrás, de modo que la grasa del cue-

llo se bamboleó. Era fea y horrible y seguro que pesaba un centenar de kilos. Rodó sobre la barriga y alzó el cuerpo, se acercó, escupiendo de rabia.

—¡Soy amiga del niño! —dije—. ¡Déjame!

La madre se acercó a rastras y golpeó el aire como si quisiera derribarme. Ahora comprendí que no se podía hablar con ella y que la había asustado.

Retrocedí apresurada, a punto de darme la vuelta y salir corriendo, pero entonces me resbalé y, de repente, la tenía encima de mí. Su boca apestaba a mejillones y a dientes sucios, tiró de mi chaqueta, me empujó y me golpeó como si quisiera comprobar cuánta resistencia podría ofrecer.

Entonces se oyó un chapoteo detrás de su espalda y se volvió. Era el niño, al que por fin se le había antojado bucear en busca de la piedra. La madre se lanzó enseguida al agua, seguramente por temor a volver a perderlo; apenas tardó un par de segundos en alcanzarlo. Sujetó con fuerza su bracito y regresó nadando a la playa. Una vez fuera del agua se acomodó con él abrazado a su regazo. Le acarició el pelo mojado, lo olfateó. Ella había decidido ignorarme. Y al parecer el niño también.

De no haber montado yo tanto jaleo quizá me habrían dejado vivir en la cueva, hubiera podido prepararme un sitio donde dormir, dejándolos a ellos dormir juntos.

Pero estaba claro, la madre consideraba suya la cueva. No les iba a gustar que yo estuviera allí. Aunque si me expulsaban, entonces me moriría de frío. El niño, ¿no lo entendía?

Sin embargo no pasó mucho tiempo antes de darme cuenta de que mi lugar en la cueva no era algo que debiera preocuparme, porque después de que la madre y el niño estuvieran un rato así, abrazados y riendo y jugueteando entre ellos, la madre rodó de nuevo sobre su estómago. Luego colocó al niño en su espalda, quien le sujetó el cabello con fuerza, gritando de emoción. Se volvió durante un instante y me miró; no lo había visto ni una sola vez tan contento mientras fue mío. La madre apoyó las palmas de las manos sobre el suelo helado y se impulsó hacia el mar. Dio un golpe con la cola y después desaparecieron.

Permanecí parada un momento, esperando, pero sabía que no volverían. Hacía tiempo que ya habían decidido irse. Solo se habían demorado un rato.

Nieve

No deseaba regresar al interior de la cueva. No deseaba moverme, ni hacer nada. El niño apenas llevaba fuera un rato, pero lo echaba tanto de menos que me dolía el alma. El aire era helador. No había sentido un frío así nunca en mi vida. Los músculos de mi rostro se entumecieron, hasta mis ojos permanecían inmóviles en sus cuencas. Pero no pensaba entrar, no quería ver el nido en el que habíamos dormido juntos, el que nunca más volveríamos a compartir.

Los icebergs se movían en el mar cada vez más lentamente, crujían y restallaban como fusiles a medida que la temperatura seguía bajando. Las estrellas del cielo parecían encoger de frío. Al amanecer fui hasta el agua y la comprobé. El mar estaba helado, transformado en suelo. Entonces continué por el hielo y me alejé de allí andando.

Andar por el agua era una sensación extraña. Durante un rato me preocupó que el mar solo estuviera congelado alrededor de Rosa Nevada, que me encontrara el mar descongelado al poco de alejarme, pero mi caminata fue larga y no encontré el borde en ninguna parte. El hielo se extendía sin fin delante de mí. Tal vez hoy mismo podría llegar a otra isla habitada. Veía los islotes que pasaba como puntos de referencia, para no empezar a andar en círculos.

Sí, ahora hacía frío de verdad. Alcé la vista al cielo para ver si caía algún pájaro con las alas congeladas, pero todo lo que había allí arriba era un techo vacío y de color gris claro.

Miré hacia abajo, a la brillante y dura profundidad. Muy por debajo de mis pies, allí donde empezaba el agua, pude ver burbujas moverse, arrastrándose lentamente como lapas de aire. ¿Cómo respirarían ahora el niño y su fea madre? ¿Y si se congeló el mar justo sobre ellos cuando se encontraban buscando mejillones en el fondo? ¿Y si seguían allí abajo?

Corrí un poco, no sé por qué. Bueno, deseaba alejarme de esos pensamientos. La madre quizá sabía por dónde debían salir, dónde el mar no estaba congelado. Esa era seguramente la razón de que hubieran abandonado Rosa Nevada. Sabían que se helaría. Tal vez conocían otras islas en las que podrían pasar el invierno.

Después de caminar unas cuantas horas, del techo grisáceo se desprendieron pequeños y suaves fragmentos que revoloteaban sobre mí. Al principio fue divertido, los copos se fundían con el hielo y me resultaba más fácil deslizarme. Acabé llena de nieve: en el pelo, las pestañas y la nariz; saqué la lengua y la probé. Luego el viento se volvió más fuerte y los copos azotaron mi rostro con fuerza. Me calé el gorro hasta las cejas y proseguí la marcha a duras penas. Sabía que si nevaba así no podía hacer tanto frío como antes, pero el viento, al parecer, había decidido soplar en mi dirección. La nevada arreciaba a medida que avanzaba. Los islotes que había utilizado como puntos de referencia pronto quedaron ocultos tras el manto blanco. Ahora solo podía caminar sin rumbo y confiar en dirigirme hacia alguna clase de refugio. Necesitaba llegar a una isla, necesitaba rocas tras las que protegerme, un lugar donde esperar a que pasara el temporal.

Por mucho que anduviera no llegaba a ninguna parte. ¿Y si estaba dando vueltas alrededor del mismo sitio? ¿Y si el viento me estaba demorando? ¿Y si caminando todo el rato por el mismo lugar acababa abriendo un surco en el hielo?

Volví a correr, asustada de mis fantasías. La nieve me cegaba, ya no tenía fuerzas para apartar los copos húmedos con mis párpados. Corrí en la oscuridad, corrí y corrí, deseando que mis pies tropezaran con una piedra.

Me detuve, me sequé la cara con la manga de la chaqueta, miré con los ojos entornados a mi alrededor. ¿Vislumbré durante un instante los contornos de algo grande allí delante? ¿Rocas?

No sabía si atreverme a creerlo, pero corrí de nuevo. El sudor me salía del cuero cabelludo. Durante todo el tiempo creí que la imagen de las rocas titilaba ante mí, pero tan rápidamente como aparecían, desaparecían. ¿Me estaba volviendo loca de verdad?

No, allí estaban, ahora las veía, ¡no eran imaginaciones mías! ¡Rocas! Desgarrones negros que surgían entre todo lo blanco, me encontraba más cerca de lo que había creído. Reí mientras corría el último trecho, reía del maravilloso descubrimiento que me salvaría la vida.

Me protegí los ojos con la mano, oteaba hacia arriba, a la pared rocosa, buscaba alguna cavidad, o quizá un pequeña cueva. Justo una cueva como la que tenía con el niño, ¡quizá aquí había una igual!

Escalar resultaba difícil. Las capas de nieve tenían distinto grosor y cedían bajo mis pies una y otra vez, de forma que las piernas se hundían cada vez más. No encontré ninguna cueva y finalmente tuve que conformarme con el saliente de un peñasco. Retiré toda la nieve que pude. Luego me acurruqué bajo mi techo de roca y esperé.

La nieve siguió cayendo, espesa y eterna. De vez en cuando apartaba los montones de nieve que se acumulaban a mi alrededor, veía cómo se derrumbaban y creaban pequeños deslizamientos que tomaban distintos caminos cuesta abajo, hasta que perdían fuerza y se detenían en la playa. Y cuando por fin dejó de nevar y pude echar un vistazo desde mi lugar, entonces me sentí como un animal en hibernación, que después de meses de oscuridad y quietud podía sacar la cabeza de su cueva y olfatear el aire a su alrededor.

Ahora tenía tan buena vista que podía vislumbrar otras islas en la distancia. La capa blanca de hielo parecía suave y bella. Justo acababa de comenzar a descender cuando me pareció oír resonar algo en la distancia. No podía creerlo pero pensé que se trataba de un... ¿pedo? ¿De verdad?

Estiré el cuello, miré en todas direcciones e intenté adivinar de dónde procedía el sonido. ¿Del otro lado de la cima?

Di media vuelta y escalé de nuevo, sentí cómo mi ansiedad iba en aumento. Y cuando alcancé la cumbre, cuando vi lo que había allí abajo, en la bahía, entonces creí que todos mis músculos se deshacían y se desprendían de mis huesos.

Un barco. Un barco blanco, grande y maldito, con tres mástiles y una cabeza de pájaro en la proa. *El Cuervo Nevado*.

¡Sí, era cierto! *El Cuervo* de Cabeza Blanca se encontraba congelado, cubierto de nieve y atrapado en el hielo, apenas parecía vivo. Habían abierto una escotilla en cubierta. El pirata que orinaba junto a la borda vestía unos calzoncillos largos y un jersey; ahora volvió a tirarse otro pedo.

Estiré el cuello. La isla era más grande de lo que había imaginado cuando me senté a esperar que acabara la tormenta. Pude ver un hilo de humo alzándose hacia el cielo que procedía de algún lugar de su interior. ¡Claro, allí se encontraba la mina de Cabeza Blanca! ¡Allí estaba Miki!

Me quedé inmóvil, mirando, apenas podía creer todo lo que veía. Tenía la boca tan seca que, cuando quise tragar, la lengua se me pegó al paladar. El pirata tiritó un poco y bostezó un par de veces. Cuando acabó de orinar regresó a la escotilla y descendió. No me había visto.

Di media vuelta y bajé enseguida por el acantilado. Hacía semanas que había abandonado Bahía Azul decidida a encontrar la isla de Cabeza Blanca. Había viajado en barco, en velero, a pie y ahora, cuando por fin había llegado, tenía tanto miedo que el corazón me latía desbocado en el pecho. Tenía miedo de Cabeza Blanca, el hombre que se recogía el pelo en un moño como una mujer y que utilizaba a los niños como si fueran animales. Deseaba alejarme, esconderme, ponerme a salvo.

Entonces la nieve cedió y mi pie quedó atrapado profundamente entre las piedras. Caí de cabeza al suelo, pero el pie se liberó y seguí cayendo cuesta abajo y, a pesar de que intenté sujetarme a algo, seguí rodando y deslizándome. Caí hasta pensar que mi cabeza estaba en mis pies y, cuando llegué abajo del todo, me golpeé la frente contra algo duro; después todo se volvió oscuro.

No sé cuánto tiempo pasé allí tendida y no sé si estaba soñando cuando sentí que un par de manos me agarraban de la chaqueta. No sé si soñé cuando me pareció que me levantaban del suelo y no sé si soñé cuando oí a alguien decir unas palabras incomprensibles a mi oído. Pero cuando sentí que levitaba sobre el hielo y que avanzaba tan rápidamente como un alca sin que mis piernas se movieran, entonces tuve la sensación de que todo era efectivamente un sueño.

El niño del taburete

Me desperté en una cama, sobre un colchón seco y cubierta por una manta caliente. Aspiré el olor a lana, que se mezcló con el olor a suciedad. Me dolía la cabeza; seguramente me la había golpeado con fuerza. La habitación estaba en penumbra. Vi vigas en el techo y un ventanuco un poco más allá. Oí voces y ruido fuera, como el rumor de un pueblo. Un chico sentado en un taburete me miraba, tenía el cabello negro y los ojos azules, un rostro bonito. Una cicatriz le cruzaba la mejilla.

—¿Dónde estoy? —pregunté.

—En Las Velas —respondió el chico.

Tragué saliva. Las Velas. El pueblo donde se reunían la gentuza y los piratas como moscas alrededor de un plato de pescado. El pueblo al que había que ir si se deseaba encontrar a Cabeza Blanca.

Y lo había encontrado. Había estado en su isla, había tenido *El Cuervo Nevado* a mis pies. Y había dado media vuelta y escapado de allí a la carrera. Por cobarde salí corriendo y me caí.

Mis ojos se llenaron de lágrimas, aunque enseguida me las sequé, pues no tenía ganas de estar allí tumbada llorando delante de ese chico al que ni siquiera conocía.

—¿Cómo he llegado hasta aquí? —pregunté.

—Te dejaron abandonada en la puerta.

—¿Quiénes?

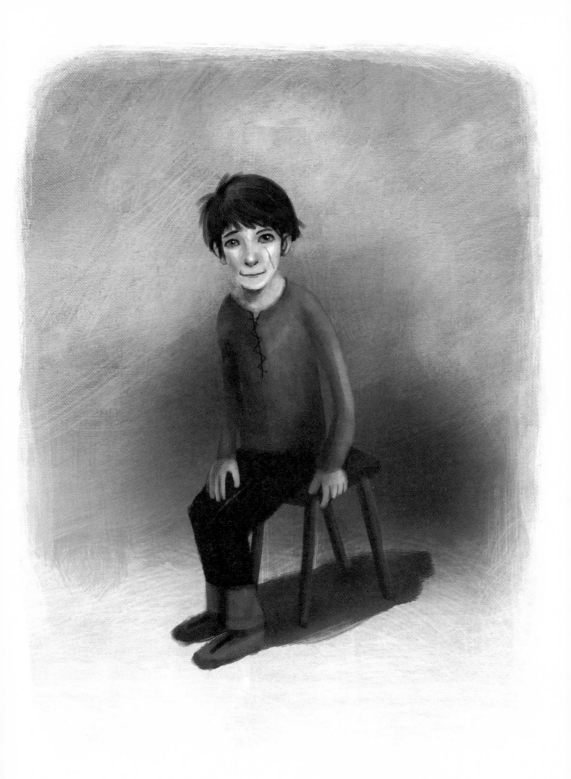

—Nadie lo sabe, solo la persona que te abandonó —dijo el chico. Alzó la voz—: ¡Se ha despertado!

Pasó un rato, luego alguien subió las escaleras. Era una mujer, fibrosa y con manos grandes. Tenía las mejillas afiladas y los ojos grises. Colocó una taza sobre la mesilla de noche y un plato sobre mi barriga, en el que había una rebanada de pan untado de manteca. La manteca olía a rancio.

—¿Eres de por aquí? —preguntó.

Negué con la cabeza y le di un mordisco al pan. Después de todo, no sabía tan mal.

La mujer me observó durante un buen rato con sus ojos grises.

—¿Cómo has llegado a Las Velas? —preguntó.

—No lo sé, alguien me trajo hasta aquí por el hielo —respondí. Sin embargo, resultaba extraño. Casi misterioso. Que alguien, un extraño, hubiera cargado conmigo hasta esta cabaña. ¿Por qué? Y ¿quién?

—En Las Velas no permitimos que los niños se hagan solos a la mar —dijo la mujer—. ¿Sabes por qué?

Asentí.

—Los piratas —la mujer se respondió a sí misma—. Pululan por aquí. Unos cuantos se conforman con robar hierro y pieles. Pero hay un capitán ahí fuera que busca otra cosa.

—Sí —susurré. Luego pasó un rato antes de que continuara—. Su isla… ¿está muy lejos de aquí?

La mujer rio, pero fue una risa fría, asustada.

—No son muchos los que saben dónde se encuentra esa isla —dijo—. Y mucho menos la viuda de un pescador o su hijo. Y además, no queremos saber nada de esa isla. —Se miró las manos ajadas, que reposaban sobre las rodillas, y luego se volvió hacia mí—. Llevas tres días en nuestra casa. Cuando te vi por primera vez estabas tan pálida y con un aspecto tan delicado que pensé que nunca te recuperarías. Ahora come y bebe, y procura mejorarte. —Se puso en pie y miró al chico—. Tengo algunos encargos que hacer.

Desapareció escaleras abajo. Enseguida oímos cómo se abría la puerta de la calle y se cerraba tras ella.

Me senté despacio, pues me costó mucho. Acabé de comerme el pan y bebí agua de la taza. El chico no me quitaba ojo, casi como si yo fuera un enigma que intentaba resolver con la mirada.

—¿Qué hacías? —preguntó.

—¿Qué? —respondí, todavía con el último trozo de pan en la boca.

—Fuera, en el hielo —dijo.

Yo cavilaba mientras me limpiaba con la lengua algunos granos de centeno de entre los dientes. ¿Debería contar que Cabeza Blanca había secuestrado a mi hermana pequeña y que yo estaba surcando el mar Helado para rescatarla?

No, seguramente saldría corriendo en busca de su madre, y su madre diría que lo que pensaba hacer era peligrosísimo. No me dejaría continuar.

—No te lo puedo decir —respondí.

Los ojos del chico se encogieron, como si de repente el enigma que tenía delante se volviera más espinoso y resolverlo más importante.

Volví a mirar a mi alrededor. Mover los ojos me provocó dolor en las cuencas. En la pared del otro extremo del cuarto colgaban hileras de enseres y trastos: botas, cafeteras, un par de abrigos, un arnés, una pala de panadero, una cajita de madera, un cucharón, un salabre para frailecillos, un eider muerto. En el suelo había un taburete con el asiento reluciente.

De repente pensé en mi pez remo. ¿Lo llevaba encima o alguien...? Metí la mano debajo de la camisa y tiré del cordón. Sí, la alhaja seguía ahí, extrañamente caliente al estar pegada a mi pecho, arropada bajo la manta de lana.

El chico vio la alhaja. No pude descifrar qué le pareció. Tal vez pensaba que estaba alardeando. Volví a guardarla.

Se hizo un extraño silencio. Ni él ni yo supimos qué decir. Cuando miró a través del sucio cristal de la ventana, aproveché para observar detenidamente su lindo rostro. Sus ojos parecían dos mares helados. La cicatriz de la mejilla era roja y reciente, profunda y bastante uniforme.

¿Y si se la había hecho un pirata? ¿Y si las cosas en ese pueblo eran de tal modo que en cuanto uno asomaba la nariz por la puerta aparecía un pirata y te rajaba con un puñal? ¿Y si este chico tuviera el cuerpo lleno de cicatrices?

La curiosidad pudo conmigo, así que carraspeé y dije:

—¿Cómo te has hecho eso?

Apartó la vista de la ventana y me miró, como si fuera una señal, como si hubiera estado esperando la pregunta.

—¿El qué? —dijo tranquilamente.

—Tu herida —respondí—. Fuiste... Quiero decir, ¿te hirió alguien?

El chico se tocó pensativo la herida y después esbozó una sonrisa.

—No te lo puedo decir —dijo—. Pero… si me cuentas qué hacías fuera en el hielo, te contaré cómo me hice la herida.

—¡Venga ya! —me reí.

—Podemos prometer no contárselo a nadie —dijo el chico—. ¿Qué te parece?

—Me da exactamente igual cómo te hayas hecho ese arañazo —respondí.

—¿Ah, sí? —dijo el chico—. Estuvo a punto de costarme la vida, para que lo sepas.

—¿Te refieres a que casi te mueres?

Me miró fijamente.

—Si tú me lo cuentas, yo te lo cuento —dijo—. Pero tenemos que darnos prisa. Mi madre regresará en cualquier momento. ¿Puedes ponerte de pie?

—Claro que puedo —dije, y aparté la manta.

Me levanté de golpe para dejarle las cosas claras, pero en ese mismo instante me fallaron las piernas y, de no haber estado el chico allí y haberme sujetado, me habría desplomado en el suelo.

—¡Ojo! —dijo—, quizá sea mejor esperar un poco, ¿no?

—No seas tonto —dije, y parpadeé para alejar el mareo.

—Entonces, ¿estamos de acuerdo? —preguntó el chico.

—Sí, claro —respondí, pues ahora la curiosidad me corroía—, pero no se lo puedes contar a tu madre.

—Mi madre tiene que ser la última en enterarse de cómo me hice esta herida —dijo—. Le dije que fue con un viejo arpón de mi padre. —Se rio—. Le dije que estaba jugando a los pescadores y tropecé y me clavé el arpón en la cara. Tenías que haber oído cómo se lamentaba. Dijo que había estado en un tris de quedarme tuerto. Si ella supiera…

Volvió a sonreír y sus ojos brillaron. Luego se puso completamente serio. Habló como si fuera un adulto:

—Te voy a enseñar una cosa, pero tienes que venir al cobertizo. ¿Quieres que te ayude en la escalera?

—No, gracias —murmuré, y me sujeté con fuerza al pasamanos.

El botín

Me sentía tan mareada que todo me daba vueltas alrededor, y por esa razón bajé las escaleras muy despacio. Nos pusimos las chaquetas y las botas. Junto a la puerta colgaban varios enseres rotos. El muchacho dijo que su madre ganaba dinero con esas cosas, arreglando esto y aquello. Una olla quemada, un señuelo dañado, un cañón de fusil doblado, una suela desgastada: fuera lo que fuera, ella podía arreglarlo, parchearlo, pegarlo. Al parecer, también salvaba a las chicas que tenían la cabeza medio rota. Supongo que ese fue el motivo de que me dejaran justo ahí. El chico me contó que su madre era tan fuerte que podía doblar un atizador con las manos y por eso la llamaban Anna de Hierro. Él se llamaba Einar. Su padre había muerto ahogado hacía varios años.

Justo detrás de la cabaña de Einar y Anna de Hierro se encontraba un cobertizo en cuya pared exterior reposaba un trineo. Einar abrió y entramos. Allí había muchos aparejos de pesca, pero parecía que nada de eso se había utilizado en mucho tiempo. Las redes estaban llenas de polvo.

—Mi madre nunca entra aquí —dijo Einar—. Dice que el cobertizo le recuerda demasiado a papá.

Se puso en cuclillas junto a un fardo. Desdobló con cuidado la manta y sacó algo parecido a una especie de colinabo: un huevo de gallina.

—¿Tiene un pollo dentro? —pregunté, pues sabía que las aves ballena tenían sus crías en invierno.

Einar asintió. Pegó la oreja al huevo.

—Pronto saldrá del cascarón. Noto cómo se mueve. —Volvió a tocarse la herida de nuevo—. Deseaba conseguir un huevo como este desde hace muchísimo tiempo. Te juro que su madre intentó matarme al atraparlo.

Tocó con cuidado la cáscara moteada de negro. Yo ya había tocado antes muchas veces huevos como ese, pero nunca había tocado uno con un polluelo dentro.

—Cuando el polluelo salga del cascarón será mío —dijo Einar—. Solamente mío. ¿Qué te parece?

Esbocé una sonrisa como para reconocer que no estaba nada mal. ¡Tener tu propia ave ballena! Ser dueño y cuidar de una criaturita con pico dentado, ponerle un nombre y proporcionarle un lugar donde dormir. ¿Tal vez una gavilla de paja en una caja de madera? Sí, me hubiera gustado tener mi propia ave ballena.

Con cuidado, Einar volvió a arropar el huevo con la manta de lana. Luego se puso en pie y me miró.

—Ahora te toca a ti —anunció—. ¿Qué hacías en el hielo?

Me demoré un rato en contestar, pero habíamos acordado contarnos nuestros secretos. No había nada que discutir.

—Estaba buscando a Cabeza Blanca —dije.

Frunció el ceño.

—¿Qué?

—Cabeza Blanca —repetí—. El capitán pirata que no se conforma con robar metales y pieles. El que también roba niños.

—¿Por qué diablos lo andas buscando? —dijo Einar.

—Hace unas semanas su tripulación se llevó a mi hermana —respondí—. He decidido rescatarla. Pero eso no es todo. He encontrado su isla. Por casualidad. Pero resbalé y caí y después… después no me acuerdo de nada más. Luego desperté en vuestra casa.

Einar abrió sus relucientes ojos de par en par y parecían brillar de miedo por lo que acababa de escuchar.

—¿Has encontrado su isla? —susurró.

—Es una isla que tiene una gran bahía con una bocana —dije—. La bahía está rodeada de altas montañas. *El Cuervo* fondea en esa bahía y así no se ve desde el mar. Y vi... vi humo saliendo del interior de la isla.

—La minas —dijo Einar y tragó saliva. Pensó durante un rato y luego dijo—: ¿Saben tus padres lo que pretendes?

—Mi madre está muerta —respondí—. Y mi padre... no pudo hacer nada para impedírmelo.

Al pronunciar esas palabras se me escapó un suspiro. Pobre papaíto, ¿cómo lo estaría pasando ahora en casa, en la cabaña? Los arenques estarían agotándose y el tarro de bayas, vacío. El hogar resultaría frío por las mañanas. Y además estaba completamente solo. Eso era lo peor, que las dos luces que iluminaban su oscuridad y siempre le hacían sonreír se encontraban lejos de él.

—Tengo que dar con el camino para volver a esa isla —dije—. La persona que me encontró en el hielo podría decirme dónde está. Si supiera quién es.

En ese instante oímos un leve crujido parecido a cuando al pisar se rompe una ligera capa de hielo con la punta de la bota. El crujido se mezcló con un furioso silbido.

—¡Está rompiendo el cascarón! —dijo Einar.

Se lanzó de rodillas al suelo y desenvolvió la manta. La cáscara gruesa y moteada ya se había agrietado por varias partes. Apartó con cuidado un trozo de cáscara para ayudar a salir al polluelo. De la cáscara salió un piquito casi transparente con dientes, y graznó con una fuerza inaudita. Enseguida se abrió el huevo y ahí estaba el polluelo sobre sus inseguras patitas agitando las alas. Yo sabía que cuando adquiriese su plumaje adulto sería negro moteado, pero ahora era de color castaño. Tan maravillosamente castaño, suave y pequeño. Los ojos eran tan dorados como el oro. De vez en cuando se caía, pero enseguida se ponía de pie y graznaba como si estuviera enfadado con todo lo que le rodeaba.

Cuando Einar se agachó para acariciarlo, estuvo a punto de picotearle.

—¡Uy! —exclamó Einar—, no sabía que fuera tan agresivo.

—Jajaja, ¡de tal palo tal astilla! —dije—. Si no sabes nada de las aves ballena entonces tendrás problemas con este bichito.

Me miró. Más que irritación, mostraba admiración en sus ojos.

—¿Tú sabes algo de las aves ballena? —preguntó.

—Pues claro —respondí.

Los ojos de Einar resplandecieron.

—A ver.

Por supuesto que no había tenido trato con polluelos de aves ballena, pero conocía a las aves adultas. Y sabía qué era lo más importante si no querías sufrir sus afilados dientes y sus garras puntiagudas: no mostrar miedo.

Me puse de rodillas junto al polluelo gritón, lo sujeté con decisión por el lomo, de forma que las alas quedaron cerradas. El polluelo se revolvió para morderme la mano, pero no alcanzaba. Se tranquilizó al ver que sus ataques no me asustaban.

—¿Tiene tu madre algo de pescado? —pregunté.

Einar, que observaba mi exhibición con los ojos como platos, asintió apresurado y salió corriendo del cobertizo. Regresó enseguida con un arenque salado.

—Mejor con pescado fresco —dije.

—El arenque salado está muy rico —dijo Einar, y utilizó las uñas para arrancar unos trocitos de carne grisácea.

Me los dio para que alimentara al polluelo, que devoró un trozo tras otro y graznaba cuando me demoraba demasiado.

—¡Esto va muy bien! —dijo Einar exaltado.

—Sí, es cierto —respondí, y reí.

Cuando se acabó todo el arenque, aparté al polluelo para ponerme en pie. Apenas había estirado las piernas cuando la mirada se me nubló, y tuve que volver a colgarme del brazo de Einar. Me miró y me dijo:

—Si quieres saber lo que pienso, tienes que estar contenta de haber salido con vida de esa isla. Si vuelves… no tendrás la misma suerte.

Sangre en la nieve

Los días siguientes ayudé a Einar en todo lo que pude con su polluelo. Tan pronto como Anna de Hierro salía a devolver enseres reparados, nos escabullíamos hasta el cobertizo con arenques en los bolsillos. Era muy importante, decía Einar, que su madre no supiera que tenía un polluelo. No quiso decirme el porqué. Si yo preguntaba, solo respondía:

—Es nuestra promesa, ¿no?

El pollo ya tenía casi una semana. El pico, que en el momento de nacer era casi transparente, ahora era negro como el carbón y tenía dientes afilados como cuchillos.

—Si no tienes cuidado, te acabará mordiendo la nariz —le dije a Einar.

—Parece como si tú le gustaras más —suspiró, y se apartó pues el pollo intentaba picotearlo.

—Tienes que actuar con decisión. Y por lo que más quieras, no tires el arenque al suelo, pues entonces ya no le hace falta acudir a ti. Tiene que comer de tu mano.

Einar tomó el tajo de arenque que había tirado, se lo enseñó al pollo y puso cara seria.

—¿Qué pasa? —dijo—. ¿Vas a venir a comer de mi mano o prefieres quedarte sin comida?

Me reí.

—No entiende las palabras —dije.

Pero ahora el pollo pareció entender. Estiró el cuello y emitió un graznido que sonó como si tuviera gripe felina. Luego fue hacia Einar, que estaba sentado alargándole el trozo de arenque, y ¡zas!, se lo zampó.

—¡Ha funcionado! —dijo Einar.

Pero, entre tanta alegría, olvidó apartar la mano. Y el polluelo, aún hambriento, arremetió y mordió en busca de más pescado. Einar soltó un gemido y se puso de pie enseguida.

—Ay, me… —espetó mientras se sujetaba con fuerza la mano derecha.

—Déjame ver —dije.

Me mostró la herida en el dorso de la mano. Se me hizo un nudo en el estómago al ver tanta sangre manando tan clara y abundantemente. El suelo ya se había manchado.

—Hay que cuidar esa herida —dije.

Dejamos el pollo, que por puro instinto se dedicaba a picotear las gotas del suelo. Eché el cerrojo con cuidado y luego fuimos hacia las escaleras de la cabaña.

Anna de Hierro todavía no había vuelto. Tomé un trapo que colgaba de un gancho de la pila, y lo mojé en una palangana con agua.

—Siéntate —dije.

Einar obedeció. El fuego del hogar aún seguía encendido, arrojando su bondadosa y parpadeante luz hacia el techo. Los visillos se agitaban junto a las ventanas mal aisladas. La penumbra y el olor a arenques hacían que la cocina de Anna de Hierro resultara acogedora. Lavé la herida, y durante todo el tiempo Einar me siguió con la mirada. Entonces me miró a los ojos.

—¿Tú también crees que nos parecemos? —dijo.

—¿Cómo? —dije.

—Bueno… Tenemos el mismo color de pelo y de ojos. Los dos venimos de familias de pescadores. Tu madre está muerta, lo mismo que mi padre. ¡Y yo también tengo una alhaja, mira!

Con su mano sana sacó con cuidado el pequeño colgante que llevaba al cuello. Representaba un anzuelo. Lo había visto antes, pero no lo había visto tan de cerca como ahora. Einar me contó que se lo había dado su madre justo después de que su padre muriera ahogado.

Le dio la vuelta al colgante un par de veces, y luego me volvió a mirar y se rio.

—Es como si fuéramos hermanos o estuviéramos unidos por algo.

—Tal vez —dije, y esbocé una sonrisa—, aunque tus ojos son mucho más azules que los míos.

—A mí no me lo parece —refunfuñó Einar, casi como si se sintiera ofendido.

Después de secar la herida fui en busca de otro trapo con el que vendarle la mano. Luego enjuagué el trapo ensangrentado en la palangana y vacié el agua rosada en el cubo de fregar.

—¿Nos vamos? —pregunté.

Einar, que se había quedado sentado en silencio y algo desanimado, asintió y se puso en pie.

—Voy a por más pescado —anunció.

Levantó el paño del bote donde Anna de Hierro guardaba los arenques y pescó una hembra grande e imponente con el abdomen repleto de huevas.

—¿No crees que tu madre se dará cuenta de que robamos los arenques? —pregunté.

—No, qué va —respondió Einar, y abrió la puerta.

Al toparnos con Anna de Hierro, estuvimos a punto de dar un respingo. Estaba parada, observando la sangre de la escalera, y seguía el rastro con la mirada a través de la nieve hasta la puerta cerrada del cobertizo. Luego miró la mano vendada de Einar. Puso las manos en jarras y su rostro se tensó de rabia.

—¿Otra vez has estado jugando con el arpón? —dijo.

A Einar le pilló tan de sorpresa que no fue capaz de pronunciar palabra alguna.

—Te dije que no jugaras con esos aparejos de pesca viejos y oxidados —continuó Anna de Hierro, e hizo una mueca con su mejilla—. ¡Apenas se te ha cicatrizado la herida y ya estás jugando otra vez! ¿No sabes que puedes contagiarte del tétanos si te cortas?

—Sí —susurró Einar.

—Y encima llevas a Siri contigo —prosiguió Anna de Hierro—. ¿No te parece que ya ha tenido bastante cama? Me dan ganas de ir al cobertizo y tirarlo todo.

—¡No! —exclamó Einar.

—¡Lo haré si no me haces caso! —dijo Anna de Hierro.

Él la sujetó de la falda.

—Por favor —dijo—, por favor, por favor, no lo hagas.

Anna de Hierro se detuvo. Lo miró con el rostro enojado. Pero de repente, su expresión se suavizó y le acarició el cabello.

—Mi pequeño —dijo casi en un susurro—, ¿vas a ser como papá cuando seas mayor? ¿Por eso pasas todo el tiempo jugando a ser pescador?

Einar no dijo nada, solo miraba el suelo y asintió ligeramente.

—¿No entráis? —preguntó Anna de Hierro—. Ya es casi la hora de cenar.

Estábamos a punto de seguir a la madre de Einar por la puerta, cuando se dio cuenta de que Einar tenía un arenque en la mano.

—¿Se puede saber qué haces con un arenque en la mano? —preguntó.

Einar se quedó una vez más sin palabras, pero ahora me apresuré a contestar.

—Fue idea mía —dije—, pensé que sería más real si jugábamos con un pez. Fue una tontería por mi parte.

Anna de Hierro sonrió. Le quitó el arenque a Einar y cuando entramos y colgamos la ropa dijo:

—Ahora quiero que los dos me prometáis que nunca más jugaréis con cosas puntiagudas. Si no lo hacéis, me veré obligada a tirarlo todo.

—Lo prometemos —dijimos Einar y yo a la vez.

El mejor pescador

Pasaron los días en Las Velas. El mareo, que al principio era tan agudo, desapareció poco a poco. Einar también se dio cuenta. Cada vez necesitaba menos su ayuda para ponerme de pie o para bajar las escaleras. Y comprendió perfectamente que con la desaparición de mis mareos llegaría mi partida. Creo que eso le entristecía.

Una tarde estábamos los tres sentados a la mesa comiendo. Había sopa de pescado. Anna de Hierro era buena, pues me alimentaba y me proporcionaba un lugar donde dormir, y ni una sola vez siquiera me preguntó quién era yo, de dónde venía o qué estaba haciendo en medio del hielo.

Como si me hubiera leído el pensamiento, dijo:

—Puedes quedarte aquí todo el tiempo que desees.

Miré mi plato y vi los trocitos de pescado que flotaban alrededor de la sémola de cebada. Me gustaba la sopa de pescado de Anna de Hierro. Estaba condimentada con apio silvestre y otros aderezos.

—Creo que mis piernas han empezado a recuperar las fuerzas —dije—. No tardaré en irme.

Anna de Hierro posó su mano sobre la mía. Me miró a los ojos un buen rato, con expresión algo triste.

—No me importa adónde vayas ni lo que hagas —dijo—, aunque espero que valga la pena. —Sus ojos se encogieron mientras seguía mirándome—. En Las Velas no permitimos que los niños se hagan solos a la mar —añadió.

—Ya lo sé —murmuré.

—Y si fueras mi hija te ataría a la puerta —prosiguió Anna de Hierro—. No lo eres, y sin embargo… Sin embargo, presiento que, cuanto menos sepa, mejor.

Volví a asentir. Sí, mejor será. Por lo menos para su paz de espíritu. Una, dos y hasta tres veces le escuché decir que los niños debían tener cuidado con el mar. No le gustaría dejarme marchar si conociera mis intenciones.

—Pronto te librarás de mí —dije—, te lo prometo.

Anna de Hierro no respondió, sino que fue a servirse más sopa, y al volver miró a Einar, que había dejado de comer y tenía la vista clavada en la mesa.

—¿Por qué estás tan enfadado? —le preguntó.

—No lo estoy —respondió, y siguió zampándose la sopa.

Al día siguiente Anna de Hierro se marchó con un par de pantalones que le había arreglado a un hombre. Yo estaba sentada junto a la ventana, mirando la calle llena de baches por la que ella había desaparecido cuesta abajo. Sentía mariposas en el estómago al pensar en el gran pueblo que había ahí fuera y sobre el que le había hablado a Miki tantas veces. El pueblo en el que tanto había pensado. Dejé que el dedo recorriera el bastidor de la ventana. Estaba mohoso. Aquí, en la cabaña, apenas se notaba que se estuviera en Las Velas. Esto se parecía a mi casa y olía igual. Pero pronto, pensé, pronto caminaré por esas calles empedradas… Y entonces volví a sentir mariposas en el estómago.

De repente noté la presencia de Einar a mi espalda. Se fijó en mi dedo, que acariciaba el suave moho. Luego me miró y dijo:

—¿Piensas que somos pobres?

No le entendí bien del todo. Había algo brusco en la manera en que me lo había preguntado. Retiré el dedo y respondí:

—No.

No sabía si era mentira. Einar y Anna de Hierro quizá fueran pobres, pero en ese caso yo también lo era. En ese caso casi todas las personas eran pobres.

—¿Por eso no quieres quedarte? —preguntó Einar.

—¿Qué? —dije.

—Tal vez pienses que este sea un mal lugar para vivir —dijo.

—¿Qué tonterías son esas? —respondí—. Sabes muy bien por qué no puedo quedarme.

Einar asintió.

—Porque prefieres lanzarte a los brazos de la muerte.

—¡Porque tengo que rescatar a mi hermana! ¿Por qué dices eso? No quiero enfadarme contigo antes de navegar.

—¡No vas a navegar! —Sonó enfadado, pero sonrió enseguida y me tomó por los hombros—. Cuando oigas lo que he pensado, no te irás —dijo—. Espera un momento.

Salió corriendo escaleras arriba. Desapareció durante apenas unos segundos y regresó enseguida. Sostenía un papel en su mano.

—Mira esto —dijo.

Desdobló el papel. Vi que había estado arrugado. Einar me contó que lo había encontrado hacía un par de años, cuando su madre arreglaba un señuelo. El papel era el relleno del señuelo.

Creo que era una página de un libro sobre aves. Reconocí el pájaro de la imagen, pues se trataba de un ave ballena, un adulto. Luego había un montón de cosas que Einar me había contado: cuánto pesaba un ave ballena, cómo construían sus nidos y a qué

profundidad podían bucear. Había subrayado una frase en parti-
cular: «En el mar Helado no se puede encontrar mejor pescador
que el ave ballena».

Comprendí su significado. Significaba que de entre todos los
animales, el ave ballena era el que mejor pescaba. Miré a Einar.

—¿Qué quieres decir con esto? —pregunté.

—Este es mi plan —dijo Einar, y volvió a sonreír—. Lo he
guardado en secreto porque es solo mío. Pero ahora he decidido
contártelo. Te prometo que cambiarás de idea cuando lo oigas.

Y entonces Einar me contó su plan. Lo había ideado todo
él solo:

Cuando su polluelo se hiciera adulto, le ataría una cuerda a
las patas y otra alrededor del cuello que ajustaría todo lo posible
mientras el pájaro pudiera respirar. Luego comenzaría el trabajo.
Lo haría desde el viejo embarcadero del padre de Einar. Enviaría
el ave al mar para que atrapara peces. Cuando el ave atrapara uno
e intentara tragárselo no podría, pues la cuerda se lo impediría.
Para evitar que se ahogara, el ave necesitaría la ayuda de Einar
para sacarle el pez. Después, cuando Einar hubiera conseguido
muchos peces, le quitaría al ave ballena la cuerda del cuello y le
daría un arenque o dos como premio. Pues era importante que
el ave nunca estuviera llena del todo, porque entonces dejaría de
pescar. De esa manera, dijo Einar, sería la persona más rica de Las
Velas, quizá la persona más rica de todo el mar Helado.

—Y tú también —dijo—. Podrás ayudarme. Podemos hacerlo
juntos.

Miré el rostro pálido de ojos azules. De repente, dejó de ser
bello. Negué con la cabeza.

—No —dije.

—¡Sí! —dijo Einar—. ¡Con tu ayuda estoy seguro de que todo saldrá bien! ¿No comprendes lo bien que nos lo podríamos pasar? ¡Mamá dejaría de trabajar para todos esos hombres a los que arregla sus pantalones por unas pocas monedas! ¡Podríamos invitar a tu padre a vivir aquí!

—¿Y mi hermana? —dije—. ¿Qué pasará con ella?

Einar suspiró, como si de repente pensara que yo era una pesada.

—Aquí, en el pueblo, la gente sabe que hay que tener cuidado con Cabeza Blanca, que no hay que ir a buscarlo —dijo—. A quien Cabeza Blanca atrapa…

—Ya está bien, gracias, eso mismo dicen todos donde yo vivo —repliqué.

—Pero, ¿por qué tienes que ser tú quien vaya tras él? —preguntó Einar.

—Porque… porque creo que eso está mal —respondí.

—¿Qué está mal?

—Que otros trabajen duro a costa de que alguien se haga rico.

Al oír tales palabras, la expresión del rostro de Einar se volvió severa. Severa y distante.

—Si es así como me ves —dijo—, mejor será que te vayas.

—No tengo que irme justo ahora —respondí.

—¡Sí, ahora! —exclamó Einar, y me empujó—. ¡Ahora mismo!

—¿Qué te pasa? —dije, pero Einar volvió a empujarme, con ojos lacrimosos.

—¡Fuera, te digo que te vayas! ¡No eres mi amiga! ¡Aquí no pintas nada!

Me sentí tan triste y asombrada que no pude menos que obedecer. Me vestí y salí corriendo, bajé apresurada por la calle del pueblo, pero enseguida oí que Einar venía tras de mí.

—¡Siri! ¡Espera! —gritó—. ¡Te digo que esperes!

Corrió hasta alcanzarme, tiró de mi chaqueta.

—¡Perdona! —dijo—, no tenía que haber dicho eso.

—No importa —dije, y me zafé—. Me voy de todos modos. Ya he esperado demasiado.

—¡Siri! —dijo, y volvió a sujetarme.

—¿Qué pasa?

—Quiero decir…

Einar me miró con los ojos brillantes y desesperados. El vaho alrededor de su boca era blanco y reluciente. Podría haber jurado que luchaba contra algo en su interior. Cuando volvió a atrapar mi mirada dijo:

—… que tienes que sentarte. Me refiero a si vuelves a tener mareos.

Asentí.

—Gracias. Y a tu madre también salúdala de mi parte, por favor.

Las tiendas de Las Velas

Después de alejarme de Einar el corazón me dolió durante un buen rato. Ya no era el mismo chico de días atrás, cuando trabajábamos juntos para domesticar a su polluelo. No, ahora que conocía sus segundas intenciones resultaba una persona diferente. Y sin embargo… Sin embargo, me sentía triste por habernos dicho adiós en un ataque de ira.

Los pies resbalaban, no estaban acostumbrados a andar por calles empedradas. ¿Adónde podría dirigirme ahora? No tenía ni idea de adónde ir o a quién pedirle consejo. Ni siquiera sabía adónde apuntaba mi nariz. Todo era nuevo y desconocido.

Sí, quizá las cabañas se parecieran a la mayoría de las cabañas. Bajas y grises y con ventanas de marcos mohosos y visillos remendados, y tras ellos viejecitas grises con pelos en la barbilla. Por las esquinas de las cabañas andaban cerdos hozando los charcos cenicientos de aguanieve. Y el cielo estaba gris y los ojos de los jóvenes que me encontraba eran grises.

Pero cuanto más me aproximaba al puerto, todo se volvía menos gris. Aquí las puertas de las tiendas estaban abiertas y se podían comprar balas de fusil casi en cualquier puesto. En uno, colgaban hileras de zorros plateados con los vientres abiertos y vacíos. El viejo encargado de la tienda vendía gorros de piel de zorro. En la tienda de al lado había peines y cajas y dados tallados en hueso de ballena. Y un bastón hecho con el largo y afilado colmillo de un narval. Luego vi una tienda donde vendían pulpos vivos, todos metidos en un barreño de madera; cuatro o cinco de ellos serpenteaban y se arrastraban en busca de espacio.

Y además se vendían jarras de cobre y plata, zapatos de piel de salmón y botas de piel de foca, alhajas hechas con colmillos y joyas de oro, y se podían comprar como adorno huevos de búho nival. En Las Velas se podía encontrar todo lo imaginable.

De repente, me crucé con un hombre que vestía piel de lobo blanco y llevaba dos pistolas en el cinturón. Me quedé mirando fijamente las dos pistolas de tal manera que por poco los ojos se me quedan pegados a ellas, y cuando nos cruzamos contuve la respiración de puro terror. El hombre ni siquiera se fijó en mí.

Un poco después me encontré con una mujer que olía tan fuerte a pájaro muerto que tuve que taparme la nariz. Al mirarla más de cerca pude ver que su abrigo estaba hecho de piel de alca gigante y de él colgaban picos retorcidos del animal. Las alcas gigantes eran presas fáciles, pues sus alas no estaban hechas para volar. La gente de la peor calaña ni siquiera se preocupaba de matarlas antes de desollarlas. También había oído hablar de gente que hervía el alca gigante viva para conseguir una comida rápida. Bastaba con meter al inocente bicho incapaz de volar en una olla y encender el fuego.

Cuando la mujer desapareció calle abajo, me encontré enseguida con otra mujer que llevaba tirantes por encima de la chaqueta y toda una ristra de cuchillos que colgaba de ellos. Tenía verrugas alrededor de los ojos y se cubría la cabeza con un sombrero.

En realidad, ¿cómo se reconocía si alguien era un pirata? ¿Los piratas parecían más malos que los demás? ¡A lo mejor era al revés!

Los piratas más listos quizá eran aquellos que podían hacer creer al resto que eran amables, quizá tuvieran rostros finos y bonitos abrigos y el cabello bien peinado. Y justo cuando uno creía que había encontrado a un amigo, entonces te quitaban todas las cosas de valor y se largaban de allí.

Paseé un buen rato por las extrañas calles empedradas observando a la gente. ¿Cómo debía comportarme? ¿Debería tirarle a alguien del brazo con cuidado y preguntarle: es usted por casualidad un pirata? ¿Y sería usted tan amable de llevarme a la isla de Cabeza Blanca? ¡Ahora mismo si es posible!

Mientras iba pensando en tales cosas, llegué a otra tienda abierta que a primera vista estaba bastante vacía. El viejo sentado en la entrada parecía no tener a la venta nada más que un par de arpones usados, y en un cubo había unas cuantas cabezas de platijas en gelatina. Pero justo al lado del cubo había un par de pequeños monederos, hechos de una piel clara que me resultaba familiar y extraña al mismo tiempo. Toqué ligeramente uno de ellos. Era suave. El viejo se relamió la boca y me miró de forma taimada. Comprendí por su expresión que lo que tocaba era algo muy especial.

—¿Te interesa? —dijo.

—Estoy solo… ¿De qué es? —murmuré—. Me refiero a la piel.

Entonces el hombre se acercó y con una sonrisa mostró todos sus asquerosos dientes negruzcos.

—Es algo muy raro —dijo—. No creo que hayas tocado una piel así antes, muy poca gente lo ha hecho. No te creas que es gratis.

Justo entonces me percaté de un detalle que hizo que se me revolvieran las entrañas. En los extremos de los cordones del monedero había algo que, en un principio, pensé que eran trozos de conchas marinas. Pero no, eran uñas.

De golpe supe de qué estaba hecho el monedero, y lo tiré y me alejé del viejo repugnante a toda prisa mientras oía en mi interior un hilo de voz que decía: ¡Na-naa!

Me obligué a pensar, una y otra vez, que no se trataba de él. No era mi pequeño el que se había convertido en un monedero. Tenía que ser otro.

El mareo volvió a manifestarse y creí que me iba a desmayar. Encontré un par de cajas sobre las que me dejé caer. Estuve un rato sentada, sentí cómo la cabeza me daba vueltas mientras lloraba por todo. Por las cajas y por los gorros y por los dados. Por las personas que hacían monederos de sirenas. Por todos aquellos que tomaban más de lo que necesitaban.

Cuando por fin dejé de llorar, me sequé las mejillas con la manga de la chaqueta y miré a mi alrededor. Había llegado al muelle. En los cobertizos del muelle había algunas redes tendidas para ser reparadas, pero se habían congelado y parecían finos y delicados esqueletos de hielo. Junto a ellas había un grupo de hombres y mujeres grises conversando. Pescadores, pensé. Pobrecillos, no lo tendrían fácil ahora que no podían sustentarse.

Sí, resultaba extraño este mar inmenso y helado. En los muelles los barcos estaban inmovilizados. Reinaba una extraña calma en ellos, ninguno se mecía, ninguno crujía. Un barco de un solo mástil tenía una bonita figura de madera tallada en la proa, una mujer vestida que fumaba una pipa de espuma de mar. Las salpicaduras de agua se habían congelado en sus mejillas y parecían lágrimas.

Justo al lado de los muelles había una hilera de almacenes, una oficina portuaria, por supuesto, y un práctico del puerto que tenía una pequeña covacha con un farol en la puerta.

De repente mis ojos se fijaron en un hombre, y ese hombre, pensé enseguida, ese hombre, ¡tal vez fuera un pirata! No sé por qué se me ocurrió. Todo su ser desprendía algo feo y desagradable. Sus ojos parecían punzantes y amenazadores, y apretaba los labios con expresión maliciosa. Se movía encorvado y apresurado, sin detenerse ante nada ni nadie, como si todo él quisiera decir: ¡Dejadme en paz!

El hombre se agachó en el muelle azotado por el viento y se dirigió hacia una puerta sin pintar que se encontraba a solo un tiro de piedra de la escalera del práctico, que acababan de barrer. Abrió y entró. Antes de que la puerta se cerrara tras él, oí el sonido del tintineo de un plato de metal y las maldiciones altisonantes de unas cuantas personas.

Me puse en pie y me acerqué despacio a la puerta. ¿Qué había dicho Fredrik? «Los piratas más indiscretos son aquellos a los que les gusta la cerveza, y en el puerto hay infinidad de tabernas de mala fama.»

Había un letrero encima de la puerta. Estaba oxidado y me costó leerlo. Sin embargo, después de un rato conseguí descifrar las letras torcidas y borrosas: Las Armas de Las Velas.

Me quedé un buen rato mirando fijamente la puerta. El lugar me asustaba y deseaba largarme de allí cuanto antes, pero ahora no podía tener miedo. Quizá fuera justo aquí donde podría averiguar cómo proseguir mi camino.

Respiré hondo. Y luego entré.

Las Armas de Las Velas

Tuve que parpadear un par de veces antes de que mis ojos se acostumbraran a la penumbra. Había varios quinqués colgados de las paredes, pero no daban demasiada luz. Olía fuerte. El suelo estaba mojado y sucio a causa de la nieve. Goteaba humedad de las paredes. Junto a un imponente aparador, un hombre con un delantal sucio secaba una jarra. Vi una hilera de barriles detrás de él, pensé que seguramente contendrían cerveza. Luego había un gran fogón sobre el que una olla colgaba de unas grandes cadenas. Del techo pendían manojos de cabezas de bacalao seco y restos de otro pescado, marucas.

Los hombres y mujeres sentados a las mesas estaban sucios y mostraban un aspecto horrible; tanto su ropa como sus caras presentaban costurones. Casi todas las sillas estaban ocupadas. Cuando el mar se congelaba, los piratas tenían tan poco que hacer como los pescadores. No se veían bonitos abrigos ni flequillos peinados. Esta gente no se daba aires. Varios de ellos alzaron la vista, me estudiaron con la mirada.

Me arrepentí de golpe. No, no deseaba encontrarme ahí y no quería hablar con ninguno de ellos. Di media vuelta para salir, pero entonces topé con un tipo que había aparecido justo detrás de mí. Oh, era tan horrible y feo que apenas pude mirarlo. Tenía el rostro lleno de pústulas. Vestía un abrigo peludo y asqueroso infestado de piojos que se movían por él. Le faltaban varios dedos de las manos, sus ojos húmedos parecían enfermos. Esbozó una sonrisa desdentada.

—¿Qué haces aquí?

Tragué saliva.

—Buscar —dije.

—¿Buscar? —respondió el hombre—. ¿Buscar qué?

Al principio no sabía si podría decirlo así de golpe. Pero luego pensé que era mejor si hacía comprender a ese bribón que tenía que arreglar un asunto real y peligroso en esa taberna, en Las Armas de Las Velas. Si lo entendía, quizá podría conseguir su admiración. Lo mejor era mostrarme valiente.

—Estoy buscando a alguien que sepa dónde se encuentra Cabeza Blanca —dije, y miré fijamente sus ojos acuosos.

El hombre me examinó un buen rato con una expresión que no pude descifrar. Después asintió despacio.

—Así que es eso —dijo—. Vaya, las cosas que tiene uno que oír antes de que le metan en un saco y lo tiren al mar.

—¿Hay alguien aquí que conozca bien el mar? —pregunté—. ¿Alguien que sepa dónde se encuentra la isla de Cabeza Blanca?

Los ojos del hombre se entornaron.

—¡Jajaja! —dijo, y se relamió la boca—. ¿Acaso podrías pagar…?

—No tengo dinero —murmuré.

—¿Tal vez tengas alguna otra cosa?

—¿Como qué?

Había fijado su mirada en el cordón de mi cuello.

—Déjame ver eso —dijo.

En realidad quise negarme, pero no me atreví. Saqué el pez remo que llevaba colgado debajo de la camisa. Los ojos del hombre se iluminaron. Avanzó hacia él, pero entonces retrocedí, pues no, no iba a dejar que ese puño desagradable y deforme me tocara.

—¡Oye! —exclamó el hombre—, solo quiero tocarlo un poco. Quédate quieta.

De repente, dos hombres se pusieron en pie. Uno de ellos lucía un bigote largo y sucio, y un gorro de piel con orejeras; al otro le habían cosido un ojo de forma que apenas parecía una raya. Tenía la punta de la nariz roma, como si alguien se la hubiera cortado.

—¿Qué tiene? —preguntó el del bigote.

—¡No te metas en esto! —espetó el de las pústulas—. ¡Vuelve a tu sitio!

—¿Por qué tienes que ser tú el que se quede con las cosas de valor? —dijo el tuerto. Se inclinó sobre mí y sentí su mal aliento. Sujetó el cordón—. Dame eso —espetó.

—¡Déjame! ¡He venido aquí para conseguir información! —dije, y tiré para que lo soltara.

—¿Información? —dijo el tuerto—. ¿Qué clase de información?

—Dice que está buscando a Cabeza Blanca —dijo el hombre de la cara con pústulas.

—¿Ah, sí? Pues tú no tienes ni idea de… —respondió el tuerto.

—¡Tú tampoco, miserable! —dijo el de las pústulas.

El del bigote mostró el hocico.

—Te diré dónde está la isla de Cabeza Blanca —dijo—. ¡En el mar! Y ahora dame el colgante.

—¡No! —grité, y aparté su mano con un golpe.

El hombre se enfureció. Me agarró de la chaqueta. Miré al

tabernero en busca de ayuda, pero no parecía interesarle lo que pasaba.

—¿Buscas pelea, maldita? —espetó el hombre del bigote—. ¡A mí no me importa!

—¡Suéltame! —exclamé—. ¡No puedes pegarme!

—¡Yo pego a quien quiero! —respondió el hombre—. La última vez que pregunté, era Cabeza Blanca quien andaba buscando niños y no al revés. ¿Qué quieres de él?

—¡Nada! —dije, y sentí cómo brotaban las lágrimas—. Estoy buscando a mi padre, ¿no entendéis una broma?

—¿A tu padre? —dijo el tuerto, y estornudó—. ¿Hay alguna posibilidad de que ande por aquí?

No podía contener las lágrimas, me sequé las mejillas.

—¡Claro que sí! —exclamé—. ¡Y tened cuidado de que no le cuente que me queríais robar, pues tiene un cuchillo!

Los hombres rieron.

—¡Uy uy uy! —dijo el de las pústulas, y por su tono de voz comprendí que todos llevaban cuchillos—. Bueno, señálanos a tu padre y te dejaremos en paz.

Me empujaron hacia el centro de la taberna, entre las mesas llenas de tipos malolientes a cual más borracho. Todos me observaron, pero a ninguno le importó que me dieran empellones por la espalda, nadie pensó en socorrerme.

¿Qué podía hacer? Si salía corriendo nunca llegaría a la puerta y tampoco había ningún padre en cuyos brazos pudiera refugiarme. Aquí no conocía a nadie.

Sí, al principio no pude creer lo que veían mis ojos, pensé que eran visiones a causa de los efluvios del alcohol. Pero al fondo de la sala, sentado solo a una mesa, ¡allí estaba, seguro, alguien a quien conocía! Dormía. Tenía un brazo estirado encima de la mesa y apoyaba la mejilla contra el brazo. De la comisura de los labios le caían algunas babas.

Me dirigí hacia allí con pasos apresurados, tiré del brazo extendido y lo sacudí.

—¡Despierta! —dije—. No te quedes ahí durmiendo, te he estado buscando.

El hombre irguió la espalda y resopló por haberle despertado con brusquedad. Me miró fijamente, pues le costaba creer lo que veían sus ojos.

—¿Y? —dije, y miré a los tres que me habían empujado—. ¡Aquí lo tenéis, ya podéis dejarme en paz!

El tuerto, el bigotudo y el hombre de las pústulas no tardaron mucho en obedecer. Y la razón no fue el cuchillo que el hombre sentado a la mesa llevaba en el cinturón: se trataba de un capitán elegante que llevaba gruesos aretes de oro en sus orejas. No había que ser muy listo para comprender que mi padre no era un tipo cualquiera.

El hundimiento

Urström parecía extenuado y su abrigo de capitán estaba sucio. Tenía bolsas grises debajo de los ojos. Miró a los tres hombres que acababan de dejarnos.

—¿Quiénes eran esos? —preguntó.

—Nadie —dije.

Se enderezó, dio un trago a su jarra. Nos quedamos en silencio un buen rato. Luego dijo:

—Vaya, aquí estás.

—Sí, eso parece —respondí.

Asintió.

—¿Cómo has llegado hasta aquí?

Bueno, eso se preguntaba, claro. ¡Iba a quedarse con las ganas de saberlo! Estaba contenta por haberme salvado acudiendo a la mesa de Urström, pero al mismo tiempo verlo de nuevo me ponía furiosa. Ese canalla me había engañado. Se había largado de Islas del Lobo dejándome abandonada entre la nieve y el frío.

Cuando Urström comprendió que no recibiría respuesta alguna, miró fijamente la mesa. Después de un rato alzó la vista.

—Bueno, aquí tienes a un capitán sin barco. Tal vez pienses que lo tenga bien merecido.

—¿Qué quieres decir? —dije.

Urström esbozó una sonrisa, aunque era una sonrisa amarga

y falsa. El *Estrella Polar* ya no existía, me contó. El hielo lo había destruido.

Sentí un escalofrío, resultaba tan horrible que un barco grande y bonito se hubiera convertido en astillas.

—¿Qué pasó? —pregunté.

Urström dio un nuevo trago y se secó la boca con la manga del abrigo. Había algo realmente siniestro en toda su figura, parecía resignado y roto. Se diría que tanto el velero como el capitán habían quedado hechos astillas al mismo tiempo.

—Llegó una calma chicha —dijo—. El viento desapareció por completo mientras navegábamos. Y luego llegó la helada. Nos quedamos atrapados. Sin embargo, al principio creí que conseguiríamos liberarnos, que podríamos esperar a que subiera la temperatura para largarnos de allí. Pero la helada… no cesó. —Dio un trago más y después continuó su relato—: Pasamos unos cuantos días en el mar entre crujidos. Y de repente, una noche, el barco no aguantó más. El casco cedió. Se deshizo. —Tragó saliva, y cuando prosiguió, su voz temblaba—: Desapareció toda la tripulación. Fui el único que consiguió salvarse.

De pronto me costó respirar. Una bola de dolor creció en mi garganta. ¿Toda la tripulación? ¡Cada uno de los grumetes, cada uno de los marineros…, y el cocinero! Mi buen amigo de cálida sonrisa y grandes brazos. Era tan horrible que no deseaba creerlo. ¡Fredrik no podía estar muerto!

Me quedé ahí sentada con un nudo en la garganta mientras Urström terminaba su relato. Me contó cómo había corrido sobre el hielo en la noche oscura, congelado de frío y sin esperanzas de salvación. Cómo en la distancia vislumbró las luces de Las Velas y cómo finalmente se salvó al llegar a tierra. Se rio al decir que si el *Estrella Polar* hubiera hecho un miserable nudo más entre Islas del Lobo y Las Velas quizá hubieran llegado antes de que el hielo los atrapara.

Sentí algo desagradable en el estómago. Lo cierto era que debía a Urström no haberme ahogado junto al resto de la tripulación, con las mejillas blancas y el cabello flotando alrededor de la cabeza como miles de delgados tentáculos.

Lo vi ahí sentado, encorvado y en un estado lamentable. Quizá lo pasado ahora ya no importaba. Quizá podría haberlo dejado pasar. Sin embargo, necesitaba preguntar, necesitaba oír su respuesta.

—¿Por qué me abandonaste? —dije.

Urström alzó la mirada. Se demoró un rato, como si valorara un posible enfado. Pero entonces la resignación volvió a apoderarse de él. Se encogió de hombros y dijo:

—Tuve miedo. Miedo de que Cabeza Blanca se enfadara conmigo si se enteraba de que Fredrik y tú habíais llegado a Las Velas en mi velero. No quería arriesgar la vida de mis hombres. —Negó con la cabeza—. Ahora están todos muertos. Y soy pobre, pues todo lo que poseía se lo tragó el mar. El dinero de Fredrik también, por si quieres saberlo.

—Te quedan los anillos —dije—. Deben de ser valiosos, ¿no?

Urström palpó uno de sus gruesos anillos de oro.

—Se los he prometido al dueño de la posada a cambio de cama y comida.

Dejó ir un profundo suspiro. Lo cierto es que, justo en ese momento, sentí pena por él. ¡Qué extraño! ¡Después de todo lo que me había hecho!

—Pero lo que hiciste fue ruin —dije—. Decirle a Fredrik que yo le había quitado el dinero.

Urström resopló.

—Sin embargo, no se lo creyó. Después de Islas del Lobo no hizo otra cosa que quedarse en su litera, enfadado. Si se le acercaba alguien, blasfemaba, gritaba y vociferaba diciendo que podía oler la mentira. Decía que cuanto antes abandonara el barco mejor.

Ah, eso me hizo feliz. ¡Fredrik no se había tragado las mentiras sobre que yo era una ladrona, había comprendido la verdad! Pero estaba muerto... Se lo había tragado el mar, con lo grande y bueno y cariñoso que era, nunca podría olvidarlo.

—Tú viste cuando... —dije, y tragué saliva, pues había regresado el nudo en la garganta—. ¿Lo viste cuándo se ahogó? ¿Sufrió mucho?

Urström contrajo las mejillas, de modo que se volvieron aún más afiladas de lo que eran. Me miró de una manera extraña, casi malvada y divertida al mismo tiempo.

—No he dicho que Fredrik se ahogara —replicó.

Parpadeé para secarme los ojos.

—Dijiste que toda la tripulación...

—Cuando el *Estrella Polar* se hundió, Fredrik ya no formaba parte de la tripulación —me interrumpió Urström—. Había abandonado el barco unos días antes.

—¿Abandonado? ¿Cómo?

—Cuando nos dimos cuenta de que estábamos atrapados en el hielo, se fue directo a su litera, tomó sus cosas y se marchó. Descendió tan tranquilamente por la borda. Quise decirle que era una locura. Que no sabía si el hielo resistiría todo el camino hasta tierra. Pero tú ya sabes cómo es. Es un cabezota y… Ya había dicho que cuanto antes se fuera del barco, mejor. Y eso fue lo que hizo, literalmente.

—Sí, pero, ¿cómo le fue? —pregunté—. ¿Llegó a tierra?

—No lo sé —respondió Urström indiferente. Después bebió un poco, se secó la espuma de los labios y añadió—: Por lo que sé hay un loco pelirrojo que ha levantado su campamento a las afueras del pueblo y se pasa los días disparando a frailecillos. Se habla de él por aquí. Pero nadie sabe su nombre ni de dónde viene, pues no hay nadie que se haya atrevido a acercarse. Al parecer tiene muy buena puntería.

Me puse en pie tan rápidamente que la silla casi se cayó y sentí cómo el corazón latía desbocado en mi pecho.

—¿Qué? —dije—. ¿Dónde se encuentra el campamento?

—Solo tienes que seguir el puerto hacia el este hasta que escaseen las cabañas —respondió Urström—. Seguro que después verás la fogata en la loma.

El hombre del campamento

Corrí por el camino que Urström me había indicado como si mis pies tuvieran alas. ¡Y si fuera cierto que Fredrik se encontraba en Las Velas! ¡Y si pronto lo veía de nuevo!

Pero, ¿y si no era él? ¿Y si se trataba de otro pelirrojo capaz de matar frailecillos de esa manera? ¿Y si era un loco de verdad? ¿Uno que me dispararía si me acercaba?

Mientras avanzaba a toda prisa, las cabañas comenzaron a escasear. Las Velas se diluía. Ahora vi una loma. Pero, ¿sería esa loma? ¿No había dicho Urström algo sobre una fogata?

¡Sí! Allí estaba el humo, tan tenue y delgado como una cuerda. Cuando reduje la marcha, el corazón me latía desbocado. Tal vez, de todas formas, sería mejor tener cuidado.

Seguí el sendero marcado en la nieve. Las huellas de las botas que habían pasado antes que las mías eran grandes. Justo tan grandes como...

No, no quería convencerme. Todavía no. Era una tontería convencerse demasiado, la desilusión podría ser insoportable.

¿No debería oír algunos disparos? ¿No dijo Urström que el hombre de la loma se pasaba el día entero disparando? ¿Habría levantado su campamento y se habría marchado? ¿Y si su hoguera estuviera a punto de apagarse? ¡Y si había llegado demasiado tarde!

Quizá sí, quizá no. «Ya basta de suposiciones —me dije—. Ahora solo voy a echar un vistazo.»

Y eso hice. Durante el último tramo fue como si cada parte de mi ser contuviera el aliento, como si en el mundo no existiera nada más que mi persona, el rastro en la nieve y el hombre al final del sendero. Llegué a la cima de la loma. Y vi la fogata. Y vi la cabaña hecha con restos de naufragios. Y vi la pequeña cafetera en el suelo y vi el fusil. Y vi las aves muertas que colgaban de un palo en la nieve. Y lo vi, el pelirrojo de anchas espaldas. Estaba sentado mirando fijamente el fuego agonizante, tenía las piernas recogidas y los brazos alrededor de las rodillas. Parecía un hombre solitario.

—Fredrik —dije con un hilo de voz.

Demasiado bajo, no me oyó. Carraspeé para volver a repetirlo. Entonces alzó la mirada.

Al principio no pareció sorprenderse en absoluto. Tal vez creyó que era producto de su fantasía. Pero cuando empezó a comprender que yo no era una fantasía, que era de verdad, entonces arqueó las cejas y se puso de pie. Fui hacia él por el camino y para echarle una mano, dije:

—Soy yo.

Sacudió la cabeza.

—¿Es cierto? —susurró—. ¿Eres realmente tú, Canija?

Me levantó y me sostuvo con los brazos frente a él, y de repente no pude controlarme, y comencé a reír.

Y entonces Fredrik exclamó:

—¡Sí, eres tú!

Y luego también rio. Y reí todavía más, y Fredrik también rio todavía más. Y después de abrazarnos, seguimos riendo, pues resultaba divertido y extraño y bueno que, de repente, estuviéramos ahí juntos, él y yo. Y en ese momento si hubiera pasado alguien a cierta distancia para echar una ojeada, seguro que habría pensado que en aquella loma había más de un loco.

Un rato después Fredrik había avivado el fuego. Nos sentamos en su piel raída y bastante vieja, aunque cómoda. Fredrik trajo una de las mantas nuevas que había comprado en Islas del Lobo y me la puso sobre las piernas.

—¿Tienes hambre? —preguntó; ¡claro que tenía!

Ya estaba al tanto de que Fredrik sabía preparar los frailecillos y recordaba lo ricos que estaban. Dijo que se estaba cansando un poco de su carne, pues apenas había comido otra cosa desde que abandonó el *Estrella Polar*.

—¿Me lo puedes contar? —dije—. ¿Todo lo que ha pasado desde la última vez que nos vimos?

Sí, claro que podía, dijo Fredrik, pero primero deseaba oír qué había hecho yo. Discutimos durante un rato sobre quién debía comenzar. Fue solo en broma, claro, y finalmente me rendí. Mientras Fredrik tomaba dos grandes frailecillos, le conté todo, de principio a fin. Le hablé de Urström y el viejo que me encerró en el almacén, de Nanni y su Señal, de los hombres que robaron un balandro y se hicieron a la mar, del niño, mi pequeño, con el que viví en la cueva, la nevasca y *El Cuervo*, le hablé de Einar y su madre y, finalmente, de Urström de nuevo. Cómo me lo acababa de encontrar en Las Armas de Las Velas.

—¿Sabías que el *Estrella Polar* se ha hundido? —dije.

Durante un momento Fredrik dejó de desplumar. Asintió.

—Sí, en el pueblo hay un comerciante de aves al que a veces le vendo algunas para poder comprar café y otras cosas. Conoce al mesonero de Las Armas de Las Velas y así fue como me enteré.

Suspiró hondo y prosiguió con el desplume.

—A bordo de ese barco no eran agradables todos los que tra-bajaban —dijo—, pero de cualquier manera ninguno de ellos se merecía morir. Y el único que al parecer se salvó se pasa el día bebiendo y sintiendo lástima de sí mismo.

Después nos quedamos un rato en silencio. Fredrik rellenó los menudillos de pasas que se había llevado cuando abandonó el barco. Luego asó las aves en un palo. Las gotas que caían de la carne chisporroteaban en el fuego. Luego sacó las aves asadas del palo y me ofreció una de ellas. Costaba sujetarla, pues estaba muy caliente, pero enseguida pude darle el primer bocado a la carne tierna.

A Fredrik también pareció animarle la comida, aunque es-tuviera harto de ella. Cuando se comió la mitad del ave, tomó la palabra, ahora era su turno de contar. Empezó desde el principio: cómo se despertó de su siesta ese día y descubrió que yo no estaba a bordo. Aquí ya tuve que interrumpirlo. Dije:

—¿Cómo supiste que no fui yo quien te robó el dinero?

Fredrik me miró con sus brillantes ojos azules.

—¿Tú, Canija? —dijo—. Si hubieras sido de esos que solo piensan en sí mismos, entonces, para empezar, nunca habrías sali-do al mar Helado. ¿Me equivoco?

—Quizá no —respondí, y volví a sentirme loca de alegría; feliz porque Fredrik no se había tragado las mentiras de Urström, sino que había comprendido la verdad.

Dio un par de bocados y prosiguió su relato.

Claro que Urström no quiso reconocer que fue él quien tomó el dinero. Pero sus deseos de que Fredrik olvidara nuestra aventura no se cumplieron. No, tan pronto como el hielo atrapó al *Estrella Polar*, Fredrik se dirigió a Las Velas. No tenía ni idea de qué me había sucedido. Ni siquiera sabía si seguía con vida, y por eso decidió que buscaría a Cabeza Blanca por su cuenta y rescataría a Miki. Pues eso es lo que yo había dicho que haría. Aunque no podía hospedarse en ninguna posada, Urström se había encargado de eso.

—Pero… —dijo, y me sonrió— Dios sabe si no me lo habré pasado mejor aquí.

—Seguro que sí —dije—. No me hospedaría en Las Armas de Las Velas ni por todos los arenques del mundo. Puedes creer que allí me encontré a más de tres bandidos que quisieron decirme dónde estaba Cabeza Blanca sin ni tener ni idea.

—Ese capitán… —dijo Fredrik, meneando la cabeza—. Es tan tristemente célebre que parece vivir en todas y cada una de las islas de los alrededores. Preguntes a quien preguntes, siempre dan una respuesta diferente.

Se secó las manos en los pantalones. Después fue en busca de su petate de marinero y sacó un mapa. Señaló con el dedo distintas islas mientras decía:

—Un hombre que me encontré en el puerto me aseguró que podría encontrar a Cabeza Blanca aquí, a un par de millas náuticas de Isla Exterior. Otro dijo que se encontraba en Isla Anguila, al este. El viejo al que le vendo los frailecillos dice que está en algún lugar al norte de Isla Grande, aunque parece una locura, pues esos islotes caben en mi bolsillo.

Suspiró y volvió a doblar el mapa. Mientras seguíamos comiendo nuestras aves, hablamos sobre cómo debíamos comportarnos para descubrir dónde se encontraba la isla de Cabeza Blanca. Resultaba tan absurdo e irritante, pensé, haber estado allí una vez y, sin embargo, no acordarme de nada.

Después de comer me sentí tan satisfecha que noté cierta modorra.

—Es lo más rico que he comido desde… desde que cocinaste el ultimo frailecillo —dije.

—En realidad también debería llevar huevo —dijo Fredrik—. Pero no tengo ninguno. A mí me parece que no está igual de rico sin huevo.

—Cuando haya descansado un rato iré a ver si encuentro un nido de ave ballena —dije—. Por supuesto que tendrás huevos con la carne, si eso es lo que quieres.

—Aquí no hay aves ballena —apuntó Fredrik, y empezó a lavar la cafetera con una especie de cepillo hecho con unas ramitas.

—¿Qué? —dije.

—No hay aves ballena en Isla Exterior —dijo Fredrik.

—¿Por qué crees eso? —pregunté.

—Lo sé —dijo Fredrik—. A la última ave ballena la mataron hace más de cincuenta años, según me dijo el tratante de aves. Así que si quieres encontrar huevos tendrás que hacerlo lejos de aquí, en los islotes del mar abierto.

Puso una medida de café molido en la cafetera y le puso nieve, y mientras tanto murmuraba por lo bajo, casi para sí mismo:

—Aunque claro, a estas alturas de año seguro que los huevos tienen polluelos.

Me puse de pie como un resorte.

—¿Qué pasa? —dijo Fredrik.

—Acabo de comprender una cosa —dije—. ¿Me dejas tu mapa?

—¿Para qué lo quieres? —preguntó al dármelo.

—Ya sé quién puede indicarme dónde está la isla de Cabeza Blanca —dije—. ¡Vuelvo enseguida!

Quién me encontró en el hielo

Antes de regresar a la cabaña gris, permanecí parada un rato en el lado opuesto de la calle. No se veía ni rastro de la figura encorvada de Anna de Hierro. Quizá todavía seguía fuera. Subí la escalera y llamé a la puerta. Me resultó extraño, casi había empezado a considerar mía esa puerta.

Nadie abrió.

Entonces volví a bajar la escalera y me dirigí al cobertizo. Allí, apoyado contra la pared, se encontraba el trineo. «Con un trineo de empuje con el pie se pueden recorrer grandes distancias por el hielo —pensé—, deslizándose como las alcas.»

Pegué la oreja a la puerta del cobertizo. Oí a Einar, que silbaba y hablaba, con un tono seductor, y también oí que le respondía un graznido enfurecido.

Abrí. Einar, que estaba de rodillas en el suelo, se dio media vuelta con expresión de terror.

—Creía que eras mi mamá —dijo, y se puso de pie.

—Perdona, no era mi intención asustarte. —Entré y cerré la puerta tras de mí—. ¿Qué haces?

Einar suspiró y agitó la cabeza.

—No quiere salir —dijo. Señaló con la cabeza hacia un montón de trastos apilados en el suelo; un achicador, un ovillo de redes, un vivero estropeado y otros enseres—. Ha estado así todo el día. Ya te decía yo que te quiere más a ti.

Permanecimos en silencio un rato, fijándonos sobre todo en el suelo, aunque también nos miramos el uno al otro.

—¿Por qué has vuelto? —preguntó Einar.

—Porque fuiste tú.

—¿Qué dices?

—Que fuiste tú quien me encontró en el hielo.

Einar emitió un sonido que debería aparentar sorpresa.

—No fui yo —replicó.

—Por fin he entendido por qué era tan importante ocultarle el polluelo a tu madre —dije—. Se pondría realmente furiosa si lo supiera. Tal vez incluso te obligaría a desprenderte de él.

Suspiró, intentó encontrar alguna respuesta, pero no pudo.

—Pues si hay algo que Anna de Hierro nunca permitiría —continué—, es que salieras al mar, ¿verdad? Y me acabo de enterar de algo sobre las aves ballena que antes no sabía. Aquí, en Isla Exterior, no hay ninguna.

—¡Bien! —aceptó Einar de mala gana—. Fui yo.

Abrió la puerta para comprobar que Anna de Hierro no hubiera vuelto. Luego se sentó en el suelo y me miró. Estaba serio.

—Tú hablas mucho —dijo—, vives en nuestra casa y comes nuestra sopa. Y me dices que hago mal por enseñar a mi polluelo a trabajar. Que tengo que ser yo mismo quien pesque los arenques. ¿Sabes qué es la miseria?

—Sí, claro —dije.

Se demoró un rato, miró la pila de trastos tras la que se ocultaba su polluelo.

—Las aves ballena siempre encuentran peces. Para ellas no existe la miseria.

—Tal vez no.

Sujetó el colgante que llevaba alrededor del cuello, el que le había dado Anna de Hierro cuando murió su padre.

—Me dijo que debería llevarlo para no olvidar nunca que mi padre murió por un arenque —dijo.

—¿Un arenque?

—Sí —dijo Einar—, un arenque.

Manoseó el deje, el pequeño anzuelo parecido a un anzuelo de verdad y apretó el dedo índice contra la punta.

—Entonces yo tenía cuatro años. No había mucha pesca en Isla Exterior, todas las familias tenían el mismo problema. Papá tenía miedo. Si lo único que tienes es la pesca y no hay, entonces supongo que se tiene miedo. Lo único que sacaba del mar, una y otra vez, eran sargazos. Pero un día que le acompañé a recoger las redes encontramos un arenque. Un miserable pececillo. Papá se puso contento, dijo que era para mí. Para mí solo. Pero el arenque se sacudió y se escapó. Papá fue tras él, pero cayó por la borda. Yo era demasiado pequeño para poder ayudarlo. —Tragó saliva—. Y mi madre cree que necesito ayuda para recordar lo sucedido.

Yo guardaba silencio, no sabía qué decir. Tuvo que ser horrible ver morir a su padre así. Yo también recordaba a la perfección la muerte de mi mamá, pero fue de otra manera, pues estaba enferma. Se puede decir que más bien se apagó. Pero el padre de Einar seguro que gritó al ahogarse. Gritó y luchó por su vida. Lástima que Einar tuviera que presenciarlo.

Einar negó con la cabeza.

—No pienso pasar nunca tanta hambre como para jugarme la vida por un arenque —dijo. Volvió a mirar la pila de trastos,

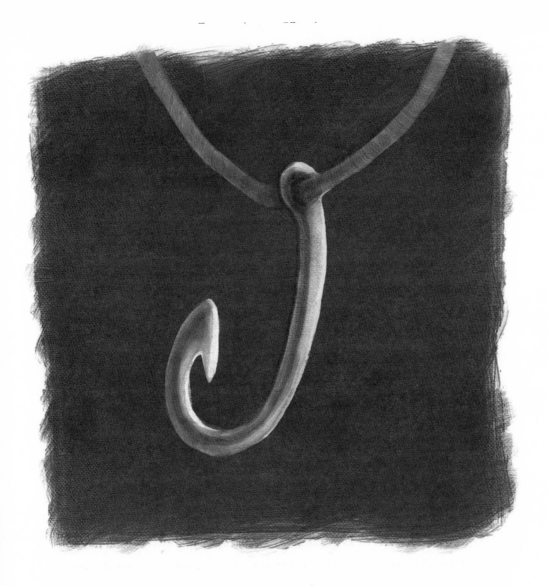

desde la que ahora solo se oía un desconfiado murmullo de descontento—. Cuando encontré la página de ese libro, supe que lo conseguiría. Encontraría un ave ballena que me ayudara a mantener el hambre a raya. Bien lejos.

—Pero no tenías ninguna barca —dije.

—No. No tenemos barca desde que papá murió —respondió Einar—. Y como ya sabes, no hay aves ballena en Isla Exterior. Un par de veces estuve a punto de tomar prestada una barca a escondidas, pero no me atreví. Aquella mañana, cuando me desperté, todo el mar estaba helado, y eso para mí... fue como una señal.

—¿Y entonces tomaste el trineo?

Asintió.

—Mamá tenía prisa, tenía que ir a ayudar a una familia a la que se le había roto el embarcadero por el hielo. Dijo que seguramente pasaría todo el día fuera. Así que me marché tan pronto como salió de casa. Lo encontré en Islotes Desasosiego. El nido. —Esbozó una sonrisa al recordarlo, se tocó la mejilla, en la que ahora solo quedaba una cicatriz blanca—. Pelearme con la madre no fue una tarea fácil —dijo—. Cuando me largué de allí me siguió durante un buen trecho, graznando como una loca. Yo estaba tan contento. Sí, entonces me di cuenta de que era la primera vez que me sentía contento de verdad desde la muerte de papá. Luego llegó la ventisca de nieve.

La ventisca de nieve, yo la recordaba bien. Fue esa nevasca la que me impulsó a buscar refugio en las rocas.

—Cuando dejó de nevar, me había perdido —prosiguió Einar—. Estuve dando vueltas durante horas, resultaba más difícil encontrar el camino con toda esa nieve, claro. Y de repente, apareciste tú. Al principio pensé que estarías muerta pero... —Me miró con esos ojos que se parecían al mar—. Estabas viva. Te senté en el trineo, te até con mi cinturón. Era por la tarde cuando por fin encontré el camino de vuelta. Mamá seguía en el puerto. Cuando regresó a casa, le dije que te había encontrado en las escaleras.

Volvimos a guardar silencio. Lo único que se oía era el maldito graznido del polluelo de Einar.

—¿Por qué no me lo contaste antes? —dije—. Tú sabías que necesitaba saberlo.

Resopló, pero no parecía enfadado, sino más bien resignado.

—Quieres enfrentarte a Cabeza Blanca —dijo—. Una niña sola contra el hombre más frío y malvado del mar Helado. ¿Sabes qué significa eso? No quería cargar con la culpa de tu muerte.

Le sonreí, pues me alegraba de que pensara así. Quizá yo hubiera hecho lo mismo, si fuera otro el que quisiera ir a luchar contra Cabeza Blanca. Pero había algo que todavía no le había contado a Einar, y era algo tan maravilloso y bueno que tenía el corazón contento.

—Ya no estoy sola —dije—. Tengo un amigo. Se llama Fredrik. Nos separamos hace tiempo, pero ahora lo he vuelto a encontrar. Iremos juntos a la isla de Cabeza Blanca.

Desdoblé el mapa de Fredrik en el suelo del cobertizo.

—¿Crees que podrías indicarme el lugar donde me encontraste? —pregunté.

Einar se puso en cuclillas y miró todas aquellas islas.

—Aquí está Las Velas —dijo—. Cuando salí tomé este camino, ¿ves?, aquí están los Islotes Desasosiego. Pero me perdí en la tormenta, pues en el camino de vuelta pasé por Isla Húmeda e Islote del Gato y... —Puso el dedo en una isla que se encontraba al norte de Isla Húmeda—. Tiene que ser aquí, había una gran bahía con una bocana. Seguro que ahí puede fondear un barco sin ser visto desde el mar.

Se quedó pensativo un rato, y después dijo:

—¿Tenéis armas?

—Yo no —respondí—, pero Fredrik tiene un fusil.

Entonces Einar dijo que podría ser útil, pero que yo debía tener otra, pues de lo contrario estaría en desventaja. Miró alrededor del cobertizo. Allí había un viejo arpón oxidado y algunos anzuelos, un salabre y redes. Aunque Einar agarró una piedra de una estantería, una piedra afilada y cortante, más o menos del tamaño de una cabeza de bacalao.

—Mi padre mataba los peces con esto —dijo—. Morían en el acto. Toma.

Me reí.

—¿Crees que podré matar al hombre más frío y malvado del mar Helado con esta piedra?

Einar esbozó una sonrisa y se encogió de hombros.

—Si sirve para matar un pez lobo, entonces también valdrá para matar a un perro de mar.

—Sí, tienes razón —dije, y me guardé la piedra en el bolsillo.

Luego me marché, y cuando cerré la puerta del cobertizo tras de mí, oí cómo comenzaba de nuevo a arrullar a su polluelo, rogándole que saliera de su escondite. Se podía criticar a Einar por querer atar a la pequeña criatura del cuello, sin embargo, estaba contenta de que pudiéramos bromear, y eso fue lo último que hicimos antes de decirnos adiós.

Los restos de un Pulpo

El día siguiente amaneció resplandeciente. Fredrik y yo abandonamos el campamento de la loma mientras Las Velas aún dormía.

Mi Fredrik. Apenas podía creer que caminara a mi lado hacia la isla de Cabeza Blanca. Él, que tenía un fusil, y que era tan grande y fuerte que podía levantar tres sacos de cebada sin inmutarse. ¡Y lo mejor es que emprenderíamos juntos la aventura!

Los frailecillos se acercaron volando sobre nuestras cabezas en hambrientas bandadas, graznando en busca de peces, unas presas inalcanzables ahora que el frío había cubierto el mar. Fredrik había aprovechado para matar tantos como pudo mientras permanecimos en Las Velas, pues en el hielo dijo que era mejor pasar desapercibidos.

Nos detuvimos a la hora de almorzar y comimos pan y mantequilla, y después seguimos nuestro camino. El sol comenzaba a ponerse poco a poco. El hielo adquirió otro color diferente al blanco, un tono entre azul y violeta. El cielo se tiñó de color rosa con tintes dorados. Las bandadas de frailecillos ahora escaseaban y el frío mordía con fuerza la punta de mi nariz.

Fredrik se detuvo, dejó el petate en el suelo y sacó el mapa. Einar había cubierto la distancia entre la isla de Cabeza Blanca y Las Velas mucho más deprisa, tenía un trineo. Espesas nubes blancas aparecieron alrededor de la boca de Fredrik cuando la abrió para decir:

—Llegar en plena oscuridad nos convertirá en una presa fácil, pues los piratas conocen la isla y nosotros no. Esta noche dormiremos en el hielo.

Volvió a doblar el mapa.

—Solo hay que encontrar un buen lugar para pasar la noche —añadió.

Miramos a nuestro alrededor, pero no vimos nada más que farallones pequeños e islotes insignificantes. No eran lugares apropiados para protegerse contra el frío y el viento.

Pero después de caminar otro trecho más bajo la deslumbrante puesta de sol, Fredrik colocó su mano como visera y dijo que había visto un barco.

Sentí una punzada en el corazón, pues durante un par de segundos creí que se refería al barco de los piratas. ¡Pensé que *El Cuervo* estaba tan hambriento que había salido de la bahía y se abría paso a través del hielo en busca de niños a los que devorar!

Pero pronto comprendí que se trataba de un barco pesquero, y no de un navío. Y cuando nos acercamos, entonces vi de qué pesquero se trataba. Le tiré a Fredrik del brazo e intenté llevarlo en otra dirección.

—Ese es el balandro en que me hice a la mar —dije—. El *Pulpo*. Vayámonos de aquí enseguida.

Pero Fredrik permaneció parado, observó la embarcación y oteó el horizonte.

—No tengas miedo —dijo—. El barco está abandonado. ¿No ves que el casco se ha partido?

Volví a mirar la embarcación. Tenía razón, el *Pulpo* estaba resquebrajado, parecía un triste y retorcido esqueleto invernal en el hielo. El puño de escota partido señalaba al cielo.

Fredrik dirigió sus pasos en dirección al barco y afirmó que al menos valía la pena que lo investigáramos. Lo seguí, aun cuando habría preferido dejarlo estar. El simple recuerdo del calvo y del barbudo hizo que se me pusiera la piel de gallina.

Sí, resultó desagradable reencontrarse con el *Pulpo*, la madera grisácea combada y la bancada en la que me había ocultado tanto tiempo con el cuerpo dolorido. Fue desagradable ver los remos con los que me vi obligada a remar y el bichero con el que el calvo intentó sacar al pequeño del agua.

Fredrik tocó un par de brújulas tiradas en la bañera. Probablemente habían tenido que abandonar el barco a toda prisa.

—Es difícil saber si lograron salvarse caminando por el hielo o si, de lo contrario, se ahogaron —murmuró.

Me estremecí porque me horrorizaba pensar que estaban en el fondo del mar meciéndose con los ojos abiertos. ¡Quizá justo debajo de nuestros pies! Pero también era horrible pensar que se hubieran salvado, que tal vez en este preciso instante estuvieran a bordo de *El Cuervo* bebiendo cerveza con Cabeza Blanca. Quizá los piratas los mantearon para celebrar su llegada y por ayudar a su banda de maleantes a secuestrar más niños.

Fredrik colocó su petate en el suelo y comenzó a desenterrar la vela mayor puesta a salvo en la cabina de proa.

—Dormiremos aquí esta noche —dijo.

La decisión de pasar la noche en el *Pulpo* no me gustó nada, pero comprendí que era la mejor solución, pues necesitábamos cobijo. Y después de que Fredrik desenterrara de la nieve la vela y la colocara como cubierta sobre los restos del barco, para mi sorpresa, entrar en aquel espacio me resultó bastante acogedor.

Extendimos la manta grande de Fredrik sobre la bañera destrozada. Fredrik utilizó su cuchillo para recoger astillas de la madera rota. Luego hizo un agujero en la vela para el humo y puso las astillas en su cuenco de hojalata. Enseguida tuvimos un pequeño fuego en nuestra morada.

Ahí nos tumbamos bajo el brillo del fuego y comimos unos frailecillos. Compartimos el último trozo de pan y hablamos del día siguiente. Parecía un cuento, así de irreal era todo: un solo hombre junto a una Canija desafiaban a Cabeza Blanca, el hombre más frío y malvado del mar Helado.

De repente, rompí a llorar. Mi llanto fue tan intenso que se me tensó el pecho y mi cuerpo empezó a temblar. No paraba de llorar y llorar, y ni siquiera intentaba controlarme.

—No tengas miedo —dijo Fredrik.

—Pero tengo miedo —respondí—. ¿Y si estuviera muerta? ¿Y si llegáramos demasiado tarde? Los niños mineros se consumen… ¡Mucho más deprisa de lo que uno se pueda imaginar!

—No está muerta —dijo Fredrik—. Llegaremos a tiempo, piensa así. Es lo que yo hago.

Me sequé las lágrimas, estiré la nariz un par de veces. Y de repente, me sentí como una tonta, pues Cabeza Blanca también había secuestrado a la hermanita de Fredrik. Y para Miki aún había esperanza. Pero Hanna, que llevaba más de doce años desaparecida, ya llevaría muerta mucho tiempo. Y sin embargo, aunque no pudiera salvar a su hermana, Fredrik me acompañaba. ¡Piensa en ello!

Ahora sabía que deseaba hacerle un regalo a Fredrik. Me quité el pez remo que colgaba del cuello y se lo tendí.

—Toma —dije—, te lo regalo.

Fredrik agitó la cabeza.

—Un pez remo de verdad —dijo—. Nunca podría aceptarlo.

—Sí, quiero que te lo quedes —dije—. Trae buena suerte, ya lo sabes.

Se lo colgué del cuello. Fredrik parecía casi incómodo, pero aun así tocó el pez remo y me dio las gracias.

—Suerte —dijo—, ambos la necesitaremos mañana.

—Yo no —dije—, pues te tengo a ti.

Luego me pegué a él y me cubrí con la manta. El fuego chisporroteaba como si estuviéramos en un hogar. Tenía el cuerpo agotado por la larga caminata. Antes de darme cuenta, me había dormido.

Durante la noche soñé que me encontraba con un hombre de larga cabellera blanca y una cuerda alrededor del cuello. Al mirarle la garganta, pude ver que ahí pegada había una niña pequeña. Agarré sus pies para tirar de ella hacia arriba, pero por mucho que tirara, descendía más y más. Y el hombre me gritaba que tenía que tirar con más fuerza, si no se ahogaría, pero yo no podía subirla. Finalmente, desapareció, y entonces me desperté y me senté de golpe.

El fuego del cuenco de hojalata casi se había apagado. Estaba oscuro y hacía muchísimo frío. Puse más leña en el cuenco y esperé a que el fuego se reavivara. Después volví a acurrucarme junto a Fredrik. Todavía pude dormir un rato. Todavía no había llegado. Merodeaba a una distancia prudencial de nuestro pequeño refugio y seguro que aún tardaría varias horas antes de aparecer. La mañana.

Tiro al blanco

Cuando llegó la mañana partimos a toda prisa. Vaciamos el recipiente de cenizas, enrollamos la piel y recogimos lo poco que llevábamos encima. Luego abandonamos *El Pulpo*, que se quedó en el hielo esperando la primavera, cuando por fin se iría a pique y se descompondría hasta morir en alguna cueva.

No tuvimos que ir muy lejos. Después de apenas unas horas pudimos vislumbrarla en la distancia. En cuanto vi un puntito, supe que esa era la isla. Despedía un hedor peligroso y sombrío, sorprendentemente maléfico. Y cuanto más nos acercábamos y más grande se volvía el punto, más repulsivo resultaba el hedor.

Cuando nos encontramos a los pies de las altas rocas, que eran lo único que nos separaba de aquella maldad, mi corazón se desbocó como un caballo, y el pánico resonó en mis oídos como campanas. No pude quitarme de encima la sensación de que los piratas nos veían, nos oían, nos olfateaban, sabían que estábamos allí.

Fredrik desdobló el mapa. Se pasó un buen rato examinándolo y después dijo:

—Necesitamos tener una buena perspectiva de la isla. Tendremos que escalar.

Guardó el mapa en el petate y se lo colgó del hombro. Luego emprendió la marcha y me apresuré detrás de él.

Fue una escalada muy empinada. Lo sabía, porque ya la había subido. Tuvimos que desviarnos constantemente pues o no había buen apoyo para los pies o la nieve era demasiado profunda. En una ocasión Fredrik se hundió hasta la cintura. Le costó un buen rato salir.

Pero finalmente llegamos a la cima y entonces nos detuvimos un rato para recuperar el aliento. Fredrik me miró. Me aferré a su mirada azul y bondadosa, igual que un niño se aferra a la piel de su madre. Se limpió el agua y los cristales de nieve del rostro.

—Nadie sabe cómo irán las cosas —dijo—. ¿Estás decidida? ¿Estás segura de que esto es lo que quieres?

Tragué saliva y asentí.

—Sí —dije—, estoy segura.

En ese momento se oyó un disparo y tanto Fredrik como yo nos agachamos. El disparo procedía del otro lado de las rocas. Nos miramos asustados, ¿nos habían disparado a nosotros? No, ahora oímos unas voces alegres, hombres riendo y gritando; justo después sonó otro disparo.

—¿A qué crees que están disparando? —susurré.

—No tengo ni idea —respondió Fredrik.

Oímos varios disparos y gritos victoriosos; después de un rato Fredrik susurró:

—Echemos un vistazo.

Nos arrastramos muy despacio el último trecho y asomamos las cabezas por encima de la cresta. Lo primero que vimos fue *El Cuervo Nevado*. Se había librado de que el hielo desgarrara el casco, lo que seguramente se debía a que estaba bien protegido. Eran las corrientes de agua de las profundidades las que hacían que el hielo se moviera, pero ahí, en una bahía, el agua permanecía bastante tranquila.

Le señalé a Fredrik el humo, el delgado hilito en el interior de la isla. Si uno entrecerraba los ojos se podía vislumbrar en el mismo lugar una torre alta y extraña y, junto a ella, un grupo de casitas.

Había unos cuantos piratas en el hielo, contamos hasta una docena. Practicaban el tiro al blanco. Un poco más allá habían levantado un pequeño muñeco de nieve, que representaba a una persona, claro. Se turnaban disparando con sus fusiles contra el muñeco. Cuando alguien acertaba, la figura de nieve quedaba hecha pedazos y entonces todos vociferaban y luego tenían que ayudar para hacer una nueva. La mayoría eran buenos tiradores, pero pudimos ver que dos de ellos todavía tenían mucho que aprender. Y esos no eran otros que el calvo y el barbudo, los canallas con los que había navegado en el balandro. Habían encontrado su camino hasta allí y ahora formaban parte de la tripulación. Y no era de extrañar que no hubieran cazado ni un solo lobo cuando estuvieron en Islas del Lobo. Sus disparos caían a varios pies de la figura de nieve. Era entonces cuando todos los demás se desternillaban de risa.

Después de que el calvo y el barbudo acabaran de disparar, le tocó el turno a otro hombre, quien enseguida acertó a la cabeza del muñeco de nieve. Después siguieron así un rato, uno tras otro, disparando y acertando, y cada vez se veían obligados a hacer una nueva diana. Más tarde le llegó de nuevo el turno al barbudo.

Pisoteó varias veces el suelo, balanceó la cabeza adelante y atrás, sacudió el brazo derecho como para relajarlo. Los otros piratas ya habían empezado a reírse, estaban seguros de que fallaría.

Cuando el barbudo alzó el fusil, uno de ellos tuvo una idea. Se colocó con sigilo detrás de él y le lanzó una bola de nieve a la espalda. El barbudo se enfadó y dio media vuelta, pero se olvidó de quitar el dedo del gatillo y el fusil se disparó. Todos miraron aterrorizados hacia dónde había ido el tiro: ¡había dado en *El Cuervo*!

Pero no fue solo eso. Había alguien en la cubierta, alguien que no estaba antes allí. Un hombre grande e imponente con ropa de cuero que llevaba un sombrero sujeto con un barboquejo bajo la barbilla. Los piratas, ahora asustados, se descubrieron e hicieron una reverencia. El hombre que estaba en cubierta no podía ser otro que ¡Cabeza Blanca! Tenía la larga cabellera blanca recogida dentro de la gorra para evitar que se helara y se le cayera.

Cabeza Blanca se quitó un guante y tocó el agujero de bala en la borda. El barbudo, asustado, soltó el fusil, que cayó a sus pies. Había estado a solo unas pulgadas de pegarle un tiro al capitán de los piratas. ¿Qué sería de él ahora?

Pero Cabeza Blanca volvió a ponerse el guante. Como si no hubiera pasado nada. Y cabeceó hacia sus hombres al mismo tiempo que decía algo. Probablemente les ordenó que siguieran disparando, pues los hombres se volvieron enseguida a cargar sus fusiles. Ahora era el turno del calvo. Disparó tan mal que nadie vio siquiera dónde fue a parar la bala, pero ya nadie reía. No, todos miraban de reojo a Cabeza Blanca, esperando su reacción. Cabeza Blanca permaneció parado y no dijo nada. Entonces llegó el turno a otro de los piratas, que tomó su fusil.

—Ya hemos visto suficiente —susurró Fredrik, y se agachó.

Pero me quedé mirando. Con la vista clavada en el hombre que estaba en cubierta. Podría haberme quedado allí hasta que la

nieve se derritiera bajo mi cuerpo. El hombre del que había oído tantas historias, el hombre que había anidado en mi alma día y noche desde que me hice a la mar, estaba allí parado disfrutando del tiro al blanco. Cualquiera podría estar parado disfrutando del tiro al blanco, pero que lo hiciera él, allí y entonces, ante mis ojos, resultaba tan fascinante que no podía apartar la vista.

—¡Canija!

Desperté de mi ensoñación y me volví bruscamente para arrastrarme de vuelta por la pendiente. Pero entonces sucedió algo. Algo que no debía suceder. Un gran pedazo de nieve se soltó bajo mis pies al darme la vuelta y se deslizó por la pendiente. Se demoró un instante como si pensara detenerse, pero no, enseguida la nieve que tenía debajo cobró vida y siguió deslizándose. Despertó más nieve en su camino hacia la bahía. Cada vez se desprendieron mayores cantidades de nieve que comenzaron a deslizarse, y Fredrik, que vio lo que ocurría, tiró de mí para ponerme a salvo. Nos miramos, ambos supimos que era solo cuestión de segundos antes de que los piratas descubrieran la avalancha.

Sí, ahora empezaron a gritar, alguien disparó y supuse que en esta ocasión disparó hacia nuestra cima. Oímos cómo alguien gritaba «¡Allí, allí!», y eso significaba que pronto estarían aquí.

Fredrik miró hacia la gran extensión de hielo desierta. Por mucho que corriéramos, nunca conseguiríamos desaparecer de su vista y por eso tomó una rápida decisión.

—Lo mejor será que atrapen a solo a uno de nosotros y no a los dos —dijo.

Luego se puso en pie con los brazos en alto.

—No —gemí, pero era demasiado tarde.

—¡No disparéis! —les gritó a los piratas.

Se dirigió a su encuentro para protegerme de ser descubierta. Oí cómo chillaban, le gritaban que no bajara las manos, que se había metido en un buen lío, que lo fusilarían. Moriría por haber creído que podía estar en su isla sin permiso.

Permanecí tumbada, pegada al duro y frío hielo, escuchando sus chillidos, y oí cómo lo empujaban pendiente abajo, le decían que moviera los pies. Por lo menos, no dispararon ningún tiro.

Y luego las voces se volvieron más débiles y entonces me atreví a mirar un poquito por encima de la cresta. Me dio justo tiempo a ver cómo un par de piratas obligaban a bajar la escalerilla a Fredrik, que había subido a bordo de *El Cuervo*. Después los siguió el resto de la banda y Cabeza Blanca bajó el último sin apresurarse. Se cerró la escotilla y se hizo el silencio.

Hazañas

Un pequeño zorro ártico pasó a los lejos por el hielo, se detuvo para olfatear algo y después siguió su camino. Esa fue la única señal de vida que vi. El resto del mundo contenía el aliento. El viento revolvió suavemente mi pelo mientras estaba ahí tumbada, acurrucada, helada y con el corazón desbocado. Habían apresado a Fredrik, lo habían metido en las entrañas de *El Cuervo Nevado* y ahora me necesitaba. No, estaba obligada a rescatarlo, pues si Fredrik moría, entonces yo no podría seguir viviendo.

Pero, ¿cómo podría hacerlo? A bordo de *El Cuervo* había muchos piratas. Había visto una docena de ellos practicar tiro al blanco en el hielo, aunque seguramente había más. Doce hombres no podían hacer navegar a *El Cuervo*. Y además, estaba el mismo Cabeza Blanca. Todos se encontraban dentro y yo me encontraba fuera, y por más que pensara no conseguía encontrar la manera de subir a escondidas a bordo.

Entonces sucedió algo extraño. Llevaba allí apostada una hora o algo así, cuando de repente se abrió la escotilla de cubierta y apareció un pirata.

Luego salió otro; ambos llevaban el fusil colgado del hombro e iban debidamente vestidos con ropa de abrigo.

Pronto apareció un tercero y un cuarto. Continuaron saliendo piratas del interior de *El Cuervo*. Enseguida la cubierta estuvo repleta de hombres armados y también de algunas mujeres. Parecían impacientes y cada uno examinaba su fusil. El calvo y el barbudo también se encontraban entre ellos.

¡Cabeza Blanca fue el último en subir! Era él, claro, no había duda, aunque los piratas le rodeaban y no pude verle el rostro. ¡Reconocí el sombrero de cuero con barboquejo! Los piratas le daban golpecitos en la espalda, alguien disparó al aire en señal de saludo. Al parecer apreciaban mucho a su jefe.

Después uno de ellos gritó algo e hizo un gesto hacia un par de islotes que se encontraban a lo lejos. Todos bajaron por la escala que lanzaron por la borda. Entonces comenzaron a marchar con la vista fija en los islotes.

¡Apenas pude creer mi suerte! ¡Los piratas habían decidido salir de caza! Seguramente habían encadenado a Fredrik en la bodega y, seguros de que no podría desencadenarse, se iban a cazar aves.

Pero, ¿se habían ido todos de verdad? No lo sabía, claro, y por eso esperé un buen rato antes de atreverme a descender hasta la bahía.

Cuando llegué al hielo, corrí hacia el barco y pegué la oreja al casco. La madera pintada de blanco había adquirido un bonito y brillante traje de escarcha.

Silencio. Mucho silencio.

Me aparté un poco y volví a escuchar.

No salía sonido alguno de las entrañas de *El Cuervo*, ni siquiera un gruñido. Estiré el cuello, los piratas se hallaban tan lejos que ya no se les veía.

Me apresuré hacia la proa del navío, pasé por debajo de las dos cadenas de las anclas que se extendían congeladas en el hielo.

La cabeza de *El Cuervo* me miró con sus ojos malignos. Tenía el pico abierto con una expresión de voracidad. Cuando llegué a la escala subí por ella hasta la cubierta.

Me encontraba en el barco de los piratas. Pensé en todos los niños que habían subido a bordo, aterrados hasta los tuétanos. Me quité un guante y sentí la madera del barco, noté la driza helada. Moví con cuidado la campana del barco y miré de reojo hacia el camarote del capitán en el castillo de popa. Allí vivía. Allí tomaba sus comidas, allí dormía, allí planeaba sus robos. Ese camarote era el corazón de *El Cuervo*, y Cabeza Blanca vivía en él.

No, no podía distraerme. No tenía tiempo para ensoñaciones, cuanto antes rescatara a Fredrik, mejor.

Sujeté con ambas manos la gran anilla de hierro de la escotilla de cubierta. Tuve que tirar con todas mis fuerzas para abrirla. Metí la cabeza.

El interior estaba vacío y oscuro, pero sentí el olor de los piratas; un olor a sudor y humo, mugre y cerveza. Bajé. En proa había un fogón empotrado, parecido al que había en el *Estrella Polar*, aunque algo más viejo. De un clavo colgaba un candil, apenas tenía una llamita, lo descolgué y subí la llama. Había un completo desorden de literas y sacos y ropa y tesoros. Comprendí que se trataba de objetos robados, pues en varios de los baúles marineros no figuraba el nombre de *El Cuervo Nevado* sino el de otros navíos: *Gato de mar*, *Rompeolas*, *Despedida*. Vi cadenas de plata y vasijas de estaño y cosas labradas en sepiolita, joyas de oro y caros abrigos de pieles con botones de cuerno y hueso. Los cañones parecían grandes y desagradables jarrones de hierro atados a las troneras. De un gancho del palo mayor, el que corría desde la cubierta hasta la sobrequilla, colgaban frailecillos que se habían podrido, estaban a punto de perder las cabezas y apestaban.

¡Allí había otra escotilla! La escotilla que llevaba a la bodega. No fue tan complicada como la primera, pero resultó pesada y tuve que dejar a un lado el candil para poder abrirla.

Bajé por la escalerilla y miré a mi alrededor. Aquí había calabrotes y madera almacenados en diferentes mamparos. En un lugar vi un montón de poleas, en otro vi sacos en los que seguramente había cebada o guisantes. Resultaba extraño estar a bordo de un barco tan quieto como una casa. La madera del barco, que suele crujir con el vaivén de las olas, sin embargo guardaba un silencio mortal. No se oía ni un solo ruido.

¡Espera, allí había algo! ¿No se trataba de una... respiración? Alguien respiraba con dificultad por la nariz y jadeaba de agotamiento, casi como si sintiera dolor. Venía de la popa.

Atravesé deprisa todas las bodegas y al pasar junto a un mamparo donde había montones de barriles de cerveza, ¡vi a Fredrik!

Se encontraba sentado con un grillete alrededor del cuello; del grillete colgaba una cadena sujeta a la madera del barco. Tenía las manos atadas a la espalda y una mordaza alrededor de la boca, por eso respiraba con tanta dificultad. Corrí hacia él y cuando el candil iluminó su rostro sudado, vi realmente el miedo y la desesperación reflejados en sus ojos.

—Te voy a liberar —dije.

Fredrik resopló y tembló, agitó la cabeza, intentaba decirme algo, pero no podía, claro. Desaté la mordaza. Le habían metido otro trapo dentro de la boca. Y cuando escupió el trapo, entonces rompió a llorar y dijo:

—No tenías que haber venido.

Lo miré sorprendida. ¿No estaba contento de que hubiera venido a liberarlo?

En ese mismo instante oí un ruido detrás de mí. Me giré lentamente. Acuclillado en la oscuridad como un animal, el capitán dio un paso. Era él, a pesar de que estaba segura de haberle visto abandonar el navío. Tenía el rostro carnoso y una nariz prominente, lucía una barba corta en las mejillas y la barbilla. Llevaba un fusil en la mano. Pero tenía el pelo corto y negro.

—¿Ca-Cabeza Blanca? —dije.

El hombre esbozó una sonrisa negra y repulsiva. Dijo:

—No, hace mucho tiempo que Cabeza Blanca no pone un pie en *El Cuervo Nevado*. Yo soy Hazañas, el segundo de a bordo.

Acercó un barril de cerveza y se sentó, dejando el fusil a un lado. No había manera de esquivar al hombre, el barril bloqueaba el camino.

Permaneció así sentado un buen rato, observándome de una manera casi amable. Como si hubiera recibido la visita de alguien que le gustaba. Claro que yo tenía miedo, estaba aterrada, aunque también desconcertada. ¿Qué era lo que acababa de decir?

—¿Cabeza Blanca no gobierna este barco? —pregunté.

—No —dijo el segundo—, no lo hace. Se encarga de otras cosas.

—¿Q-qué cosas?

El segundo volvió a sonreír y en lugar de responder a mi pregunta dijo:

—Yo soy el capitán en funciones. Yo gobierno *El Cuervo Nevado*. Y tiendo trampas a las niñas que vienen aquí creyendo que pueden cambiar el destino de sus hermanas pequeñas.

Miré enseguida a Fredrik, pero este negó con la cabeza.

—No he contado nada —dijo.

Hazañas pescó una pipa de su bolsillo y la cargó de tabaco. Hizo un gesto hacia el candil que yo había dejado a un lado.

—¿Me permites? —preguntó.

—¿Pe-permitir qué? —respondí.

Entonces volvió a sonreír, tomó el candil y utilizó un palillo para acercar un poco de llama a su pipa. Aspiró por la boquilla, el olor del humo era dulce.

—Tu amigo intentó engañarnos diciendo que nos había encontrado por casualidad —dijo—. Y nos lo tragamos.

Chupó su pipa un poco más y luego, sin previo aviso, estalló en una risa atronadora que me estremeció.

Sí, Hazañas y su tripulación se habían tragado la historia de Fredrik. Eso de que solo era un cazador solitario que había llegado a la isla en busca de presas, pero entonces descubrieron el pez remo que Fredrik llevaba colgado del cuello; y uno de los piratas aseguró que el pez remo era suyo, pues él mismo lo había comprado no hacía mucho tiempo en Islas del Lobo, y recordaba a la perfección el cordón que había trenzado.

El calvo y el barbudo relataron mi historia, la historia de la niña que pensaba rescatar a su hermana y que ellos creían haber matado ese día en el mar. Era todo un misterio cómo había podido sobrevivir al chapuzón, pero Hazañas dijo que misterio o no, lo importante era atraparme, si es que era cierto que me encontraba en los alrededores. El capitán Cabeza Blanca era un hombre muy ocupado. No deseaba que interrumpieran su trabajo por un intento de rescate.

Hazañas fue quien planeó cómo debían actuar. Se intercambió la ropa con uno de los piratas y ordenó que todos salieran de caza. Lo importante era que cuando subieran a la cubierta parecieran alegres y contentos. Hazañas se quedó a bordo esperando el momento en el que yo me atreviera a aparecer.

Le dio un par de caladas a su pipa y sonrió. Era muy bienvenida aquí, dijo. En la cueva de Cabeza Blanca siempre había sitio para otra niña más.

La mina

Fredrik gritó, tiró de la cadena como un perro atado cuando Hazañas me pasó una cuerda por el cuello y me condujo a la escalerilla.
Subimos, yo primero y Hazañas detrás, y luego proseguimos por la
entrecubierta pringosa y maloliente donde dormían los marineros. Subimos por la siguiente escalerilla y cuando estuvimos junto
a la borda, entonces miré a mi alrededor, vi el mar y las rocas y la
capa de nieve que lo cubría todo.

Como si Hazañas comprendiera en qué estaba pensando, sonrió y señaló con la cabeza.

—Ya puedes despedirte de todo esto —dijo.

Luego bajamos por la escala y oí un disparo a lo lejos, en el islote al que fueron los piratas. Desde las entrañas del barco todavía
oía gritar a Fredrik.

Caminamos por el hielo. No podía pensar en fugarme, Hazañas sujetaba con fuerza la cuerda atada a mi cuello y, además, llevaba un fusil en la otra mano. Apretaba el cañón de vez en cuando
contra mi espalda para recordármelo.

Cuando llegamos a la isla, la nieve se volvió más espesa y avan-
zamos con dificultad. Pero había algo extraño en la nieve, me di
cuenta después de haber caminado durante un rato. Poco a poco
comenzó a cambiar de color. Primero adquirió un tono gris claro
como el de las piedras marinas más descoloridas. Después se volvió
oscura, solo un poco, más o menos como pescado seco. Luego se

volvió más oscura, como nuestra casa azotada por el viento en Bahía Azul. Entonces se volvió aún más oscura, como la piel de un pez lija boreal. Más tarde se volvió casi negra, como el acero que se utiliza para afilar el cuchillo. Y finalmente era tan negra como la noche.

Allá donde mirase el fenómeno era el mismo. Me picaban los ojos, acostumbrados a lo blanco, casi me dolían de tanta negrura. Tenía miedo de esa nieve. ¿Era auténtica? ¿Cabeza Blanca había vertido su maldad en torno a su mina de diamantes, era esa la razón del cambio de color? Sí, estaba tan espantada que ni siquiera me atreví a preguntar. De vez en cuando, Hazañas me clavaba el duro cañón del horrible fusil en la espalda.

Por fin llegamos a unas cabañas. Eran las que había visto antes desde lo alto de las rocas. Una de ellas parecía bastante grande y construida a conciencia; tenía ventanas iluminadas y una chimenea por la que salía humo, y junto a ella había otra igual, aunque más pequeña y luego una que no parecía especialmente grande, recordaba a un almacén de puerto y no tenía ventanas. La cuarta cabaña era la más extraña de todas, pues en realidad no era una cabaña sino una torre increíblemente alta. Se parecía un poco a un faro de madera, aunque sin luz en la parte más alta. Fuera había enormes montones de algo, algo que también era negro, pero no era nieve. Dos piratas hacían guardia en la puerta. Cada uno estaba sentado en un taburete, pero al ver a Hazañas se pusieron en pie y se quitaron la gorra.

—Vaya, ¿traes algo nuevo? —dijo uno de ellos, que tenía bigote y vestía una capa de piel de oveja con un ancho cinturón y un aro en una de sus orejas.

Se refería a mí. Como si yo no fuera nada más que eso: una nueva presa.

Hazañas murmuró algo como respuesta y el otro pirata, calvo y jorobado, de barbilla afilada y pequeños y escasos dientes, abrió la ruidosa puerta. Oí el fragor de unos picos. Eran distantes, sonaban extrañamente apagados y consiguieron ponerme la piel de gallina.

—¿Cómo la atrapaste, Hazañas? —preguntó el jorobado, y me miró fijamente—. ¿Puedes navegar por el hielo?

—Ha venido hasta aquí por su propia voluntad —respondió Hazañas, y eso, claro, hizo que el jorobado me mirara aún más fijamente. El otro también lo hizo. Hazañas me dio un empujón en la espalda con el cañón del fusil.

—Bueno —dijo—, vamos.

Pero yo me quedé quieta. Mis piernas y brazos temblaban, en realidad el cuerpo entero. El umbral delante de mí era como una cinta que separaba mi viejo mundo del nuevo. Y no deseaba entrar en ese nuevo mundo. No, de repente supe que lucharía, que lucharía con todas mis fuerzas para evitar entrar en la mina. ¡No deseaba entrar en esas galerías estrechas y oscuras que siempre había temido!

—No —dije, y negué con la cabeza.

Tanto el de la piel de oveja como el jorobado rieron. Creo que se reían de Hazañas, de que le llevara la contraria alguien que no le llegaba ni a la cintura.

Hazañas suspiró.

—No te servirá de nada protestar —dijo.

—No pienso entrar —dije. Me di media vuelta y le miré a los ojos—. ¿Has oído? No entraré nunca. ¡Suéltame!

Y comencé a tirar de la cuerda atada a mi cuello. Tiré con todas mis fuerzas y grité una y otra vez:

—¡Suéltame! ¡Suéltame! ¡Te digo que me sueltes!

Los dos hombres que estaban de guardia se lo estaban pasando en grande, pero el rostro de Hazañas esbozó una mueca de desagrado. Se le tensaron los músculos de las mejillas. Se lió la cuerda una vuelta más alrededor del puño y cuando lo hizo, tiró sin piedad y con tal fuerza que caí al suelo.

Me arrastró por el umbral, entró en la torre grande y extraña. Grité y quise ponerme de rodillas, pero no pude. Hazañas no se volvió ni una sola vez, solo continuó su camino. No había suelo, apenas un piso aplanado que me desgarró la ropa y la piel. La cuerda que me apretaba el cuello deseaba ahogarme, y lo que más me dolía era que me arrastrara así, como un saco.

Por fin Hazañas se detuvo.

—En pie —dijo.

Me levanté despacio, apreté la boca para no llorar. Unas velas iluminaban la torre. Había un gran pozo en suelo negro. Era de aquel pozo de donde procedía el fragor de los picos. Sobre el pozo había un envigado que llegaba hasta lo más alto de la torre. En la construcción había una polea y una soga, y de un extremo de la soga colgaba algo que parecía una jaula de madera. El montacargas de la mina.

Junto al montacargas de la mina un imponente pirata dormitaba sentado. Lucía una barba sucia, poblada como un arbusto, cabello largo y la coronilla calva; llevaba una correa alrededor de la cabeza. Tenía el rostro arrugado y enfermizo, seguramente se había pasado media vida navegando.

Junto a la pared había dos piratas más. Uno de ellos era bastante rechoncho y vestía ropa de piel de foca, y el otro llevaba algo de lo más extraño. Algo que no había visto nunca en la vida. Se trataba de unos tatuajes en las mejillas, un cuchillo que señalaba un corazón. Tres gotas de sangre caían de ese corazón. Ambos piratas tenían sus fusiles al lado.

Un poco más allá, en la oscuridad, había alguien sentado a una mesa. Se trataba de una mujer. Era fea. Los ojos parecían agua mezclada con leche y el cabello era blanco. Delante tenía un plato y un tazón de estaño, comía un muslo de ave con las manos. Vestía pantalones y una chaqueta de cuero, también tenía un fusil que colgaba del respaldo de la silla.

¿No era extraño que todo fuera tan negro y miserable? Había oído historias sobre montones de piedras preciosas, algunas tan grandes como huevos. Había oído hablar de una guardiana que se había cambiado todos los dientes de la boca por otros de diamante. Pero esta mujer, según vi mientras comía, tenía los dientes amarillentos y descuidados como una vieja cualquiera.

—¿No es esto una mina de diamantes? —pregunté, y miré a Hazañas.

Entonces Hazañas esbozó una sonrisa y dijo que no, en esta mina no había diamantes y tampoco los había habido nunca. En esta mina solo había carbón.

Miró a la mujer de la mesa.

—Buenos días, Palomita —dijo.

La mujer llamada Paloma le dirigió una rápida mirada, y siguió royendo el muslo del ave.

—A esta, ¿dónde la quieres? —preguntó Hazañas, y cabeceó hacia mí.

Paloma escupió algunos tendones al suelo, se secó la boca con

el dorso de la mano y se puso en pie. Tomó la cuerda de Hazañas y me condujo hacia la pared donde había una hilera de ganchos. De algunos de ellos colgaban unos capazos, aunque no de todos. Paloma aseguró el extremo de la cuerda a uno de los ganchos y se sentó a comer de nuevo.

—Entonces me voy, Palomita —dijo Hazañas—. Estaba pensando hablar un momento con el capitán.

—¡Espera! —dije—. ¿Qué le pasará a mi amigo?

Hazañas se detuvo y me miró.

—De eso es de lo que quiero hablar con Cabeza Blanca —dijo—. Los hombres que caen en nuestras manos suelen recibir una oferta.

—¿O-oferta?

—En *El Cuervo Nevado* siempre hay sitio para un pirata más, y necesitamos tantos como podamos reunir. Los patrones de los barcos se preparan cada vez mejor contra los abordajes. Les damos tres días para decidirse. La mayoría solo necesita uno, pero algo me dice que tu amigo es bastante terco.

—No le gustan los piratas —dije.

Hazañas dejó escapar una risa sorda.

—A nadie le gustan los piratas —respondió—. ¡Diablos, ni siquiera a mí me gustan!

—Entonces... ¿por qué te has convertido en uno?

Entonces Hazañas se llevó el dedo índice a la frente y respondió:

—Porque uno tiene que elegir entre eso o un balazo, claro.

Los niños

Esperé sentada junto a la pared, atada, bajo el fragor ahogado y repetitivo de los picos bajo tierra. Cerré los ojos y me imaginé cuál sería el pico de Miki. ¿Ese que golpeaba a un ritmo acompasado, como un reloj? ¿O ese que era lento y parecía hacer una pausa para pensar entre golpe y golpe? ¿O ese otro que parecía rebotar a cada impacto, de forma que cada golpe se duplicaba?

Los piratas sentados contra la pared parecían aburridos, bostezaban con frecuencia y charlaban entre ellos. Al parecer echaban de menos a sus camaradas de *El Cuervo Nevado*. Pensaban que vigilar a unos niños en la mina era trabajo de esclavos. Deseaban, sobre todo, hacerse a la mar, pero debían esperar a que desapareciera el hielo.

Paloma no les prestaba atención, estaba concentrada en su muslo de ave. Cuando por fin se lo comió, dejó que la lengua le limpiara los dientes delanteros y luego me miró.

—¿Cómo te llamas? —dijo.

—Siri —respondí con un hilo de voz.

Paloma asintió con la cabeza y me examinó de arriba abajo.

—¿Estás sana?

—Sí.

—¿Fuerte?

—Eso creo.

Paloma volvió a asentir. Señaló con la cabeza hacia el pozo de la mina.

—Cuanto más fuerte seas, mejor te irá por aquí —dijo—. Los enclenques enseguida se consumen.

Tragué saliva y casi me mareé. Los ojos se me nublaron y en la oscuridad surgieron imágenes, imágenes de cadáveres de pequeños niños mineros con las espaldas rotas y las mejillas pálidas.

—¿Qué…? —dije con la boca seca—, ¿qué tendré que hacer?

Se recostó contra el respaldo de la silla, acercó el tazón. Luego habló de cómo se trabajaba en la mina de Cabeza Blanca:

Por la mañana uno se colgaba un capazo, recogía un pico y un farol. Bajaba a la mina con la ayuda del montacargas y luego solo tenía que empezar a gatear. Allí abajo había muchas galerías largas y serpenteantes, una red de túneles y espacios subterráneos. Después había que picar. Uno picaba hasta que se olvidaba de todo menos de picar, hasta que los brazos doloridos blandían el pico por sí solos. Y cuando finalmente se había llenado el capazo de carbón, entonces se colgaba a la espalda y se gateaba de vuelta, pues solo cuando se tenía el capazo lleno uno podía subir.

Me estremecí y miré hacia la bocamina, la negra garganta que se tragaba a los niños por la mañana y los escupía cuando habían acabado el trabajo. Luego miré a Paloma.

—¿Cuánto se tarda en llenar el capazo? —pregunté.

Paloma le dio un trago a su tazón de estaño.

—Ya lo descubrirás mañana —respondió.

Después no volvimos a hablar, sino que permanecimos sentadas en silencio escuchando el eterno y triste fragor de los picos bajo tierra, y el cuchicheo de los piratas que pensaban que vigilar la mina era un suplicio. El que estaba adormilado junto a la bocamina se había despertado y se limpiaba las uñas con un cuchillo oxidado.

Un par de horas después sonó la campana de un barco. Me sobresalté, al principio no comprendí de dónde procedía el sonido. Entonces vi que había una campana en el envigado de donde colgaba el montacargas, y de la campana salía una cuerda hacia el fondo del pozo. Los piratas se pusieron de pie; el que tenía tatuajes en el rostro se estiró y bostezó. Había llegado la hora.

El pirata grandullón, el que estaba sentado junto a la bocamina, hizo bajar el montacargas y se me hizo un nudo en el estómago al notar que tardaba mucho tiempo en llegar al fondo. Mientras tanto los otros dos comprobaron sus fusiles, asegurándose de que estuvieran cargados.

El imponente hombre de la barba comenzó a elevar el montacargas. No necesitó mucha fuerza para ello, pero le costó más que hacerlo descender, claro.

De repente llegó a la superficie. Había un niño dentro. Fue horrible ver la flaca figura completamente negra. Parecía un insecto. Tenía los pies negros, tenía los pantalones negros, tenía la camisa negra, las manos, el cuello, el rostro y el pelo también negros. El capazo lleno hasta el borde era negro, el pico que sostenía en una de las manos era negro, incluso el farol que sujetaba en la otra mano estaba tan negro que la llama apenas se veía tras el cristal. Lo único que el niño no tenía negro eran los ojos, que eran verdes.

Salió del montacargas, apagó la llama de un soplo y dejó el farol y el pico en una balda. Luego vació todo el carbón, de forma que se formó un montoncito en el suelo, y después colgó el capazo en uno de los ganchos justo al lado de donde yo estaba sentada.

Me miró pero no dijo nada; en cambio, se dirigió al portón, donde enseguida se dejó caer en el suelo para descansar. Los piratas armados ya se encontraban allí, con las piernas separadas y expresión severa en el rostro, como para que no se le ocurriera escapar. Pero el niño ni siquiera les dirigió la mirada. Se sentó abrazando sus rodillas y apoyando la frente sobre sus manos entrelazadas. Quizá ya se había dormido.

Un poco después volvió a sonar la campana y el niño que subió esta vez también era un chico, un poco más joven que el primero. Dejó el farol igual que el otro, el pico, la carga y el capazo, y luego se fue a esperar junto al portón, vigilado por los hombres armados.

Comencé a sentirme impaciente, deseaba ver subir en el montacargas a Miki, deseaba hablar con ella, ver que vivía y tenía la espalda entera. Pero en la siguiente jaula de madera que el pirata barbudo subió de la profundidad, tampoco vino ella, sino una niña alta y delgada, de unos doce años. Los zapatos que calzaba eran auténticos trapos, su chaqueta estaba hecha jirones, como si se tratara de un pájaro medio desplumado.

Los niños subieron uno tras otro de las profundidades del subsuelo, todos igual de negros y horribles, todos con los ojos igual de blancos y brillantes en sus rostros fantasmales. Vaciaban sus capazos en el mismo sitio. En poco tiempo el montón de carbón casi le llegaba a Paloma hasta los hombros. Ella lo estaba vigilando todo: que los capazos estuvieran bien llenos, que cada uno dejara las herramientas en el sitio correspondiente, que ocuparan su lugar junto a la puerta, donde la fila de cuerpecitos agotados se volvía cada vez más larga.

Finalmente en la profundidad solo se oyó el sonido de un único y lento pico. Paloma contó los niños que había junto a la puerta. Diecinueve. Me desató la cuerda que llevaba al cuello, alzó la voz y dijo:

—¡Bien, en marcha!

Los niños se pusieron de inmediato en pie. A los que se habían dormido los despertaba de una patada alguno de los piratas armados. La fila se ordenó enseguida y Paloma se dirigió a abrir la puerta.

—¡Espera! —le grité.

Todos los niños se dieron la vuelta. Diecinueve pares de ojos me miraron sorprendidos, casi asustados. No era algo habitual que un prisionero diera órdenes a los guardianes. Pero Paloma no parecía enfadada, arqueó ligeramente las cejas y dijo:

—¿Qué pasa?

Hice un gesto hacia la bocamina.

—Que-queda alguien más, ¿verdad?

Paloma asintió.

—Ya subirá cuando haya llenado el capazo. Después tendrá que clasificar el carbón.

Señaló hacia el montón de carbón que había en el suelo.

—Así funcionan las cosas aquí. El último en subir tiene que clasificarlo. Así es como Cabeza Blanca quiere que se hagan las cosas. Como ya te he dicho, ser enclenque no es nada bueno para trabajar en esta mina. —Abrió el portón y dio un paso a un lado para dejar pasar la fila. Luego me dirigió una extraña mirada, casi compasiva, y dijo—: Ni en ningún otro lugar.

Hermanita

Fuera era de noche, el cielo estaba teñido del mismo color negro que la nieve. Las estrellas formaban un bonito lecho de miles de lucecitas que observaban el desfile de nuestra hilera silenciosa. El vaho flotaba sobre las pequeñas y enmarañadas cabezas. Yo era la última de la fila de niños y detrás de mí iban dos piratas con los fusiles cargados.

Miré de reojo hacia la cabaña grande, la que parecía sólida y mejor construida. A través de una ventana iluminada, por un momento pude percibir la silueta de un hombre que desapareció al instante.

—¡Oye! —dijo uno de los que estaba detrás de mí—. ¡La nariz al frente! No vayamos a pensar que quieres salir corriendo.

No me atreví a responder, solo miré hacia delante e intenté no pensar en los fusiles cargados, ni en cómo sería recibir una bala en la espalda, caer de bruces en la nieve, la vida escapándose por entre la ropa, descansar en un cálido charco de mi propia sangre.

La fila se detuvo en la cabaña que recordaba al almacén de un puerto. Uno de los hombres que me seguía alzó la voz y vociferó:

—¡Cabezachorlito!

No tuvimos que esperar mucho, enseguida abrió la puerta un pirata que tenía un imponente tupé gris y un ojo tan horrible y fijo que no podía ser de verdad. ¿Sería de cristal? Se echó a un lado para dejar paso a la fila.

Entramos en una gran sala, en el centro había una chimenea con una olla sobre el fuego. Junto a una de las paredes se encontraba una gran cama con dosel y en las otras tres paredes había multitud de camitas, cada una peor que la otra. Algunas parecían tener almohadones, aunque la mayoría apenas estaba cubierta por un par de mantas o una piel. Debajo había orinales y sobre cada una de ellas, una cadena con grilletes. Todo se veía de color negro infinito a causa del polvo de carbón.

Los niños no tardaron en acostarse en sus camas. Comprendí que cada uno tenía una cama asignada. El hombre con el rostro dibujado hacía guardia junto a la puerta y el de la ropa de piel de foca buscó una cama para mí. Eligió entre las tres o cuatro que estaban vacías y se decidió por una en la esquina, frente a una niña que tenía unos diez años, como yo, y al niño de los ojos verdes, el primero en subir de la mina.

Me metí entre los trapos malolientes, casi pude sentir cómo los piojos se apartaban un poco, insultados por tener que compartir el sitio conmigo.

El que se llamaba Cabezachorlito vestía un delantal sucio atado a la cintura, se puso un par de gruesos guantes de cuero y apartó la olla del fuego. Los niños ya estaban sentados y cada uno esperaba con su cuenco entre las manos. Rebusqué entre las sucias mantas de mi cama, encontré el cuenco que me tocaba e hice como los demás, lo sujeté con ambas manos delante de mí, esperando mi turno en silencio.

Al poco rato una pasta grisácea de guisantes aterrizó en el cuenco. Ninguno de nosotros tenía cuchara. Había que zamparse la comida con la mano derecha. Me estremecí al ver un pequeño gusano de harina muerto flotando entre los guisantes. Metí el dedo índice y lo aparté. La niña de al lado miró el gusano que aterrizó en el suelo y luego a mí. Seguro que pensaba que yo era una tiquismiquis. Claro, los gusanos también alimentaban, ya me lo dijo Fredrik una vez.

Todo el mundo vació rápidamente su cuenco y bebió un trago de agua. La mayoría de los niños estaban sentados y, hambrientos, miraban de reojo el cuenco lleno que se había quedado sobre una cama, cuatro lugares más allá de la mía. El cuenco de Miki. Esos eran sus guisantes. Con ellos debería llenar su barriga cuando por fin finalizara su jornada. Para entonces los guisantes ya estarían fríos, claro.

Se hizo un silencio. Los dos hombres con fusiles se encontraban junto a la puerta, murmurando entre ellos cosas que yo no podía oír, se reían de vez en cuando. Cabezachorlito comía la sopa de guisantes sentado junto al fogón. Les ofreció a los otros dos. El del tatuaje en la cara dijo que no comería esa bazofia ni aunque Cabezachorlito le pagara.

Esbocé una discreta sonrisa a la niña sentada a mi lado, pero no me la devolvió, apenas me miró como si yo fuera un ser extraño, un pez con dos cabezas o algo por el estilo. Lo entendía, yo era extraña por ser una niña del viejo mundo. Alguien como todos ellos habían sido antes, antes de que el polvo de carbón los pintara de negro.

Me volví hacia el niño que estaba tumbado al otro lado:

—¿Por qué hay que clasificar el carbón? —pregunté.

El niño no dijo nada al principio, pero después de un rato carraspeó.

—¿Eres hermana de la pequeña? —preguntó, y cabeceó hacia la cama de Miki.

Asentí, contenta de poder hablar.

El muchacho esbozó una mueca de orgullo por haberse dado cuenta de ello.

—Os parecéis —dijo—. Pasará algún tiempo antes de que venga. Cada noche se tiene que quedar a clasificar el carbón. Porque se le da mal cavar.

—No es de extrañar —dije—. Es mucho más pequeña que todos vosotros. ¿No sería más justo si os turnarais para la selección?

Entonces el niño sonrió como si yo acabara de decir algo realmente divertido y varios de los otros niños, que habían estado escuchando, sonrieron también.

—¡Oye! —espetó Cabezachorlito.

La niña junto al lugar de Miki se había atrevido a robar un puñado de su sopa. Se acurrucó en su almohadón, asustada ante la horrible mirada de Cabezachorlito. Pero aunque ella intentaba ocultarlo, pude ver el triunfo reflejado en su rostro. Vi lo mucho que significaba un pequeño puñado de guisantes.

El niño de los ojos verdes había estado en lo cierto, llevó mucho tiempo. Cuando por fin se abrió la puerta y Miki entró en compañía de Paloma, la mayoría de ellos ya se había dormido.

Pero yo no me alegré de verla. Me puse tan triste y rabiosa que se me hizo un nudo en la garganta y tragué saliva para contener el llanto. Mi Miki. La más pequeña de todos, la más negra y demacrada de todos, aunque seguramente había sido la última en llegar. Y ninguno de los demás niños, secuestrados para que se arrastraran en la oscuridad en busca de carbón, ninguno tenía el brillo del

miedo reflejado de tal manera en sus ojos. Los de mi hermanita mostraban algo más allá del miedo.

—Miki —dije.

Buscó con la mirada en la habitación en penumbra. Cuando me vio parpadeó varias veces, no podía creer lo que estaba viendo. Entonces esbozó una amplia sonrisa, y fue maravilloso ver de nuevo esos dientecitos mellados. Corrió hacia mí y se me lanzó al cuello.

—¿Eres tú, Siri? —me susurró al oído.

—Sí —le contesté también entre susurros—, perdóname. Perdóname por enviarte a buscar bayas.

Miki se deshizo del abrazo y se puso de rodillas.

—Siri, mis botas se me han quedado demasiado pequeñas —dijo—. Necesito unas nuevas.

Meneé la cabeza, no había cambiado nada, aparte de que sus pies habían crecido. ¿Cómo podía ahora hablar de algo tan simple y sin importancia?

—No puedo conseguirte unas botas —dije—. Tendrás que seguir con estas.

—Algunos niños solo tienen trapos en los pies —dijo Miki, y se tocó las botas que habían sido mías cuando yo tenía siete años.

Luego no pudimos hablar más, pues Paloma la empujó hacia su sitio. Miki comió sus guisantes con avidez y después Cabeza-chorlito le ofreció un trago de agua.

Paloma tenía un manojo de llaves colgado del cinturón. Comenzó a encadenar en orden a todos los niños. Utilizó los grilletes que había en cada cama, cerró cada uno alrededor de los delgados y pequeños tobillos. La mayoría de ellos ni siquiera se despertó.

—¿Y bien? —le dijo Paloma a los tres hombres—. ¿No os está esperando Hazañas?

Asintieron algo atolondrados y se prepararon para marcharse de allí. El que tenía los tatuajes en el rostro murmuró que por lo menos podría estarles agradecidos por haber pasado el día cuidando de los niños.

—Por cierto, decidle que mañana envíe a alguien que no hable tanto —fue la respuesta que les dio Paloma.

Cuando desaparecieron, cerró la puerta con llave y luego se dirigió al fondo de la habitación donde se encontraba su propia cama. La observé mientras se sentaba para quitarse las botas. Era fea, pero no tan vieja. En cierta manera estaba demacrada, como madera a la deriva, un trozo de madera que el mar había vuelto seco, pálido y quebradizo. Colocó su fusil junto a la cama, apagó el farol que siempre tenía a mano en una mesita y se tumbó. Suspiró un par de veces con una tristeza infinita.

«Los miedosos duermen con un fusil en la cama», pensé. ¿Quién podía imaginar que la guardiana de los prisioneros de Cabeza Blanca durmiera con un fusil?

Permanecí tumbada un rato mirando el techo, intentando comprender lo incomprensible: ahora este sería mi hogar, aquí viviría y aquí moriría. ¿Pronto, quizá? ¿O dentro de varios años? ¿Y qué opción era la mejor?

—¿Siri? —dijo Miki.

—¿Sí?

—¿Crees que papá nos echa de menos?

—Chist —chistó Paloma desde su sitio en la oscuridad—, ahora hay que dormir para mañana estar en forma.

No nos dijimos nada más. Pero después de un rato canté en voz baja, muy baja, una canción que solía cantarle a Miki en el sofá cama de casa. No sabía si podía oírme, pero de todas formas canté; la letra decía así:

En el islote Doncella
vive la doncella Rund.
Con los dedos del pie pesca
bacalao, salmón y atún.

No usaba redes ni anzuelos
ni arte de pesca alguna,
hasta que de un barquichuelo
cayó un hombre sin fortuna.

No lo acompaña la suerte
cuando pisa el ancorel.
La bella doncella siente
cómo la agarra del pie.

Con el enorme pescado
la doncella está feliz.
Como él está tan mojado,
se queda un rato a vivir.

La doncella Rund se casa
con el pescador pescado.
Pesca con redes y cañas
y sus dos niñas al lado.

La pared de carbón

Nos despertamos temprano, Paloma nos sirvió pan y agua. Mientras comía, intenté apartar la cadena. Era doloroso estar encadenada de esa manera, pero el grillete estaba apretado para que nadie pudiera sacar el pie, a pesar de lo delgado que uno se volvía a base solo de pan y agua.

Paloma llevaba el manojo de llaves colgado de la cintura. Parecía un ramo de hierro. En Corégono, nuestra isla, no había muchas flores, pero de vez en cuando Miki y yo solíamos encontrar rosas silvestres en primavera. Se las dábamos a papá y él las ponía en un vaso sobre la mesa de la cocina. ¡Entonces la casa se volvía realmente elegante!

Miré a Miki. Estaba contenta, me saludó con su mano negra. Ella pensaba que ahora las cosas se arreglarían al estar juntas otra vez. Pero, ¿cómo podría arreglarse todo? Esto no era una red enmarañada, ni un complicado botón del pantalón, ni una espina de rosal en el dedo. Esto no era nada que yo pudiera arreglar solo por ser la hermana mayor.

Después de que todos hubieran comido y utilizado los orinales, tuvimos que esperar un rato a los piratas de Hazañas. Entraron por la puerta dando grandes zancadas con rostros enfadados y recién levantados. Eran diferentes a los del día anterior. Uno de ellos tenía ojos malvados, casi ningún diente y una desagradable cicatriz a lo largo del cuello, otro llevaba una capa de cuero moteado, creo que de foca capuchina, los demás lo llamaban Arrea-primero. El tercero, apenas más alto que yo, era el más malhumorado de todos, pues al parecer se encargaba de vaciar los orinales y cocinar los guisantes.

Paloma comenzó a liberarnos de nuestras cadenas. Cuando abrió el grillete de mi tobillo, me sentí algo mejor de ánimo. Por supuesto que las cosas se arreglarían, en cualquier caso no podían ir a peor. Cuando nos colocamos en fila para marchar hacia la mina, al menos estaba convencida de una cosa: hoy ayudaría a Miki a llenar su capazo para que no fuera la última en subir.

Paloma iba delante, Arreaprimero y el de la cicatriz, los últimos, los tres iban armados con sus fusiles, claro. El portón estaba vigilado por dos nuevos canallas y junto al montacargas había otro con barba de pirata y varios dientes de oro que pude ver cuando bostezó.

Hice como los otros, recogí un capazo, un farol y un pico. Paloma le dio una pajuela a un niño, quien la prendió de una lámpara de la pared, encendió su farol y se la pasó al siguiente.

Nos enviaron al fondo del pozo de la mina de tres en tres. Entré en el montacargas con Miki y una niña bizca.

Cuando empezamos a movernos sentí un intenso dolor de barriga. Bajaba muy deprisa, las interminables paredes negras pasaron zumbando ante mis ojos. ¿No llegaríamos nunca? El aire se volvió más espeso y alcé la vista hacia el pequeño punto de luz de la bocamina. Me asustó que se encontrara tan lejos, y sentí como si la oscuridad me estrangulara.

Cuando el montacargas por fin llegó a su destino, aterrizó con tal fuerza que me caí. Enseguida me puse de pie y salí. ¿Cómo podríamos trabajar en esa oscuridad angustiosa e inquietante? Quise subir la llama de mi farol, pero ya estaba al máximo.

Los ojos de Miki titilaban hacia mí como dos puntos flotantes de luz en la oscuridad. De repente se lanzó a mi cuello.

—Estoy tan contenta de… —dijo, pero la voz no le dio para más.

Comprendí que se sintiera aliviada de estar en mi compañía. Imagino lo mal que tenía que sentirse por estar aquí, abajo del todo, en la oscuridad, completamente sola.

—Vamos a trabajar —dije, y me liberé de sus brazos—. Tienes que mostrarme adónde ir y nos repartiremos lo que piquemos.

Miki asintió. Alzó el farol y me mostró los diferentes túneles.

—Yo suelo ir a ese pequeño —dijo.

Observé el estrecho túnel que señalaba. Me asusté con solo pensar que tendría que arrastrarme por ahí. Seguro que me quedaría atascada con el capazo.

—¿Y por qué no escoges uno de los grandes? —dije.

—Porque la echarían, claro —dijo la niña que iba en el montacargas con nosotras.

Alcé el farol para verla mejor.

—¿Echarla? —dije—. ¿Quién?

—Los mayores —respondió la niña—. Así funcionan las cosas aquí abajo, cuanto más pequeño eres, menos vale tu opinión. Tu hermana lleva metida en esa galería estrecha desde que llegó.

—¿En lugar de abusar de los demás, no podéis poneros de acuerdo? —dije y me animé, pues no le tenía miedo a la niña, aun cuando vi, por sus trapos, que llevaba mucho tiempo allí.

La niña escupió en el suelo y mostró sus dientes con una sonrisa burlona.

—Aquí abajo no hay nada sobre lo que ponerse de acuerdo —respondió.

Colocó el pico en el asa del capazo. Luego se puso de rodillas y se metió en una de las galerías, sin poder utilizar la mano que sujetaba el farol, claro. Al desaparecer en la oscuridad la vi como un animal triste, cojo de tres patas.

Miré a Miki, que se había quedado ahí parada, pequeña y valiente. En este lugar se había arrastrado días enteros, apartada a la fuerza por los demás niños. Era tan injusto que me dieron ganas de gritar.

Pero no lo hice. Cabeceé hacia una de las grandes galerías en la que tendríamos sitio suficiente para no quedarnos atrapadas.

—Nos pondremos allí —dije—. Desde ahora nadie te echará.

Miki se estiró, parecía realmente satisfecha. Luego, mi hermanita y yo nos pusimos a picar en la enorme y negra pared de carbón.

Sí, picamos. Picamos y picamos y picamos, hasta que finalmente mi cuerpo bramaba de dolor. Nunca me pude imaginar que el carbón fuera tan duro. Levantaba el pico con todas mis fuerzas y con suerte conseguía desprender algún trozo. Pero muchas veces el pico rebotaba sin nada con que llenar el capazo.

Miki era más torpe. Apenas tenía fuerza para levantar el pico por encima de la cabeza y a veces se le escurría de las manos y le caía en los pies en lugar de golpear donde debía.

—¿Por qué hay que clasificar el carbón? —pregunté—. ¿Lo sabes?

—Porque Cabeza Blanca solo quiere un trozo al día. El más duro —respondió Miki—. Después de clasificarlo, hay que llevárselo.

—Entonces... ¿tú lo has visto? —dije, y tragué saliva—. ¿Has visto al capitán?

—Sí —respondió Miki, y asintió—, es siniestro.

—¿Para que necesita el trozo más duro? —pregunté.

Miki descansó un momento, intentó quitarse el polvo de carbón de los ojos.

—Lo mete en una bitácora —dijo.

—¿Qué? —dije.

—Lo he visto con mis propios ojos —respondió mientras levantaba el pico y lo usaba de nuevo—. Tiene una bitácora y ahí mete el trozo más duro. A veces cruje en su interior.

—No puede ser verdad —dije, pues la bitácora es una especie de armario con compás que se utiliza a bordo de los grandes barcos.

Miki lo reconoció porque teníamos uno pequeño pintado en la pared de la cocina de casa, justo debajo del recuerdo de la sirena. El dibujo representaba un barco y papá, de vez en cuando, señalaba todas las partes y decía cómo se llamaban. Pero yo no lograba comprender para qué se necesitaba una bitácora en tierra.

—Sí, lo es —dijo—. ¿Y sabes qué más tiene? ¡Una bestia!

—¿Una bestia?

—Sí, un lobo salvaje, lo tiene atado a la bitácora.

Negué con la cabeza, lo que me estaba contando sonaba tan raro que me pregunté si no se lo habría imaginado todo. Mi hermana tenía una imaginación muy viva.

—¿Los otros chicos también piensan que es una bitácora? —pregunté.

—Sí, claro —afirmó Miki.

Pero después dijo que no la habían mentado y luego dijo que no sabía, pues no había preguntado y, además, nadie hablaba con ella. En realidad, los niños casi no decían nada por las noches, pues estaba prohibido. Paloma así lo había decidido. Quería que durmieran y recuperaran fuerzas para el siguiente día de trabajo.

—¿Tú crees que es cierto eso que dicen, que es hija de Cabeza Blanca? —pregunté.

Miki asintió.

—Sí, lo es. Se lo oí decir a los piratas cuando estaba en la bodega de *El Cuervo*.

—¿Ah, sí?

—Sí, dijeron que yo les recordaba a ella.

—¿Cómo que les recordabas a Paloma?

—Dijeron que yo gritaba tanto como ella cuando era pequeña. Que era una auténtica gritona.

—¿Ah, sí?

—Hum, les gusta —prosiguió Miki—. Dicen que el día que Cabeza Blanca muera, ella será quien herede el anillo de capitán. Y con ella surcarán entonces los mares.

Volvió a alzar el pico y lo levantó con todas sus fuerzas por encima de la cabeza; el pico golpeó la pared de carbón con un estruendo.

Picar, picar, picar, eso es lo que hacíamos bajo tierra. Me salieron ampollas en las manos y los ojos me picaban por tanto polvo y oscuridad. Solo había que seguir si una quería subir, subir para descansar y ver algo de luz.

Después de unas horas, cuando teníamos los capazos a medio llenar, aparecieron tres niños en la galería donde nos encontrábamos, dos chicos y una chica. Supuse que tendrían unos once o doce años.

—¡Fuera de aquí! —exclamó uno de los chicos.

Enseguida Miki hizo una señal de obediencia, pero alargué la mano y se lo impedí.

—No —dije.

El chico intercambió miradas con los otros dos.

—Esta galería es nuestra —dijo después—. Sois más pequeñas y os tendréis que ir a otra parte.

—Paloma no ha dicho que los más pequeños tengan que ir a las galerías pequeñas —respondí.

—Paloma no decide aquí abajo —dijo el niño.

—¡Aquí hay suficiente carbón para todos! —exclamé.

—Carbón, sí —respondió el niño—, pero aire, no. Largo de aquí.

—¡Lárgate tú! —respondí—. ¡Hemos llegado primero y no nos vamos a ir!

El muchacho se demoró, parecía como si quisiera decir algo más, aunque entonces se dio media vuelta y desapareció en la oscuridad. Los otros le siguieron. Levanté mi pico y golpeé la pared de carbón con tal fuerza que se desprendió un montón de carbón, carbón que enseguida nos repartimos Miki y yo. La cosecha comenzaba a parecer realmente decente.

—¡Dentro de poco podremos subir! —le dije a Miki, y me sentí bien de verdad.

Miki asintió. Empezó a tararear la canción de *La doncella Rund*; a veces cantaba que la doncella Rund utilizaba los dedos de los pies para otras cosas además de pescar. Por ejemplo, para hurgarse la nariz o picar carbón, y entonces consiguió que nos riéramos. Resultaba extraño que lográramos hacerlo estando allí abajo, en aquel miserable pozo.

Pero luego sucedió algo tan lamentable y horrible, que me apenó más que cualquier otra cosa de las que había visto en la triste mina de Cabeza Blanca. Ocurrió mientras Miki estaba cantando. De repente aparecieron los tres niños, a escondidas en esta ocasión. Me sobresalté al descubrirlos, pero me recompuse.

—¿Qué queréis ahora?

Eso fue lo único que alcancé a decir antes de que los dos niños me sujetaran los brazos y me inmovilizaran. La niña recogió del suelo el capazo de Miki, y Miki no se atrevió a mover ni un pelo cuando vació todo el carbón en su capazo y en el de los otros dos. Después los tres tomaron sus capazos y salieron corriendo.

—¡Devuélvemelo! —exclamé, y salí corriendo tras ellos, pero entonces la niña alzó el pico y dijo:

—¡Atrás o te doy!

Y desaparecieron de allí para subir a la luz y al aire fresco, pues ya iban bien cargados y no necesitaban picar más.

—¡Así aprenderéis a no rondar por aquí! —fueron las últimas palabras de la niña en la oscuridad.

El capitán Cabeza Blanca

Cuando lo pienso, sigo sin comprender cómo tuvimos fuerzas para volver a llenar nuestros capazos. Miki me contó que no era la primera vez que alguno de los mayores le robaba el carbón. Y recuerdo lo que pensé entonces:

Hay un hombre que utiliza a los niños como animales. Eso comentaba yo en casa, tumbadas en el sofá cama. Lo que yo no sabía entonces era que la mina de Cabeza Blanca transformaba en animales a los niños. Esa era la realidad. Ya no éramos niños, sino animales de tres patas, animales que comían en cuencos, animales que solo se ayudaban a sí mismos y a nadie más.

Cuando por fin terminamos, estaba tan exhausta que mis extremidades no parecían pertenecer a mi cuerpo. Resultaban pesados miembros mudos, miembros que arrastraba detrás de mí por la galería y el camino hasta el montacargas. La cabeza me iba a explotar a causa de la oscuridad, quizá me había quedado ciega. Bajo tierra no se oían más picos. Éramos las últimas.

Tiramos de la cuerda y cuando la jaula de madera llegó con un estruendo empujé a Miki adentro.

—Sube tú —le dije—, nos vemos cuando haya terminado de clasificar.

Miki asintió, pero su mirada reflejaba pánico.

—No te preocupes —dije, y esbocé una sonrisa para disimular cuánto me asustaba lo que me esperaba: ver al capitán.

El montacargas comenzó a moverse enseguida. Miki apoyó la cabeza en una rendija entre dos tablas, me miró durante un instante y luego desapareció en la oscuridad.

Cuando Miki llegó arriba y la jaula de madera aterrizó de nuevo, llegó mi turno. Mientras me subían hacia la luz, aspiré el aire cada vez más fresco. Parecía como si la vida volviera a correr por mis venas. El dolor de cabeza cedió y mis ojos parecían crecer a medida que ascendía.

Cuando llegué arriba los demás niños ya se habían marchado, acompañados por Arreaprimero y el otro. Solo quedaban Paloma y el pirata de los dientes de oro.

Paloma me colocó junto al montón que correspondía a la producción del día.

—Cuando hayas encontrado el pedazo más duro tendrás que llevárselo a Cabeza Blanca —dijo—. Después podrás comer y dormir.

—¿Cómo sabré cuál es el más duro? —pregunté.

—Tomas dos trozos y los raspas uno contra otro. Apartas el que tenga las marcas más profundas. Con el que te hayas quedado raspas un nuevo trozo y vuelves a dejar el que tenga las marcas más profundas. Luego continúas así hasta que los hayas revisado todos.

Se sentó a su mesita, donde había comida. Supuse que se la habrían traído de *El Cuervo*. Foca ahumada y gachas de cebada. Y una manzana roja en un plato.

Miré el impresionante montón que tenía ante mí. ¿No era una locura? ¿Habíamos pasado todo día picando sin parar, desde por la mañana hasta la noche, para sacar todo ese carbón de la mina cuando Cabeza Blanca tan solo deseaba un pedazo? El más duro. ¿Para qué lo necesitaba? Pasaron las horas y yo seguía sentada raspando unos trozos con otros, sin conseguir descifrar el misterio.

Era una tarea difícil. Solo un par de lámparas iluminaban la sala y yo tenía que entrecerrar los ojos para comparar las marcas. A menudo tenía que empezar de nuevo, pues estaba cada vez más cansada y creía equivocarme al apartar el trozo que en realidad era más duro.

Por fin, cuando las manos me temblaban de agotamiento y sangraban por el trabajo, conseguí quedarme con un solo trozo. El más duro.

—He acabado —dije afónica.

Paloma se puso de pie y le dio un último sorbo a su tazón. Se colgó el fusil al hombro. Al pirata de los dientes de oro lo había puesto a rellenar todas las lámparas con aceite, y ahora cabeceó hacia él indicándole el carbón del suelo.

—Ocúpate de esto —dijo—. Luego puedes irte con Hazañas.

El hombre fue en busca de una carretilla de dos ruedas y dos varas. En su interior había una pala negra. Mientras Paloma y yo salimos por el portón, oímos cómo empezaba a palear todo el carbón que habíamos reunido y que ahora sencillamente echaba a la nieve.

Marchamos en la noche oscura, codo con codo. Mi respiración se volvió humo reluciente en el aire. Olas de luz verde flotaban en el cielo. Cambiaban de blanco a azul y a verde de nuevo. Era la luz de mediados de invierno que ya había visto tantas veces y que, en realidad, me parecía preciosa. Pero ahora nada podía ser bonito. Ahora iba a encontrarme con Cabeza Blanca.

¿Y si el trozo que llevaba no era el más duro? ¿Y si había cometido un error y Cabeza Blanca se daba cuenta? ¿Qué haría él entonces? ¿Y para qué necesitaba el trozo más duro?

Nos detuvimos en la cabaña que tenía las ventanas iluminadas. Miré perpleja a Paloma y ella señaló la puerta con la cabeza.

—Adelante —dijo.

Llamé a la puerta con mucho cuidado. En realidad fue extraño que me oyera, pero tuvo que hacerlo pues la puerta se abrió, y allí estaba el capitán en el umbral. Era viejo y joven al mismo tiempo. Un hombre y un joven en un mismo cuerpo. Tenía los ojos claros como el agua, pero las pupilas parecían espinas. Casi sentí cómo se clavaban en mi piel y examinaban mi interior, mi terror dentro de un armazón de huesos hinchado, frío y húmedo.

No llevaba gorro y su cabello estaba recogido en un moño, tan blanco como el de Paloma.

—¿Eres nueva, niña? —dijo.

No sabía si debía responder, ni siquiera estaba segura de que fuera una pregunta, o si se dirigía a mí. Apenas asentí.

Cabeza Blanca me observó con una mirada que no pude descifrar, tal vez solo mostrara indiferencia.

—¿Tienes algo para mí? —preguntó.

Volví a asentir y le tendí el trozo de carbón.

—Gracias —dijo Cabeza Blanca con suavidad, como si fuéramos dos amigos sentados a cenar y yo le acabara de pasar la mantequilla.

—Entonces hemos acabado por hoy —dijo Paloma, y me dio un ligero empujón.

No sé de dónde saqué valor en ese momento. Creo que pen-

sé que si a partir de ahora iba a pasar el resto de mi vida picando carbón para Cabeza Blanca, entonces necesitaba saber el porqué. Y si la pregunta le enfadaba, si eso hacía que ordenara mi muerte inminente, entonces daba igual. ¡Que pasara lo que tuviera que pasar!

—¿Para qué necesitas la pieza más dura?

Paloma resopló, atónita ante lo que acababa de ocurrir. ¡Uno de los niños mineros de Cabeza Blanca había osado dirigirle la palabra!

Pero Cabeza Blanca me miró con interés. Guardó silencio un buen rato. Después dijo:

—¿Es cierto lo que Hazañas cuenta, que me andas buscando? ¿Que viniste a la isla por tu cuenta?

—Sí —respondí, aunque no estaba satisfecha.

Había hecho que sonara como si yo hubiera venido por alguna clase de curiosidad. Como si lo que me hubiera atraído hasta aquí fuera él, Cabeza Blanca, y no mi hermana.

Cabeza Blanca me observó un poco más. Después miró un momento a Paloma y dijo:

—La niña puede quedarse un rato. Espera aquí.

Y entonces se apartó y me indicó que pasara con la mano.

Yo en realidad no quería, todo mi cuerpo se resistía a seguirle, pero no podía hacer gran cosa. Cabeza Blanca había decidido que yo fuera su huésped. Mientras Paloma se apoyaba contra la pared de la cabaña y esperaba como le había dicho, crucé temblando el umbral.

Cuando entré, me quedé mirando fijamente la sala. ¡Nunca en la vida había visto una estancia igual! Ardían varias lámparas, la luz era buena, cálida y agradable. Había papeles con dibujos en diferentes baldas y mesas, parecían diseños, y montones de piezas mecánicas se repartían por todas partes: tornillos, muelles, piezas de hierro y latón, material de escritura y plumas de ganso resecas. Pero eso no era todo. En medio de la habitación había un extraño artefacto que en verdad se parecía bastante a una bitácora. A una gran bitácora con un largo brazo de madera. Y junto al brazo, sí, era cierto —junto al brazo, que tenía dos varas—, ¡había un lobo atado! Un auténtico lobo blanco con anteojeras. Tenía mal aspecto, estaba mal alimentado y su pelaje carecía de brillo. Además, mostraba costurones en varias partes, donde tenía la piel desgarrada. No se movía, no emitía sonido alguno. Si la barriga no se hubiera hinchado al respirar, se podría haber creído que estaba disecado.

Cabeza Blanca cerró la puerta. Ahora estábamos solos. Cabeza Blanca, el lobo y yo.

Presión y calor

Durante un buen rato Cabeza Blanca se mantuvo en silencio. Me observó ahí parada, mirando a mi alrededor con ojos como platos, todos los papeles y libros y piezas mecánicas, el imponente lobo blanco y el artefacto al que estaba atado.

Fue justo entonces cuando entreví mi propio rostro, se reflejaba en la campana del artefacto, y me asustó lo negro que estaba. Era igual que el rostro de los otros niños. Qué rápido me había convertido en uno de ellos, qué rápido se había borrado el rastro del viejo mundo. Escupí en mi mano y me froté para quitarme todo el polvo de carbón que pude. Luego volví a mirar de reojo mi imagen reflejada. Estaba algo mejor. Ahora volvía a ser yo. La antigua Siri y no una niña minera.

Cabeza Blanca esbozó una sonrisa. Dio un par de largas zancadas hacia el interior de la sala, tomó un papel con algunos cálculos.

—Preguntabas para qué utilizo los pedazos más duros —dijo.

Asentí con la cabeza, pero no me atreví a mirarle a los ojos.

Cabeza Blanca se sentó en un sillón y observó los cálculos como si fueran un mapa que deseaba descifrar. Noté que estaba cansado. Completamente cansado y agotado.

Alzó la vista del papel como si de repente recordara que me encontraba ahí.

—¿Sabes cómo nacen los diamantes? —preguntó.

—No —respondí, pues no sabía nada sobre diamantes.

Yo sabía cómo tender las redes. Y cómo romperle la cabeza a una caballa con el pulgar. También sabía cómo hacer un vivero con una caja de madera, y cómo calafatear una barca. Pero no sabía nada de diamantes.

—Nacen bajo presión y calor —dijo Cabeza Blanca—. En lo más profundo del suelo. Allí, en la propia médula de la tierra, el calor es tan intenso y la presión tan alta que el carbón que hay allí se funde y se comprime hasta formar los diamantes.

Se puso en pie de forma que el papel cayó al suelo, y ni siquiera se preocupó por haberlo pisado. De repente no era más importante que ninguno de los centenares de papeles que había, garabateados, tachados y manchados de tinta.

Se dirigió al artefacto y, por primera vez, el lobo mostró señales de vida. Dio un tirón, intentó moverse, pero al parecer el palo del arnés estaba cerrado de alguna manera, pues el lobo no pudo moverse de su sitio. De pronto se mostró furioso y asustado al mismo tiempo, pateaba con sus enormes patas, se retorcía, emitía gruñidos ahogados.

Cabeza Blanca acarició su artefacto como si este pudiera sentirlo. Tenía un anillo en la mano derecha. El anillo de oro del capitán, decorado con huesecillos que formaban un patrón que era al mismo tiempo bonito y terrorífico.

—Yo he construido esta máquina —dijo—. Y me proporcionará un diamante.

Abrió la campana que se encontraba en la parte superior de la máquina y barrió unas pocas cenizas.

—Se dice de mí… —dijo mientras observaba la mano que se

había vuelto gris a causa de la ceniza—… que soy un hombre malvado. Pero no es cierto.

No pude responder, aunque Cabeza Blanca comprendió que, de haberlo hecho, quizá le habría contradicho y por eso me miró a los ojos y dijo:

—Crecí en *El Cuervo*, ¿sabes? Mi padre era capitán de piratas. Su tripulación era temida en todo el mar Helado.

—Ah —respondí con un hilo de voz.

—Odiaba la vida de pirata —prosiguió Cabeza Blanca—. Odiaba la pena y la miseria que conllevaban. Solía escaparme al camarote del capitán cuando abordábamos un buque mercante. Me escondía de los gritos y las muertes. Mi padre tenía un diccionario. Lo había robado, claro, y nunca lo leía. Pero yo sí lo hice.

Cabeza Blanca volvió a sentarse en su sillón. Fijó la vista en un punto lejano y cuando continuó su relato habló de una manera casi mecánica. Fue en el diccionario de su padre donde leyó sobre los diamantes y su formación. Y fue entonces cuando decidió construir una máquina para crearlos. Deseaba mostrar a su padre que se podía ser rico sin necesidad de robar a otras personas.

Pero al viejo capitán no le gustaron las ideas de Cabeza Blanca. Le pareció arrogante y, cuando Cabeza Blanca apenas tenía dieciséis años, se separaron enemistados. Cabeza Blanca se pasó años sacando carbón, en busca de una pieza que pudiera aguantar la presión y el calor de la máquina que había construido. Todo lo que probaba se quemaba hasta convertirse en ceniza o se pulverizaba, o ambas cosas. Pero la idea de un diamante se había enquistado en su cerebro y no podía dejar de buscar. Cuando murió su padre en una batalla naval, Cabeza Blanca se encontraba tan ocupado buscando carbón que ni siquiera tuvo tiempo de llegar al entierro.

Pero los piratas de *El Cuervo* fueron en su busca y le entregaron el anillo de su padre, pues era una vieja costumbre que el hijo del capitán fallecido heredara el anillo de capitán. Traía mala suerte entregárselo a cualquier otro. O al menos eso era lo que se decía y los piratas eran unos tipos muy supersticiosos. Y fue entonces, cuando recibió el anillo, que Cabeza Blanca de repente tuvo un sueño. Algo que lo cambiaría todo.

A veces, cuando uno está durmiendo y despierta, sabe que el sueño que ha tenido ha sido algo especial. Sabe que significaba algo, ¡que aquel sueño se haría realidad! Y el sueño que Cabeza Blanca tuvo esa noche fue sobre un niño. Un niño que encontraría la pieza Auténtica. La pieza que finalmente conseguiría que de su máquina naciera un diamante.

Cabeza Blanca le dio una orden a su tripulación: «Traedme niños. Todo lo demás que consigáis cuando embistáis, abordéis, queméis, matéis, os lo podéis quedar. Pero los niños serán para mí».

Me miró con sus ojos claros y cansados.

—He soñado varias veces con el niño que encontrará la pieza —dijo—. Los sueños no pueden ser falsos. Por eso tenéis que seguir excavando.

Una vez más me quedé sin palabras. Todo resultaba tan extraño… que Cabeza Blanca no se sintiera un malvado, que obligara a los niños a trabajar en la mina, que pensara que todo era por una buena causa. Quizá fuera así al principio, pero en el camino algo se debió torcer y Cabeza Blanca no lo comprendía. Y por eso me parecía aún más aterrador.

Como si Cabeza Blanca hubiera recibido un empujón al hablar de su trabajo, se puso rápidamente en pie y regresó a la máquina. Colocó la pieza que le había dado en la campana, la cerró y apretó unos cuantos tornillos. Luego tomó una cerilla, encendió una lámpara y regresó a la máquina. El lobo pateaba intranquilo en su puesto, agitaba la cabeza, pero la atadura era demasiado fuerte, así que no la podía mover bien. Cabeza Blanca abrió una puerta del armario sobre el que descansaba la campana. Allí encendió una especie de extraño quemador con una llama mucho más potente e intensa que la de una lámpara normal. Agarró una fusta que había junto a la pared, soltó una especie de chaveta que no liberó al lobo del yugo, pero que le permitía dar vueltas, vueltas y más vueltas. Aunque el lobo anduvo, Cabeza Blanca lo golpeó con la fusta para que avanzara más deprisa. Cada vez que lo golpeaba, y eso era a menudo, el lobo daba un tirón y se le desollaba la piel. Así el lobo producía presión en la máquina con su fuerza, una presión que junto con el calor del quemador crearía su diamante.

Presenciar esta escena me hizo sentir mal, lloraba sin parar, y la piel del lobo se desollaba cada vez más. Finalmente, se escuchó un ruido en el interior de la campana. Entonces el lobo se detuvo y Cabeza Blanca dejó de golpearlo.

Colocó la chaveta en su lugar. El lobo respiraba con dificultad después del esfuerzo realizado y el maltrato recibido. Yo no podía dejar de llorar, odiaba al hombre que tenía frente a mí, odiaba a los que utilizaban a los niños como si fueran animales y a los animales como si fueran cosas.

Cabeza Blanca abrió la campana y observó la ceniza en la que se había convertido la pieza de carbón. Luego me lanzó una mirada extrañamente serena.

—Tampoco esta vez —dijo.

Fue a abrir la puerta.

—La niña ya se va.

Paloma me llamó con la mano y fui hasta ella sin decir nada, pero me detuve justo en la puerta y me di media vuelta.

—Mi amigo, está… Quiero decir, ¿me puedes decir qué será de él? —pregunté.

Cabeza Blanca había recogido las cenizas en una mano. En la otra sujetaba uno de sus muchos papeles y lo observaba como si se tratara de un mapa. Alzó la mirada con impaciencia.

—Tu amigo… —dijo—. Hazañas le ha transmitido mi oferta, pero al parecer es muy cabezota —suspiró—. Es una pena, pues según Hazañas sería un buen pirata. Fuerte e impasible. Hoy en día no hay mucha gente así. Solo tiene hasta mañana para decidirse.

Se entretuvo un momento, me miró al mismo tiempo que parecía pensar en algo. Entonces su rostro se iluminó.

—Ha sido agradable hablar contigo —dijo.

Sueños verdaderos

Al día siguiente no dejé de pensar en Fredrik. Hora tras hora, mientras picaba en la profundidad de la mina, la preocupación me corroía por dentro como una rata. ¿Qué haría al final? ¿Aceptaría la oferta y se convertiría en uno de ellos o preferiría morir?

Sería horrible si se convirtiera en un pirata, se hiciera a la mar y secuestrara críos para meterlos en la bodega de *El Cuervo* y convertirlos en mineros.

Y sin embargo…, sin embargo, prefería verlo convertido en pirata que muerto. Pues sabía que en su corazón nunca dejaría de ser el bondadoso Fredrik.

Miki y yo nos mantuvimos alejadas de las galerías grandes. Deseaba ser la última en subir en el montacargas, deseaba ver a Cabeza Blanca para obtener una respuesta. Y la única manera de conseguirlo era encargándome de la selección.

Cuando por fin llegó la hora, no tuve paciencia para hacer la separación como era debido. Rayaba deprisa unos trozos contra otros, elegía al azar cuál apartar y cuál conservar. Finalmente logré quedarme con una sola pieza, pero tenía el corazón desbocado.

—¿Ya has acabado? —preguntó Paloma, y alzó la vista de su plato.

Asentí y me puse de pie. La pirata que había subido el montacargas se llamaba Bocatocino. Era alta y delgada, tenía unos grandes labios carnosos y un casquete de cuero comido por los piojos.

—¡Vaya chica más espabilada y rápida! —dijo contenta, pues enseguida podría regresar al barco.

Paloma miró con recelo la pieza de carbón que tenía en mi mano y me examinó de arriba abajo, pero no dijo nada, se metió el último trozo de salmón en la boca y se puso de pie. Bocatocino fue en busca de la carretilla y Paloma y yo salimos a la noche iluminada de estrellas.

Apenas llamó a la puerta de Cabeza Blanca cuando esta se abrió de golpe. Como si hubiera estado esperando al otro lado. Al verme, pareció ansioso, casi temeroso. Me sujetó la barbilla.

—¿Eres tú? —dijo.

Estaba tan sorprendida y asustada que no fui capaz de articular palabra alguna. Cabeza Blanca fue a por un trapo húmedo y me limpió el polvo de carbón del rostro. Cuando acabó, volvió a sujetarme la barbilla y me miró, y entonces esbozó una sonrisa tan amplia que me puso la carne de gallina.

—Pasa —dijo, y me mostró con la mano el interior de su cabaña.

Entré en la luz y el calor. Paloma se quedó esperando, como la noche anterior, apoyada de espaldas a la pared exterior revestida de escarcha. Cabeza Blanca cerró la puerta y fue en busca de unos planos. Los miró detenidamente y después se dirigió a su máquina. El lobo se sobresaltó y gruñó, pero Cabeza Blanca no le prestó atención. Tomó unos papeles del suelo.

—Me gustaría saber que pasó con Fredrik —dije—, mi amigo. ¿Ha dado alguna respuesta?

Cabeza Blanca continuó mirando los papeles con atención.

—Bueno, ha llegado la hora —murmuró—, pero, ¿hemos pensado en todo?

Se agachó y comprobó algunos tornillos de la máquina, verificó el tiro del lobo y entonces, de repente, se abalanzó sobre su amo, atacando con sus fauces de tal manera que pensé que le mordería la mano. Aunque no pudo alcanzarla. Cabeza Blanca me miró, sonrió y agitó la cabeza.

—Bestia idiota —dijo.

—Eh, Fredrik… —dije, pero Cabeza Blanca me interrumpió, y de repente parecía muy irritado.

—¡Chist! —dijo, y me dirigió una mirada fría y punzante—, ahora no digas tonterías, ¿no comprendes que necesitamos concentrarnos?

—¿En qué? —respondí, sin la más remota idea de por qué se comportaba de forma tan extraña, ni por qué se había mostrado tan contento de verme—. ¿Qué ha pasado?

Cabeza Blanca me miró durante un buen rato y noté lo que casi parecía una mirada de felicidad.

—¿Qué ha pasado? —repitió. Movió la cabeza y se rio al mismo tiempo—. Lo que ha pasado es un milagro. He vuelto a soñar. ¡Con el niño que vendrá a mí con la Pieza buena! Y has de saber…

Tomó un taburete, se sentó a mi lado y volvió a sujetarme la barbilla.

—Por primera vez… en todos estos años… pude ver el rostro del niño. Y ese rostro… era el tuyo.

Se puso de pie y se dirigió a la máquina, ahora lo hacía todo muy deprisa, volvió a mirar los componentes, lustró la campana con el pulgar. Luego retrocedió un par de pasos y me miró a mí y a la pieza de carbón que llevaba en mi mano.

—¿El mío? —dije.

Asintió.

—Pero… —dije— ¿y si no es más que un sueño…?

—No —dijo, y ahora sonó cruel.

Empecé a comprender que podía cambiar de humor sin darse cuenta y que podía ser peligroso cuando se le daba la respuesta incorrecta.

—Eso fue lo que te expliqué ayer. ¿No me escuchaste?

—Sí…

—Algunos sueños son algo más que sueños normales —dijo Cabeza Blanca—. Uno se da cuenta al despertarse, sabe que querían decir algo, algo verdadero. Y durante muchos años he soñado con un niño. Un niño pequeño que viene a mí con la Pieza buena en su mano. Pero como los rostros de los niños están negros no podía reconocerlo. Pero anoche, anoche volví a soñar, ¡y el niño tenía el rostro limpio! ¡Justo como tú ayer!

No dije nada, pues no me atreví, pero que fuera yo quien encontrara la Pieza buena para Cabeza Blanca, me resultaba algo increíble. ¿Y si la Pieza buena se encontraba en la galería de la que nos echaron a Miki y a mí? ¿Cómo podría encontrarla entonces?

Pero a Cabeza Blanca parecían no preocuparle todos esos detalles, estaba seguro de que su sueño era cierto. Tomó la pieza de mi mano y se encaminó a la máquina. El lobo empezó a patear, se le erizó el pelo y enseñó los dientes.

—¿Va-vas a pegarle otra vez? —pregunté, y sentí el llanto en la garganta.

—¿A quién? —dijo Cabeza Blanca.

—No tienes por qué golpearlo —dije—, por favor, no le pegues.

Cuando Cabeza Blanca comprendió que me refería al lobo —el lobo al que hacía mucho tiempo había dejado de considerar un animal y utilizaba como si fuera una cosa—, entonces inclinó la cabeza y sonrió. Parecía como una madre que está a punto de decirle a su hijo que tiene que tomarse la medicina aunque sepa mal.

—No pienses más en ello —dijo—. Ahora vamos a dar a luz a un diamante.

Colocó devotamente la pieza de carbón en la campana y apretó con cuidado todos los tornillos. Fue a buscar un fósforo y encendió el quemador, el que estaba en el armario debajo de la campana, y luego fue a buscar la repugnante fusta apoyada contra la pared. Pareció que el lobo la había olisqueado, pues enseguida se inquietó y cuando Cabeza Blanca le quitó el pasador al arnés comenzó a dar vueltas, vueltas y vueltas. Y mientras daba vueltas, vueltas y vueltas recibía un golpe tras otro, tras otro, tras otro.

Apreté las manos contra los oídos, cerré los ojos y grité al mismo tiempo, para no tener que oírlo. Pero cuando la explosión llegó, la oí de todas maneras, y entonces volví a abrir los ojos.

El lobo se había detenido. Se recuperaba del agotamiento y del dolor de las llagas del aparejo mientras Cabeza Blanca ponía el pasador, aflojaba los tornillos y abría la campana. Observó el polvo grisáceo con una expresión imposible de descifrar. Luego tomó un puñado de polvo y me lo lanzó.

—¿Qué pasa aquí? —espetó—. ¿Por qué trajiste esta basura inservible?

—Lo siento —dije.

—¿No pusiste cuidado mientras seleccionabas los trozos?

—Sí.

Se sentó en una silla y de repente pareció muy mayor. Justo igual de consumido y cansado como ayer, antes de que su nuevo sueño despertara vida en su mirada. Después de un rato dijo:

—De ahora en adelante tendrás que ser muy, muy cuidadosa al clasificar el carbón. ¿Has entendido? No puedes dejar que la Pieza buena, por un descuido, se te escape de las manos.

—Sí, claro —dije, y me espantó que se hubiera dado cuenta de que no había hecho la selección a conciencia.

Se puso de pie y fue a abrir la puerta.

—¡Paloma! —exclamó impaciente.

—Sí, papá.

—De ahora en adelante, esta niña solo se encargará de la selección. ¿Entendido? Mientras los otros niños bajan a picar, ella se quedará arriba descansando. —Me miró, de nuevo con ternura en la mirada—. Así tendrás las fuerzas necesarias para encontrarla. —Pensó durante un momento y luego dijo—: También comerá mejor. Hazañas tendrá que enviar salmón y ave y... ¡los mejores bocados! Hablaré con él del asunto.

—Sí, papá.

—Bien —dijo Cabeza Blanca.

Me dio una palmadita en la cabeza y me dirigió hacia el umbral.

—¿Ha dado alguna respuesta Fredrik? —pregunté.

—¿Quién? —dijo Cabeza Blanca.

—Mi amigo. El que tienen en *El Cuervo*.

Cabeza Blanca estaba tan enfrascado pensando en todo lo nuevo que tardó un buen rato en comprender de quién estaba hablando.

—No, no… No quiso.

Entonces fue como si el suelo desapareciera bajo mis pies y durante un momento se me nubló la vista.

—Y, ¿qué pasará ahora? ¿Lo fusilaréis?

Cabeza Blanca asintió distraído.

—Sí, mañana por la mañana. Ahora necesito descansar.

Paloma

Pasé la noche tumbada en mi cama llorando. Los piratas fusilarían a Fredrik al amanecer. Mi bueno y querido Fredrik, ¿por qué había dicho que no?

La respuesta a esa pregunta era, en realidad, sencilla. Fredrik sabía que no se podía ser una cosa de corazón y otra en la realidad. Eso lo había aprendido durante los años en el mar, todos esos años en los que navegó para alejarse de los recuerdos de su hermanita.

Pero no lloraba solo por Fredrik, sino también por Miki. Cabeza Blanca había decidido que yo no volvería a picar más. Eso significaba que ella, de nuevo, estaría sola en la mina. Eso acabaría con su vida pues los niños mineros no resistían mucho. Sobre todo aquellos a los que les robaban los guisantes y el carbón. No, Miki adelgazaría y se consumiría ante mis ojos, y yo no podría hacer nada por ayudarla.

A mi alrededor los otros niños dormían. Sus respiraciones eran pesadas, algunos sonaban resfriados. Después de un rato alguien me habló en la oscuridad:

—Duerme.

Era Paloma. No la vi, pero reconocí su voz. No respondí, solo seguí llorando y entonces oí cómo se levantaba. Encendió su lámpara y se acercó a mi cama.

—Será mejor que duermas —susurró—. No ganarás nada pasando la noche en vela llorando.

—No puedo dormir —respondí—. Estoy muy triste.

—Se te pasará —dijo Paloma.

—No, no se me pasará nunca —dije—. Van a fusilar a mi amigo al amanecer y mi hermana… ¡Ay, morirá en la mina!

Paloma suspiró. Su rostro resultaba horrible en la penumbra, como la cara de una anguila, dura y con la mirada fija.

—¿Crees realmente que soy yo —pregunté— la que encontrará la Pieza buena?

—No creo que la Pieza buena exista, solo está en los sueños de Cabeza Blanca —respondió Paloma—. Alimentará esa máquina con carbón hasta que se muera, aunque solo conseguirá cenizas.

Alzó la lámpara.

—Si no tienes que picar y te dan mejor comida, te las apañarás bien —dijo—. A veces uno tiene que ayudarse solo a sí mismo.

Negué con la cabeza.

—Si solo me ayudara a mí misma no podría vivir.

—Sí —dijo Paloma, y me miró a los ojos—, se puede vivir. Se encuentra la forma de hacerlo.

Se demoró, parecía reflexionar. Luego agarró el manojo de su cinturón y abrió el grillete que aprisionaba mi tobillo.

—Ven, te voy a enseñar una cosa.

Salimos a la noche helada y crujiente. Paloma llevaba el fusil colgado del hombro y el farol en la mano. Nos detuvimos frente a la cabaña, ahora apagada, donde Cabeza Blanca tenía su máquina. Paloma abrió la puerta y cabeceó hacia una cabaña más pequeña que había al lado.

—Duerme ahí —dijo en voz baja—, pero no tengas miedo, no se despertará. El trabajo con la máquina le agota.

Entramos. Paloma prendió las luces con ayuda de su farol. El gran lobo blanco seguía atado a la máquina; nuestra llegada no pareció asustarle. Y no mordió cuando Paloma se acercó y le acarició la cabeza. Le quitó las anteojeras al lobo, oh, tenía unos bonitos ojos grises y grandes y parecía tranquilo. El lobo lamió sus manos y entonces Paloma ¡lo liberó del arnés!

Dio un par de pasos, estiró el cuerpo, se sacudió y después pegó la cabeza a la cadera de Paloma. Ella lo acarició, sacó un hueso de ave que llevaba en el bolsillo de su chaqueta y el lobo lo devoró entero sin rechistar. El hueso se hizo añicos entre sus fuertes mandíbulas.

Paloma me miró mientras yo permanecía parada, muda de asombro.

—Cabeza Blanca compró esta loba hace mucho tiempo en Islas del Lobo —dijo—. Desde que era una cachorra he venido aquí por las noches, aunque Cabeza Blanca no lo sabe.

La loba estaba tan feliz allí que se quedó dormida con la cabeza pegada a la cadera de Paloma. Después de un rato se movió un poco, dio varias vueltas a la sala y olfateó las cosas, resoplando cuando le entraba ceniza en el hocico.

Me asusté cuando se acercó a mí y retrocedí. No había olvidado el día aquel junto a la cabaña de Nanni, cuando me encontré cara a cara con un lobo blanco que me mostró los dientes y erizó el lomo.

—Solo tienes que quedarte quieta —dijo Paloma.

Alargué la mano lentamente. La piel era espesa y algo sucia. Dejó que la acariciara un poco y después regresó junto a Paloma. Ella la abrazó como si fuera su mejor amiga en el mundo. Cuando alzó la mirada sus ojos brillaban.

—Yo también tendría que haber sido una niña minera, ¿sabes? —dijo.

—¿A-ah, sí?

Asintió.

—Me raptaron los piratas de Cabeza Blanca cuando era solo una niña.

—Creía que tú eras la hija de Cabeza Blanca —dije.

Negó con la cabeza.

—No. O sí, lo era. Pero antes fui hija de otros.

Le dio otro trozo de carne a la loba. Y mientras la loba masticaba, Paloma me contó cómo se convirtió en la hija de Cabeza Blanca.

De pequeña era muy miedosa. Tenía miedo de las arañas y de la oscuridad y de los desconocidos. Y cada vez que subía a bordo del barco de su padre, debía amarrarla con dos cabos, pues si no ella tenía miedo de caerse. Y cada vez que tenía que fregarle el suelo a su madre lloraba porque creía que se le quemarían los pies con el agua caliente. Le tenía miedo a todo a lo que se le puede tener miedo.

Pero el espanto que sintió el día en que los piratas la raptaron fue distinto a todo lo demás. Gritó cuando la encerraron en la bodega de *El Cuervo* y se pasó la noche entera gritando. A la mañana siguiente, cuando los piratas bajaron para darle pan y agua, su cabello se había vuelto blanco a causa del pánico. Y cuando Cabeza Blanca vio ese cabello blanco y largo se quedó prendado, dijo que podría ser carne de su carne.

Decidió, en ese preciso instante, que si ella quería podría ser su hija. Entonces no tendría que arrastrarse y gatear, picar y cargar, y no tendría que comer guisantes mohosos y pan seco, evitaría todo eso y, en cambio, aprendería a vigilar a los niños mineros.

Paloma me miró. Acarició la cabeza de la loba blanca y tragó saliva un par de veces antes de decir:

—Acepté. Elegí ser su hija. Lo hice porque tenía miedo. Miedo al trabajo duro, miedo a quebrarme allí abajo, a morir y dejar de existir.

Lo celebraron durante tres días y tres noches a bordo de *El Cuervo Nevado*. Comió y bebió platos deliciosos, la mantearon entre vítores. Cabeza Blanca le puso el nombre de Paloma, pues dijo que eso era justo lo que necesitaba para tener éxito en su labor: un Cuervo que raptaba niños y una Paloma que los vigilaba.

Y así pasaron los días, los meses y los años. Paloma se ocupaba de su tarea y Cabeza Blanca estaba contento con ella. Y aun cuando hubo momentos en los que pudo huir, no se atrevió. No, pues no había sitio alguno adonde ir para alguien como ella, alguien que había comprado su libertad vendiendo con su alma.

Volvió a mirarme.

—Tú crees que no se puede vivir con esa carga —dijo—, ayudándose solo a una misma. Pero encontré la manera. Todas las noches en las que la angustia se vuelve demasiado grande vengo aquí. La libero del arnés para que pueda moverse, le quito las anteojeras para que no se quede ciega. Y a una loba no le importa si has utilizado tu alma como prenda. Me quiere. Sí, me ama. Eso es lo que me mantiene con vida.

Soltó a la loba y se acercó a mí, me sujetó con fuerza los hombros.

—Tú puedes ser como yo —dijo—. Podrás comer y vestirte

mejor. Y si quieres, podrás acompañarme aquí cuando no puedas dormir. A veces cuando estoy aquí, ¡hasta llego a sentirme feliz!

La miré, miré esos ojos que parecían agua mezclada con leche.

—No lo creo —dije.

Paloma soltó mis hombros, se sentó enseguida en un taburete.

—Entonces ¿prefieres llorar tumbada en la cama?

—No —dije—, quiero salvar la vida de mi amigo y de mi hermana, de todos los niños de aquí, aunque no me gusten. Que se comporten como animales no es culpa suya.

Suspiró.

—No puedes salvarlos, ¿no te das cuenta?

—¡Sí, sí puedo! ¡Si me prestas tu fusil!

Se rio, fue una risa vacía y aterrada.

—No puedo hacer eso. Ahora volvamos.

—¡No! —dije, y me coloqué delante de la puerta impidiéndole el paso.

Se enfadó, alzó la voz.

—¡Fue un error traerte aquí! —exclamó—. ¡Creí que comprenderías!

—Nunca podré comprender que mantengas a los niños presos sabiendo que es una crueldad.

—¡Tuve que elegir!

—¡Puedes elegir de nuevo!

—¡No! ¡Es demasiado tarde! Cuando me convertí en la hija de Cabeza Blanca ya fue demasiado tarde.

—¡Nunca lo has sido de verdad! ¡Tú no eres como él! ¡El pelo no tiene nada que ver con el interior de cada uno!

Paloma rompió a llorar y se dejó caer en el suelo. Se agarró el cabello, el que se había vuelto blanco y feo a causa del miedo. Luego me miró.

—Tú tienes un pelo bonito —dijo—. Negro como el carbón.

—Nada relacionado con el carbón es bonito —respondí—. Por favor, ayúdame.

Esbozó una sonrisa, siguió acariciándose el cabello.

—Mi pelo también era bonito. Tal vez no lo creas. Aunque no era negro.

—¿Era castaño? —pregunté.

—Era pelirrojo —respondió Paloma—, espeso y rojo como el oro incandescente.

La miré durante un buen rato y luego dije:

—Conozco a alguien más con ese mismo color de pelo.

La Pieza buena

La loba blanca se movía lentamente por la sala, olisqueaba distintas cosas, a veces lamía el suelo. Quizá se le habría caído a Cabeza Blanca algo de comida mientras estudiaba sus planos y hacía sus cálculos. Y mientras la loba se paseaba y lamía, me senté en el suelo junto a Paloma y dije:

—Mi amigo, al que piensan fusilar al amanecer, tiene el pelo como tú lo tenías de pequeña. Y me ha contado que hace tiempo tuvo una hermana, una hermana que le arrebataron los piratas cuando salieron juntos a pescar cangrejos.

Paloma tragó saliva, al continuar vi que le había empezado a temblar todo el cuerpo.

—Se ha pasado doce años navegando para olvidarlo, pero no puede. Y por eso decidió ayudarme, venir aquí conmigo y liberar a mi hermana, aunque nos descubrieron. Por eso ahora soy prisionera de Cabeza Blanca y mañana por la mañana fusilaran a mi amigo. Por cierto, se llama Fredrik, y supongo que tu nombre es Hanna, ¿verdad?

Cuando dije esto último, fue como si alguien abriera las compuertas del pantano que había en el interior de Paloma: lloró tan desconsoladamente como nunca antes había visto hacer a nadie. La loba se acercó y se apretó contra ella, pero Paloma no dejaba de llorar.

—Por favor, déjame el fusil —dije.

Ocultó su rostro entre las manos, agitó la cabeza.

—Me abandonó —dijo—, ¡me dejó en el islote aunque yo no quería!

—Ha venido para repararlo. ¿No lo entiendes? ¡Nunca es demasiado tarde para enmendar algo!

Paloma permaneció un buen rato sentada, tapándose el rostro con las manos. Estuvo tanto tiempo sentada que comencé a impacientarme. Presentí cómo la luz grisácea del amanecer comenzaba a filtrarse por la ventana. Finalmente carraspeé y pregunté:

—¿Qué dices?

Entonces se secó ambas mejillas y alzó la nariz.

—Bajar hasta *El Cuervo* corriendo con solo un fusil en la mano no será de mucha ayuda —dijo—. Todos los piratas que hay a bordo están armados. Tenemos que utilizar la cabeza.

—¿Tenemos? —dije—. ¿Quieres decir que me ayudarás?

Asintió.

—Sí, te ayudaré.

Una ola cruzó mi cuerpo, no sé si fue de alivio, de felicidad o de miedo, pero sé que me levantó del suelo como un resorte.

—¿Y bien? —dije—. ¿Qué hacemos?

Paloma se mordió pensativa el labio inferior.

—Para dispararle a un capitán solo hace falta un fusil —dijo.

—¿Di-dispararle? —dije—. ¿Harías eso de verdad?

Negó con la cabeza.

—Solo hace falta que crea que lo haré —dijo—. ¡Ven!

La loba no nos miró cuando abandonamos la cabaña a toda prisa y la dejamos encerrada. Ahora había luz fuera, más luz de la que había imaginado, y eso hizo que me doliera la barriga y se me desbocara el corazón. ¡Ojalá no llegáramos demasiado tarde a *El Cuervo*!

Paloma jadeaba mientras me explicaba en voz baja qué íbamos a hacer:

—Vamos a su cama y le despertamos. Le ordenamos que baje al barco y perdone a Fredrik. Los piratas adoran a su capitán y no se volverán contra nosotras mientras Cabeza Blanca tenga el fusil apuntado a su cabeza. Cuando hayan… —Hizo una pausa, tragó saliva—. Cuando hayan liberado a Fredrik, entonces tú y yo tendremos que liberar a los niños. Y luego…

—¿Sí? —dije—. ¿Qué hacemos luego?

—Luego salís corriendo —dijo Paloma—, tan rápido como podáis. Estaré apuntando a Cabeza Blanca todo el tiempo que pueda.

—¿Tú no… tú no vendrás con nosotros? —pregunté.

Paloma se demoró.

—Ya veremos qué pasa conmigo. Lo importante es que consigáis la mayor ventaja posible. Toma mis llaves.

Tomé el manojo de llaves de su cinturón. Cuando fui a metérmelas en el bolsillo de la chaqueta noté que tenía algo: la piedra que Einar me había dado en Las Velas. Me metí el manojo en el otro bolsillo y cuando proseguimos a través de la nieve negra, me sentí muy contenta de que Paloma tuviera un fusil y no tuviera que enfrentarme con solo una piedra a los hombres más fríos y malvados del mar Helado.

Cuando nos detuvimos junto a la puerta de la cabaña donde dormía Cabeza Blanca, Paloma se volvió hacia mí:

—¿Siri? —dijo.

—¿Sí?

—A mi loba, por favor, déjala marchar. No te hará daño. Solo odia a Cabeza Blanca.

Asentí. Y luego ambas tomamos aliento y en silencio abrimos la puerta.

Paloma se coló primero con el fusil, después entré. La cabaña era sencilla. Un tronco casi consumido ardía en la chimenea, una mesa desgastada, una cama con cortinas. Todo estaba limpio, pero sin gusto. Allí podría haber vivido cualquier mujercita gris de pescador.

Apartó con cuidado las cortinas de la cama. Parecía tranquilo allí tumbado, con los ojos ligeramente cerrados y el cabello blanco esparcido sobre el edredón como una flor. Un anciano y un joven durmiendo juntos en el mismo cuerpo.

—Despierta —dijo Paloma. Ella misma tuvo que oír lo asustada que sonaba pues carraspeó y alzó la voz—. ¡Levántate!

Abrió los ojos, esos ojos claros con pupilas como clavos. Miró a Paloma. Me miró a mí. Su expresión era indescifrable.

—Levántate —repitió Paloma.

Cabeza Blanca se incorporó y puso los pies en el suelo. Su pijama era claro, de lino. Permaneció un buen rato así sentado, con sus grandes manos descansando sobre las rodillas y sin decir nada, solo mirándonos a Paloma y a mí.

—T-tú tienes que ayudar a Fredrik —dijo Paloma.

Cabeza Blanca no respondió.

—Al amigo de Siri —dijo Paloma—. Al amigo de Siri que se encuentra en la bodega de *El Cuervo*. Déjalo marchar.

Pero Cabeza Blanca seguía sin responder. Estaba ahí sentado, todavía en silencio, mirándonos, y pensando. Y cuando acabó de pensar, dijo con calma:

—Una traición.

Paloma tragó saliva. Estaba aterrorizada, era evidente, y Cabeza Blanca se dio cuenta de ello, claro. A pesar de que era ella quien sostenía el fusil, él sabía, como un padre sabe, que Paloma temblaba como si fuera la presa.

—Me has traicionado —dijo Cabeza Blanca—. Cuando yo por fin, después de tantos años… Quieres arrebatarme la gloria.

—No —dijo Paloma—, te equivocas.

Pero Cabeza Blanca estaba convencido de las intenciones de Paloma: espoleada por mí, la niña buena, había decidido apropiarse de la máquina, ser quien elaborara el primer diamante y así alcanzar la gloria y la fama por el invento. El invento que pondría fin a las miserias y a los robos.

—Pusiste a la niña de tu parte —dijo—. La sedujiste a cambio de la vida de su amigo. ¿Y algo más? ¿Os repartiréis la gloria cuando nazca el primer diamante?

—¡Suelta a Fredrik! —dijo Paloma, cada vez más irritada—. ¡Ve a ver a Hazañas y ordénaselo!

—No.

—¿Qué?

—No, no lo haré —dijo Cabeza Blanca con calma—. Antes prefiero morir.

—¿Prefieres morir?

—Por supuesto.

—Pero ¿por qué?

—Le he entregado mi vida a la máquina. Y ahora tú quieres

arrebatármela. Entonces prefiero morir —dijo en voz baja—. Así que veamos qué disparo suena antes. El tuyo o el que acabará con su amigo en el barco.

Al pronunciar esas palabras miró un instante hacia la ventana, hacia la luz matinal que trataba de penetrar cada vez con más fuerza a través del delgado cristal.

Paloma lloraba, sus dedos temblorosos toqueteaban el gatillo del fusil. Cabeza Blanca la miró, clavó su mirada implacable a través de su piel. El rostro de él se tensó, se transformó en algo que me pareció odio. Entonces, de repente, se abalanzó sobre ella y le arrebató el fusil de las manos. La maniobra resultó fácil, como si ella se lo hubiera entregado. Paloma ocultó el rostro entre sus manos y rompió a llorar.

—No quiero tu máquina, papá. No tiene nada de gloriosa.

—Tú sabes que sí —respondió Cabeza Blanca.

—Pero ¡los niños…!

—Los niños trabajan para una buena causa.

—¡No! Se te ha subido todo a la cabeza. ¡Los niños mueren!

Cabeza Blanca se demoró un momento.

—Las cosas se te han subido a ti a la cabeza —dijo, y apretó el percutor y la apuntó.

A veces el cuerpo puede hacer cosas sin que uno se lo pida. A veces, si la ocasión es realmente importante, si uno se enfrenta a dos destinos, uno blanco y otro negro, es como si los acontecimientos se encadenaran, aunque uno se encuentre tan desconcertado que no pueda pensar con claridad. Cuando vi a Cabeza Blanca prepararse para disparar a Paloma y comprendí lo cerca que estaba el fin, entonces sentí cómo mi mano se dirigía al bolsillo de mi chaqueta, y oí las palabras que salieron de mi boca:

—Tengo algo para ti.

Cabeza Blanca apartó la mirada de Paloma y la dirigió hacia mí. Y vio lo que sostenía en la mano, una piedra afilada, más o menos del tamaño de la cabeza de un bacalao, que durante las horas pasadas abajo en la mina se había vuelto tan negra como el carbón.

Sus ojos se empequeñecieron.

—¿Qué es eso?

—Tenías razón —dije—, queríamos arrebatarte la gloria. Ayer cuando fui a verte con la pieza de carbón no la elegí al tuntún. Te di otra pieza a propósito y me guardé la buena. Toma. Perdona a Paloma y quédatela.

Despacio, despacio, se acercó. Despacio, despacio, se inclinó para ver la piedra negra. Despacio, despacio, la tomó con la mano. Vi cómo le daba vueltas, temblando, vi cómo apretaba los dedos para sentir su dureza y durante todo el tiempo recé en mi interior para que el polvo de carbón no desapareciese.

—La Pieza buena —dijo Cabeza Blanca susurrando—. Tan dura… —Agitó la cabeza con un brillo especial en los ojos—. Nunca he visto un trozo de carbón tan duro…

Luego nos miró inquieto a Paloma y a mí, pero de repente nos convertimos en muebles, en minucias sin importancia. Salió corriendo de allí, corrió todo el camino hasta la cabaña donde se encontraba la máquina, pero también la loba. Y la loba no estaba atada.

No le dio tiempo a disparar. Todo lo que oímos fue un grito fugaz, abismal, y después se hizo el silencio. Cabeza Blanca dejó de existir.

Las cosas que hacemos en la vida dejan rastro. Ese rastro, por ejemplo, puede ser un cormorán que viene un día y llama a la ventana, saluda y pide un poco de pescado. Y había muchos niños que podrían haber sido el cormorán de Cabeza Blanca. Paloma, por ejemplo, o yo. En cambio, quien lo hizo fue la lobezna que nació en una cueva nevada en Islas del Lobo, la misma que fue criada para tirar de la máquina de Cabeza Blanca.

El anillo

Miré a Paloma y ella me miró a mí, pero solo nos miramos durante unos segundos y salimos corriendo. Aún no habíamos oído ningún disparo desde el barco. ¿Tendríamos tiempo para salvar a Fredrik?

Después de caminar un trecho Paloma se detuvo.

—Espera —dijo, y vi que sus ojos se movían en las cuencas como hace uno en estado febril.

—No te entretengas —dije, y tiré de su brazo—, vamos.

Pero Paloma negó con la cabeza y dio media vuelta.

—Tengo que recoger algo —dijo.

—¿El qué? —respondí.

—¡Algo importante! ¡Ve tú delante, entretenlos! —gritó.

Y corrí. Corrí como no había hecho nunca antes, corrí a través de la nieve negra de carbón que poco a poco se fue aclarando, que primero tomaba el color del acero que se utiliza para afilar el cuchillo, luego el tono de la piel de un pez lija boreal, luego el de nuestra casa azotada por el viento en Bahía Azul, luego el de un pescado seco, luego el de las piedras marinas más descoloridas. Y finalmente volvía a ser blanca. Y de repente, mientras corría oí un disparo que me puso los pelos de punta de puro miedo. ¡Ya lo habían matado!

Pero entonces oí otro disparo, y otro.

Y cuando casi me encontraba abajo en el hielo, oí risas y vítores, y más disparos. ¿Qué estaba pasando?

Cuando llegué, enseguida lo comprendí. El hielo que rodeaba *El Cuervo Nevado* estaba repleto de piratas, creo que se habían levantado al amanecer. Y lo que los divertía tanto eran dos personas que se encontraban un poco más allá disparando con sus fusiles. Estaban practicando de nuevo el tiro al blanco.

Los dos que se turnaban para disparar eran el calvo y el barbudo, los dos granujas que habían viajado conmigo en el balandro. Pero aquella mañana no le disparaban a un muñeco de nieve. En esta ocasión la diana era una persona de carne y hueso: Fredrik. Estaba tieso como un palo, con las manos y los pies atados, esperando que acertara o bien el calvo o bien el barbudo. Y cada vez que alguno de ellos fallaba el tiro, entonces todos los que estaban alrededor gritaban hurra y se palmeaban las piernas, riéndose hasta llorar. Les lanzaban bolas de nieve a los dos tiradores, y se podía ver claramente cómo el calvo y el barbudo estaban encendidos de vergüenza e indignación.

—¡Parad! —grité.

Todos se volvieron de golpe.

—¡Una fugitiva! —exclamó alguien.

—¡Niña, arriba las manos! —exclamó otro.

En apenas unos segundos todos los granujas me apuntaban con sus fusiles.

Busqué con la mirada al timonel, Hazañas. ¡Allí estaba! Se encontraba junto a un par de piratas y me miraba pensativo con la pipa en la boca. Era raro que una niña minera bajara hasta la bahía.

Me acerqué a él con las manos en alto. Algunos de los piratas se aproximaron a mí con intención de apresarme, pero Hazañas los detuvo.

—Escuchemos lo que tiene que decir —dijo. Luego me miró y mientras lo hacía mordisqueaba la boquilla de la pipa con sus dientes negros—. ¿Y bien?

—Por favor… —dije, e intenté que mi voz fuera firme—. Por favor, no mates a Fredrik.

Entonces los piratas rompieron a reír de nuevo. Primero no entendí la razón, pero después comprendí que lo que había dicho sonaba ridículo.

Hazañas se sacó la pipa de la boca, esbozó una sonrisa y dijo:

—Desearía poder satisfacerte. Al menos tú pides las cosas como se debe, pero mira, hoy he organizado una competición para ver cuál de los dos es el mejor tirador. Quédate aquí junto a mí y observa, en lugar de estropear la diversión.

¿La diversión? Noté que los piratas de *El Cuervo Nevado* se lo estaban pasando en grande y por eso dije en voz alta:

—¿Cuál es el mejor? Querrás decir quién es menos malo.

Hazañas rio y los otros piratas le siguieron, todos menos el calvo y el barbudo, claro.

—Cuando veo disparar a esos dos me acuerdo de un cuento —proseguí—. Tal vez lo hayáis oído. El cuento de Tonto y Nadie. Si no lo conocéis no me importaría contároslo, os aseguro que os va a gustar.

Hazañas miró a los otros filibusteros como para preguntarles si conocían el cuento. Ninguno de ellos dijo nada, y entonces se encogió de hombros e hizo un guiño de aprobación.

—Escuchemos —dijo.

Y conté el cuento igual que Nanni me lo contó en aquella

ocasión en Islas del Lobo: Tonto y Nadie compraron un fusil y querían aprender a disparar. Nadie disparó y la bala rebotó y le dio en la frente. Tonto corrió hasta el pueblo para pedir ayuda y a los cazadores su comportamiento les pareció tan extraño que le preguntaron si era tonto.

Los piratas rieron a carcajadas.

—¡Tonto y Nadie! —dijo Hazañas, y señaló al calvo y al barbudo—. ¡Ya tenemos sus apodos piratas! ¿Qué os parece?

Los piratas volvieron a reír y estuvieron de acuerdo, y cuanto más reían, más ganaba yo aquello que quería: tiempo. Pero de repente, el calvo alzó la voz y gritó:

—¡Ya está bien! Dejadme apuntar bien y podréis ver un disparo certero.

Tomó el colgante que llevaba en el cuello, el pez remo que había recuperado, y lo apretó un buen rato antes de apuntar.

Miré a mi amigo, mi buen y querido amigo, que aguantaba con tanto valor ahí de pie en el hielo. Me sonrió como si dijera: No te lo tomes tan a pecho, Canija. El calvo apretó el percutor y entonces…

—¡Alto!

Alguien venía caminando desde la mina, aunque en esta ocasión no era ningún pirata que se acercaba a gritos apuntando con su arma. No, en esta ocasión la mayoría de ellos sonrió y Hazañas dijo:

—Buenos días, Palomita.

Se quitó el gorro, y varios de sus compañeros hicieron lo mismo. Paloma no correspondió a ninguna de las feas sonrisas, solo dijo con una voz alta y clara:

—¡Soltad al prisionero!

Algunos de ellos volvieron a sonreír, un par murmuró algo divertido, como se hace cuando un niño ha dicho alguna tontería.

—No lo puedo hacer, Palomita —respondió Hazañas—. Órdenes del capitán Cabeza Blanca.

—Ya no soy Palomita —dijo Paloma—. Y Cabeza Blanca ya no es el capitán.

Alzó la mano derecha. Había tenido que ponerse el anillo en el pulgar, pues estaba hecho para un hombre. Pero en el pulgar o no, era un anillo y no un anillo cualquiera, sino el anillo de capitán de Cabeza Blanca.

—Mi padre ha muerto. Ha sido devorado por la loba de la máquina al descuidarse de atarla. Ahora soy la nueva capitana de *El Cuervo Nevado*. Y nadie va a matar a este prisionero.

Tres salvas

Hazañas envió a ocho piratas a comprobar si lo que había dicho Paloma acerca de la muerte de Cabeza Blanca era realmente cierto. Regresaron en una formación de dos líneas con cuatro fusiles que armaban una camilla. Sobre la camilla yacía Cabeza Blanca.

Lo depositaron en el suelo y todos se reunieron alrededor de su capitán. Un poco más tarde Paloma me detalló sus nombres, así que ahora os los diré:

Estaban Hazañas y Fierro, Cabezachorlito y Arreaprimero, Bocatocino y Fiel, Rebato y Morrión, Peloenpecho y Petulante, Bisoño y Pieldezorro, Gélido y Bello, Ponzoña y Buenviento, Azorado y Cangrejo, Puñal y Cincopulgadas, Cauto y Espabilado, Atiza y Timón, Abstemio y Foque, Temerario y Dulcebocado, Navajazo y Sonrisas, Disparo y Últimoinstante, más los dos que acababan de recibir de Hazañas su apodo pirata: Tonto y Nadie. Todos ellos se descubrieron ante Cabeza Blanca.

Paloma también se acercó hasta allí. Se puso en cuclillas junto a su padre y lo observó durante un buen rato. Le acarició la mejilla con una expresión indescifrable. Alcé el cuello, observé su rostro pálido, con la mirada fija. El largo cabello estaba ensangrentado. Vi las marcas de los dientes de la loba en su cuello.

Los hombres y mujeres que se habían reunido alrededor de su capitán lloraban en silencio. La escena resultaba extraña: piratas llenos de cicatrices, jorobados, tuertos, ahí parados con las

lágrimas corriéndoles por las mejillas. No creía que los piratas tuvieran alma. Pero quizá sí la tuvieran, pienso ahora; todos tenían
alma. Solo que en algunos el alma puede construir mejores nidos
que en otros. Si no se le ofrece nada más que un sitio yermo y helado, entonces había que aguantarse.

Hazañas carraspeó y dijo con una voz alta y clara:

—¡Cabeza Blanca ha muerto! ¡Disparemos unas salvas en honor de nuestro capitán!

Todos aquellos que tenían un fusil apuntaron al cielo para
disparar una salva en honor a Cabeza Blanca. Algunos de ellos
recargaron y dispararon varias veces y gritaron y vociferaron: ¡Viva
Cabeza Blanca! ¡Viva nuestro amado capitán! ¡Viva el terror del
mar Helado!

Cuando se desvaneció el eco del último disparo, Paloma se
volvió hacia mí.

—Por favor, libera al prisionero —dijo.

Sí, ahora nadie podía contradecirla. Ahora era ella quien
daba las órdenes.

Corrí hacia Fredrik. Tenía tantas ganas de quitarle las cuerdas
de manos y pies que tiré de los nudos y me embarullé.

—Acabarás enredándolo todo y no podré librarme nunca
—se rio Fredrik.

—¡Uf! —exclamé—. ¡Maldito embrollo!

Finalmente conseguí desatarlo y entonces me abalancé contra su regazo, su cálido y tierno regazo, y lo abracé con tal fuerza
que me dolieron los brazos.

—Siento no haber sido de gran ayuda en esta expedición
—dijo.

—Claro que me has ayudado —respondí—. Sin ti nunca me habría atrevido.

Se sentó en el hielo, me miró con sus brillantes ojos azules.

—¿He oído bien, un lobo?

Asentí.

—Tenía varias cuentas pendientes con Cabeza Blanca.

—Vaya, ¿y tú no has tenido nada que ver en ello?

—Bueno —murmuré—, tal vez… ayudé un poquito.

Cuando dije eso noté cómo las mejillas cambiaban de color. ¿Tenía miedo de lo que había hecho? Sí, pues ahora cargaba con la culpa de la muerte de una persona. Y aunque al mismo tiempo había ayudado a muchas otras personas a seguir con vida, siempre cargaría con esa culpa. Una huella en mi alma.

Como si Fredrik hubiera entendido lo asustada que estaba, me revolvió el cabello con su manaza y dijo:

—Es más sencillo tomar la decisión cobarde, pero a veces aparece alguien que toma la decisión valiente. Y eso es una gran suerte para todos los demás.

Miró a la multitud de piratas, miró a su nueva capitana.

—¿Así que esa es la hija de Cabeza Blanca? —dijo despacio—. ¿La carcelera?

No resultaba tan extraño que no la reconociera. Había cambiado mucho durante los doce años pasados en la isla, se había consumido, se había vuelto más fea y tenía el pelo blanco. Sin embrago… Sin embargo, pude ver que dudaba.

—Sí —dije—, se convirtió en su hija. Aunque antes de eso fue hija de otras personas. ¿No quieres ir a saludarla?

Se dirigió, dudando un poco, hacia la playa. Paloma se encontraba rodeada de hombres y mujeres que deseaban darle una palmada en la espalda y hablar sobre su padre ahora muerto y al que habían querido tanto. Cuando Fredrik se acercó, ella se separó de ellos y fue a su encuentro. Luego se quedaron frente a frente, mirándose el uno al otro. Fredrik se quitó torpemente el gorro y dijo casi como una súplica:

—Quiero agradecerte que me hayas perdonado.

Ella asintió.

—¡Buenos días, Fredrik! —dijo—. ¿Sabes si madre y padre siguen vivos?

Entonces resopló como si fuera un fuelle, puso los ojos en blanco y movió la boca buscando las palabras adecuadas. Lo único que pudo pronunciar fue:

—No, hace mucho tiempo que no voy por casa.

Entonces ella vio lo triste que él estaba, y comprendió de verdad lo mucho que se había arrepentido del día en que la abandonó en el islote. Comprendió que se había echado a la mar por ella y por ella había llegado hasta allí, aun cuando él nunca se atrevió a pensar que pudiera seguir con vida. Ella estrechó su gran cuerpo en un abrazo. Permanecieron así un buen rato y, finalmente, Fredrik se atrevió a abrazarla. Mientras estaban abrazados se dijeron cosas que no pude oír, aunque tampoco era mi intención.

El capitán muerto había recibido sus salvas y ahora los piratas empezaron a hablar de que también tenían que honrar a la nueva capitana. Y, como señaló Navajazo, eso sería lo correcto, ¿no? Pues no todos los días nacía una capitana de piratas.

Todos estuvieron de acuerdo y Paloma les dio permiso para que prepararan los cañones de *El Cuervo Nevado*. La tripulación subió a bordo con un celo que me sorprendió. ¡Cuando se trataba de disparar los cañones, entonces todos se movían! Hazañas se sumó al resto. A medio camino se dio la vuelta.

—¿Y bien, capitana?

Paloma lo miró, y también a Fredrik. Dijo:

—Ahora dispararán en mi honor, hermano. ¿No te asustarás, verdad?

Luego ella siguió a Hazañas por el hielo, subió al barco por la escala, ese barco que ahora era suyo y que gobernaría a su antojo.

Fredrik y yo nos quedamos solos en la playa cubierta de nieve. Un poco más allá se encontraba Cabeza Blanca con el cabello ensangrentado. Vimos abrirse las troneras de los cañones. Oímos el sonido de las pesadas cureñas que apuntaban en la dirección correcta, oímos cómo a alguien se le caía una bala de cañón y lo reñían. Después aparecieron por las troneras, uno tras otro, los malvados ojos de hierro, fríos e imperturbables.

Hubo algunos preparativos más, Pieldezorro subió a toda prisa de la bodega, le dio una palmada en la espalda a Hazañas y le dijo algo al mismo tiempo que le hacía un par de reverencias a Paloma.

Hazañas cabeceó, alzó la barbilla y gritó:

—¡Fuego!

En la escotilla de cubierta se encontraba Sonrisas, quien repitió la orden para que la oyeran los artilleros.

Los ojos de hierro parpadearon a la vez y luego tronaron, el humo blanco cubrió como una espesa guirnalda la gruesa panza de *El Cuervo*, las bombas silbaron sobre el hielo y al caer dejaron grandes agujeros tras de sí.

Cuando se hubo disparado el último proyectil, Hazañas gritó:

—¡Hurra por la capitana Paloma!

—¡Hurra por la capitana Paloma! —respondieron los piratas que se encontraban junto a la borda.

Se quitaron los gorros y los agitaron sobre sus cabezas repletas de piojos.

Y fue justo entonces, cuando pensaba que regresaría la paz y la calma, que oímos un estrépito tal que los cañonazos parecieron un susurro.

—¿Qué pasa? —dije.

—¿No lo entiendes? —respondió Fredrik, y esbozó una sonrisa—. Es el hielo. Se está partiendo.

¡Sí, claro que era eso! El hielo que había cubierto el mar como un grueso y brillante pavimento, de repente, cedía. Quizá lo había despertado una bala de cañón o quizá se hubiera despertado de cualquier manera, no lo sabíamos. ¡De lo único que estábamos seguros era que se había despertado con un gran estrépito! Pronto vimos aparecer el agua entre los gruesos y blancos témpanos de hielo. Pero no dejó de crujir por ello, no, se oyeron unos estruendos aún fuertes, que estremecieron tanto a los piratas que se quitaron de nuevo los gorros.

—¿Para quién es ahora esa salva? —le dije de broma a Fredrik. Entonces me miró y respondió:

—Te saludan a ti, Canija.

Libres

Caminé con Fredrik a mi lado a través de la nieve que poco a poco cambiaba de color, de blanco a negro. Finalmente, acabaron los estruendos y crujidos procedentes del mar. Yo llevaba el manojo de llaves de Paloma en el bolsillo. Siguiendo sus órdenes, los niños tenían que ser liberados y debían prepararse para viajar de regreso a casa. *El Cuervo Nevado* retornaría su botín.

Las cabañas junto a la mina reposaban en un extraño silencio, como si ya se hubieran convertido en un recuerdo. No se oían picos bajo tierra. Las puertas de la cabaña de la máquina y aquella donde dormía Cabeza Blanca estaban abiertas de par en par. Durante la próxima tormenta, la nieve se entraría y construiría allí su nido, enterrando todos los enseres y los papeles. La loba había escapado. Seguro que se había marchado por el hielo. Esperaba que le hubiera dado tiempo de ponerse a salvo en tierra.

Abrimos la puerta del edificio grande, el que parecía un almacén portuario restaurado de mala manera. El fuego de la chimenea se había apagado hacía tiempo. En las camas había veinte niños encadenados temblando de frío.

—¡Siri! —dijo uno de ellos, que esbozó una amplia sonrisa.

Corrí hacia allí y la abracé.

—Estaba preocupada —dijo Miki con el rostro pegado a mi pecho—. Oímos una explosión.

Me reí y entonces la abracé todavía más fuerte.

—Ahora ya no tienes que preocuparte más —respondí—. Nos vamos a casa. —Luego alcé la voz para que cada uno de los niños mineros, negros como el carbón, oyera lo que decía—: ¡Todo el mundo va a volver a casa!

Le lancé el manojo de llaves a Fredrik. Le costó un buen rato encontrar las llaves correctas, y mientras liberaba a los niños de las cadenas, comenzaron lenta y vacilantemente a darse la vuelta y hablar entre susurros. Había creído que se alegrarían, que gritarían de alegría al enterarse de la noticia, pero entonces me di cuenta de que era algo demasiado grande e incomprensible como para que lo entendieran de golpe: eran libres.

—Cabeza Blanca ha muerto —dije—. Murió hace un par de horas y la máquina ya no necesita más carbón.

Susurraron aún más entre ellos, susurraron y susurraron y los susurros crecieron hasta convertirse en un rumor burbujeante, en un bullicio.

—¿Has sido tú quien lo ha matado? —preguntó uno.

—No —respondí.

—¿Quién fue entonces?

—La loba.

Todavía más susurros, chirridos y tirones de cadenas y sacudidas de camas de un lado a otro por los que comenzaban a impacientarse, los que empezaban a comprender que era cierto, que ya no eran prisioneros de Cabeza Blanca.

—¿Y Paloma? —preguntó alguien.

—Paloma es la nueva capitana de *El Cuervo Nevado* y ella os conducirá a casa. Espero que todos recordéis el nombre de vuestra isla de procedencia.

—¡Yo me acuerdo! —gritó alguien entonces, un niño al que Fredrik todavía no había conseguido desatar, pero que, sin embargo, se había puesto de pie sobre su cama, con el corazón tan exaltado y vivo que no podía estarse quieto—. ¡Yo soy de Isla Pálida!

Entonces otro niño también se puso de pie en la cama y gritó:

—¡Yo soy de Isla del Ancla!

—¡Yo soy de Yxö! —gritó un tercero.

Los niños gritaban los lugares de origen que habían tenido que abandonar para trabajar en la mina. Ninguno de ellos había olvidado el nombre de su isla de procedencia, pues cada día habían deseado regresar a ella.

Salimos afuera cuando todos quedaron liberados de sus cadenas. Los niños miraron con extrañeza a su alrededor, como si el lugar fuera nuevo para ellos, ahora que caminaban libres de los piratas armados con fusiles.

—Entonces bajemos al barco —dije—. ¡Seguidme!

Y todos los que habíamos sido niños mineros de Cabeza Blanca caminamos juntos a través de la nieve clara. Estaban Ivar y Edla de Isla Exterior, Saga de Isla Grande, Snar de Yxö, Vala de Isla Ballena, Sven e Ingmar de Isla Oscuridad, Nils y Elis de Isla Madero, Hella de Isla del Cuerno, Östa de Isla de Nadie, Unni de Isla de Abajo, Ymer de Isla Pálida, Olav de Desagrado, Tora de Isla del Ancla, Daga de Isla Salina, Agna de Isla Rocosa, Bror de Ola del Norte, Brisa de Isla Parda, y además, Miki y Siri de Corégono.

Detrás de todos caminaba un hombre grande y pelirrojo con la barriga como un tonel. Silbaba a ratos. Y cuando Miki comenzó a quejarse con que tenía que conseguirle otras botas, él se rio y dijo que era extraño que esta aventura hubiera comenzado por una persona desconocida que, sin embargo, ahora conocía perfectamente.

Cuanto más nos acercábamos a la playa, más dudas notaba en los pasos de los niños. De repente una niña llamada Östa, por cierto, la que en cierta ocasión le robó el carbón a Miki, dijo:

—¡Tengo miedo! ¿Y si los piratas nos dan una paliza?

—No lo harán —respondí.

Pero muchos de ellos tuvieron los mismos pensamientos; Olav de Desagrado se detuvo y dijo:

—¿No sería mejor tomar la madera del montacargas de la mina y construir nuestra propia balsa? Así no tendríamos que navegar con esa carroña.

—Si te quedas aquí a construir una barca te dará tiempo a morirte cinco veces de hambre antes de acabarla, ¿entiendes? —dije—. De acuerdo con que son una carroña, pero por lo menos obedecen órdenes y Paloma ha prometido que volveremos a casa sanos y salvos.

Olav murmuró algo sobre que yo no sabía lo rápido que era capaz de construir una barca, pero los niños de todos modos cedieron y me siguieron el trecho que quedaba.

Paloma esperaba en la playa. Tenía a dos remeros a su lado, eran Abstemio y Arreaprimero. El esquife de *El Cuervo Nevado* se encontraba en la orilla. El viento azotaba el mar plomizo y recién despertado, los témpanos de hielo bailaban una danza peligrosa sobre las olas. Las nubes parecían rodar por el cielo como si fueran el humo de los cañones de *El Cuervo*.

Paloma miraba al frente ahí de pie, con el pelo revoloteando en torno a su cabeza. Observaba a todos los niños y no dejaba traslucir sus pensamientos; miraba a los ojos a aquellos que había custodiado. Apenas dijo:

—Ahora subid a bordo.

Era un esquife grande, de dieciocho pies por lo menos. Pero éramos tantos los que teníamos que subir a bordo que la bañera y las bancadas quedaron llenas de críos apretujados, críos que encogían las rodillas y pasaban los brazos alrededor de las piernas. Resultaba horrible ver su ropa hecha andrajos. Tenían que estar helados.

Fredrik se sentó a popa y Paloma se colocó con un pie sobre la bancada de proa. Y cuando Abstemio y Arreaprimero juntaron fuerzas y empujaron el bote al agua hubo muchos que se tambalearon, pero ella no.

Los remeros subieron por la borda en un suspiro. Los niños se apartaron, asustados del agua helada que había a bordo. Arreaprimero lanzó una sonora carcajada y dijo que era hora de partir. Luego agarró uno de los remos y Abstemio agarró el otro y nos hicimos a la mar.

Fue una travesía bamboleante por la bahía. Los niños estaban sentados, les castañeteaban los dientes y tenían los ojos clavados en las olas, algunos de ellos miraban nerviosos a *El Cuervo Nevado*, que cada vez estaba más cerca. Nadie decía nada.

Pero entonces alguien tomó la palabra. Fue Miki. Se había arrastrado hasta la proa y ahora le tiraba a Paloma de la pernera. Paloma se dio la vuelta.

—Necesito unas botas nuevas —dijo Miki.

—¡Chist! —dije, pues me pareció que su comentario era una solemne tontería. Aquí estábamos sentados una decena de niños con apenas trapos en los pies ¡y ella quejándose!

Pero Paloma cabeceó un instante hacia Miki y dijo:

—Os daremos mejores ropas a todos.

Cuando llegamos, el esquife le dio un ligero beso al casco de *El Cuervo Nevado*. La escala estaba tendida y los niños subieron a bordo uno tras otro. Fiel y Pieldezorro les ayudaron a subir por la borda. Aprovecharon para hacer todo tipo de bromas, claro, pues así eran ellos, se burlaban de buena gana de los más pequeños y miedosos.

—¡No podemos llevar unos niños tan mugrientos con nosotros! —dijo Pieldezorro—. ¿No deberíamos pasarlos a todos ellos por la quilla para que aprendan modales?

—¡Bah, haz un bulto con ellos y llévalos a rastras! —dijo Fiel—. ¡No tenemos tiempo de pasar por la quilla a un atajo de ratas!

En ese mismo instante Paloma subió a bordo e indicó que ya se habían acabado las bromas por hoy.

Cuando todos los niños dejaron el esquife, Fredrik incluido, alzó la voz:

—¡Bocatocino y Morrión, calentad agua para que se laven! ¡Cauto y Espabilado, procurad ropa y zapatos para todos los niños! ¡Y Abstemio y Arreaprimero, remad de vuelta y traed a papá! ¡Deprisa!

Los niños bajaron por la escalerilla junto a Bocatocino, Morrión, Cauto y Espabilado. Pero me quedé con Fredrik. Mi ropa tenía algunos agujeros, pero bastaba de sobra para regresar a Bahía Azul. No me puse ropa de pirata.

Fredrik se acodó sobre la borda y miró hacia la bocana, la puerta al mar abierto. Tenía buen aspecto mientras el viento le revolvía el pelo, tan rojo como el oro fundido. Me puse a su lado y no nos dijimos nada durante un buen rato. Abstemio y Arreaprimero regresaron con el cuerpo de Cabeza Blanca. Entonces dije:

—¿Crees que en este barco las gachas de cebada son decentes?

—¡Quién sabe! —respondió Fredrik—. Quizá tenga que echar una mano con el cucharón.

—Sí —dije—, pero a los piratas no les quitaremos los gusanos de la harina.

—No —dijo Fredrik y escupió al mar—, se los pueden comer.

Cuando Bror de Ola del Norte reapareció por la escalerilla, ni Fredrik ni yo pudimos contener una sonrisa. Bror se había lavado y vestido, pero la chaqueta que le habían dado era demasiado grande. El gorro de piel de cordero que le cubría la cabeza se le caía constantemente sobre la frente y tenía que retirarlo con el dedo para poder ver. El siguiente en subir fue Ivar de Isla Exterior. Vestía unos pantalones de piel de foca que de haber querido, habría podido subirse hasta la nariz.

Sí, uno tras otro subieron a cubierta los niños mineros que habían estado cubiertos de andrajos y que ahora vestían las cálidas chaquetas y pantalones, gorros y zapatos de los piratas. Todos resultaban muy graciosos a su manera, sin embargo la más graciosa de todos era Miki, pues cuando finalmente apareció llevaba un par de botas tan grandes que fue un milagro que pudiera subir por la escalerilla. Y mientras todos los demás reían, me dirigí decidida hacia ella y la tomé del brazo.

—¡Baja y vuelve a ponerte las botas viejas! —le dije.

—¡Las botas viejas me hacen daño! —dijo Miki.

—¡Todavía sirven! —respondí—. ¡No te das cuenta de que vas hecha un mamarracho!

—¿Por qué pueden llevarlas los otros? —se quejó Miki, y señaló a otros niños que también calzaban botas demasiado grandes.

—Ellos no son tan pequeños como tú —contesté—. Ahora baja.

Pero entonces Miki se puso a llorar y protestó: jamás de los jamases pensaba ponerse las botas viejas porque le quedaban demasiado pequeñas y yo tenía que hacerle caso.

Entonces me vi obligada a abrazarla de nuevo, porque ¡oh, cuánto la quería!

—Luego no me eches la culpa —dije— si te pasas todo el rato en el suelo.

—No, claro que no —dijo Miki.

Entre Isla Húmeda e Islote del Gato

Si en el futuro alguien me pregunta dónde está Cabeza Blanca, responderé que yace entre Isla Húmeda e Islote del Gato, mecido por los largos brazos de las algas pardas. Esa es la verdad. Fui testigo cuando lo lanzaron al mar.

Ese día no hacía buen tiempo, aunque aquel que reposaría en el mar tampoco era una buena persona. Su cuerpo descansaba en la cubierta de popa, frío y gris. El rostro, que parecía pertenecer a un anciano y a un joven al mismo tiempo, aparentaba estar labrado en piedra. La sangre del cuello se había vuelto negra.

La tripulación se había reunido a su alrededor. Fredrik y yo estábamos algo más alejados. Unni de Isla de Abajo, Olav de Desagrado y Daga de Isla Salina también quisieron estar presentes. Miki se encontraba en el camarote descansando con los demás.

Fiel subió con un saco. La nieve húmeda había vuelto escurridiza la cubierta y resbaló cuando, junto con Espabilado, quiso levantar el cuerpo. No sé si el espectáculo me pareció más ridículo que horrible o al revés.

Pero una vez que lo metieron en el saco, lo acompañaron doce balas de cañón negras, tal como merecía un capitán pirata, y después Fiel cosió el saco con fuertes puntadas. Los más fuertes, Bocatocino, Temerario, Foque y Navajazo, alzaron el saco blanco y se dirigieron a popa. Lo balancearon tres veces —una, dos y tres— y luego lo lanzaron al mar. Se hundió y desapareció en un instante.

Surgieron unas cuantas burbujas grandes, como un último saludo de aquel que había puesto sus garras sobre mi hermanita, pero que ya nunca lo haría sobre nadie más. Sonrisas tocó la campana del barco.

Observé a Paloma durante el silencio que reinó luego. Se había recogido el cabello en un moño. Sobre su chaqueta de cuero llevaba un manto de foca capuchina que creo le había dado Arreaprimero. Llevaba una daga en el cinturón. A menudo se veía a Hazañas hablando en voz baja a su lado, como si tuviera unos cuantos buenos consejos que darle, como si le ayudara a fraguar nuevos planes. Planes para una capitana pirata.

Creo que Fredrik pensaba más o menos lo mismo que yo, pues algo más tarde, cuando Paloma se acercó, le dijo:

—¿Ahora vas a ser tú el terror del mar Helado?

Ella se detuvo. Casi pareció ofenderse, como si Fredrik la acusara de algo injustamente. Ella miró el mar plomizo, que tenía una delgada capa mate de nieve y luego lo miró a él.

—¿Qué pensabas, que regresaría a casa, a Isla Montaña a comer huevas de bacalao? —dijo ella.

—Las huevas de bacalao no están nada mal —murmuró Fredrik.

—No es a eso a lo que me refiero —dijo Paloma y resopló.

Suspiró, quizá arrepentida de su tono brusco. Señaló con la cabeza hacia la escalerilla que conducía abajo.

—¿Podéis venir un momento? —dijo.

La seguimos y tras bajar la escalerilla, Paloma abrió la puerta del camarote del capitán. Fue emocionante echar un vistazo a su interior. Había alfombras tejidas y bonitas lámparas de aceite con campanas de cristal ornamentado, libros y candelabros, varios fusiles, algunos de los cuales parecían muy antiguos, y en la pared había disecada una cabeza de foca ocelada. En su boca abierta se veía una hilera de afilados y blancos dientes de depredador. Los ojos eran de cristal negro.

Paloma se desabrochó el cinturón y se sentó en el sillón. Miró a Fredrik durante un buen rato, estaba ahí parado, algo intimidado ante todas aquellas cosas bonitas y ante su hermana, que ahora llevaba el cabello recogido en un moño. Ella no tenía nada que ver con Urström, quien también había tenido alfombras y cosas de valor en un bonito camarote de capitán, pero al que Fredrik llamaba «Tripas». No sabía a ciencia cierta qué era lo que los diferenciaba.

—No hay adónde ir para alguien como yo —dijo ella.

—¿Qué quieres decir con «alguien como tú»? —respondió Fredrik.

—Una como yo —dijo Paloma—, alguien que compró su libertad a cambio de su alma.

Fredrik movió la cabeza, hizo un gesto que bien podía significar «bah, no es tan grave».

Pero Paloma dijo:

—¿Qué crees que diría de mí la gente de Isla Montaña cuando lo supiesen? ¿Que fui la hija de Cabeza Blanca? ¿Que yo era la guardiana que enviaba a los niños bajo tierra? Los piratas no solo raptaron a los hijos de nuestros padres. Desde que llegué a la isla de Cabeza Blanca dos niños de Isla Montaña han muerto ante mis ojos. De enfermedades pulmonares y agotamiento. Y los niños que atraparon en Isla Tragaldabas murieron a causa de un derrumbe. Los padres de esos niños conocen al nuestro, pescaban juntos. ¿Qué diría ese padre si vuelvo a casa y me pongo a celebrarlo comiendo huevas de bacalao como si no hubiera pasado nada?

Fredrik se encogió de hombros y pareció como si quisiera decir algo, pero no encontró las palabras.

Paloma negó con la cabeza y dijo de nuevo:

—No existe ningún lugar para alguien como yo. Solo me queda el mar. —Suspiró, quiso decir algo que lo animara un poco y por eso añadió—: Es posible que robe un saco o dos de cebada, pero no tocaré a los niños. Creo que nunca más querré volver a ver a un niño mientras viva.

Fredrik bajó la mirada.

—Es solo que… que no me gustan nada los piratas —dijo en voz baja.

Paloma asintió.

—A mí tampoco.

—Vaya —dijo—, ¿así están las cosas? ¿Te pasarás el resto de tu vida pensando mal de ti?

Al principio, ella no respondió. Reflejó amargura en su rostro, como si hubiera tragado bilis.

—Tal vez —dijo.

Aunque entonces tomé la palabra, pues sentí lástima de Fredrik, ahí parado, cada vez más atolondrado y angustiado y que, claro, se culpaba de que su hermana pensara en convertirse en el terror del mar Helado.

—Dices que has vendido tu alma —le dije a Paloma—, pero eso no es cierto. Es solo que durante los últimos doce años lo has pasado mal y te has vuelto algo fría, y por eso te comportas así. Pasará algún tiempo antes de que se te pueda sacar de tu hibernación.

Fredrik miró a su hermana, esbozó una sonrisa como para decir: ¿Qué dices ahora?

—Creo que Siri tiene razón —dijo—. Tú no tienes madera de pirata.

Paloma se demoró. No sé si la había enfadado o si solo pensaba que éramos unos idiotas, pero finalmente clavó la mirada en Fredrik y dijo:

—Veamos qué puedes hacer para convencerme.

Luego se puso de pie, volvió a ponerse el cinturón de la daga y salió por la puerta. Fredrik y yo nos quedamos solos. La foca ocelada abría la boca desde su sitio, clavada en la pared. El navío se deslizaba despacio sobre el oleaje.

—¿Crees que podrás? —pregunté—. ¿La convencerás?

Se rascó la barba espesa y roja y entrecerró los ojos.

—Ya veremos. Soy su hermano mayor —dijo.

Vi la silueta de Paloma a través de los ondulados vidrios de plomo. Estaba parada viendo trabajar a la tripulación con los cabrestantes de popa, los que tenían que izar las cadenas para poder abandonar la tumba del capitán y proseguir nuestro viaje. Ahora entendía qué era lo que la diferenciaba de Urström, por qué él había tenido miedo y por qué ella nunca más lo tendría. La razón era que ella ya no tenía nada que perder en este mundo.

Los niños

El viaje de vuelta a casa fue temerario y muy peligroso. Paloma, que en un tiempo había temido todo lo que podía ser temido, ahora era la más valiente de todos. Navegábamos noche y día sobre un mar Helado encrespado y enfurecido, los piratas se agarraban a la borda y rezaban por sus vidas, y si encontrábamos hielo que todavía no se había partido, entonces Paloma en lugar de retener el navío como hacían otros capitanes, ordenaba navegar a toda vela. *El Cuervo Nevado* volaba como si tuviera alas, su terrible pico trituraba todos los obstáculos que se encontraba a su paso. Los piratas le tenían pavor a Paloma y la adoraban. Quizá más de lo que habían adorado a Cabeza Blanca.

No topamos con ningún otro barco. Nadie estaba tan loco como para hacerse a la mar en esa sopa, una sopa espesa de agua y témpanos de hielo tan grandes como nuestras velas. Y si alguno lo hubiera hecho, entonces habría dado media vuelta al ver *El Cuervo Nevado*, el navío pirata más temido de todos.

Tres días después del sepelio de Cabeza Blanca me encontraba en popa mirando las olas. Todos los que podían estaban en la cubierta inferior. Seguía nevando, el aguanieve cubría la cubierta, proporcionándole una barba al estay. Fuera, en cubierta, solo estábamos el timonel y yo.

Acaricié la borda húmeda, recogí nieve ahuecando la mano. No sé por qué me quise aislar. Deseaba estar un rato sola. Habían pasado tantas semanas desde que me fui de casa. Casi todas las personas a las que había encontrado durante el viaje me dijeron que acabaría mal, pero se habían equivocado.

Aunque ¿se trataba de un final feliz de verdad? Había visto muchas cosas en el mar Helado que desearía no haber visto y que seguramente nunca podría borrar de mi mente. Por ejemplo, el cachorro en Islas del Lobo que se aferraba al cuerpo sin vida de su madre. Y el pollito aquel que ayudaría a Einar a pescar. Y además, el monedero de Las Velas, de piel tan suave y clara. Nunca podría olvidar aquel monedero.

El mundo, que comienza al este de Corégono y que acaba al oeste de Isla Exterior, es como una mesa, pensé. Encima de la mesa hay personas que cuentan su dinero, pero debajo del tablero hay unas patas que lo sujetan todo. Y esas patas son los niños. A los que atamos delante de nuestros trineos, a los que herimos con nuestros cuchillos, a los que encadenamos por el cuello y enviamos a las profundidades de la tierra con picos y capazos.

Pensé que así era el mundo y que era un mundo malo. Sin embargo después vi un pequeño escribano nival posado en la borda moviendo la cola, y me puse tan contenta que alejé todos los pensamientos negativos. Y quizá solo fuera nuestra época la que era tan mala. Quizá después llegarían tiempos mejores.

El escribano nival cantó un rato, pero luego se marchó, como si se hubiera asustado. Me di media vuelta para regresar al calor y entonces me di cuenta de que alguien había aparecido detrás de mí: el hombre calvo al que ahora todos llamaban Tonto.

Me miró a través de sus ojos entrecerrados, su boca formaba

una fea mueca que mostraba los dientes amarillentos de abajo, casi formaban una ristra.

—¿Estás mirando el mar? —dijo.

—Sí —respondí lacónica, e intenté marcharme, pero me empujó de forma que choqué contra la borda y perdí el aliento.

Un poco más allá se encontraba su amigo, al que llamaban Nadie. Vigilaba por si venía alguien o el timonel se daba la vuelta. Se encajó el gorro hasta los ojos y dijo:

—Vamos, date prisa, estoy calado hasta los huesos.

Tonto volvió a sonreír y observó las olas plomizas, olas tan altas como casas, olas que con sus hambrientas fauces espumeantes parecían querer mordernos.

—Te agradezco los apodos que nos diste —dijo.

—Fue Hazañas el que os los puso —murmuré.

—Gracias a tu buena ayuda —apuntó Tonto—. La verdad, yo habría preferido otro apodo.

Pude ver en sus ojos algo que me pareció vergüenza o tal vez pena. O ambas cosas. Supuse que el mote era un recordatorio que proclamaba todos sus fracasos. Un mote que siempre le recordaría los disparos fallidos, los que solo acertaron a la nieve. Y era a mí a quien consideraba responsable de tal recordatorio.

Se me acercó.

—Tal vez deseas mirar el mar más de cerca —dijo.

—Déjame —respondí—, Paloma está al mando de este navío, no tenéis permiso para hacer esto.

—Ahora Paloma no está aquí —dijo Tonto—. ¿Y qué puede decir si una niña tropieza accidentalmente y cae por la borda? Ningún capitán podría hacer nada.

Se relamió los repugnantes dientes amarillentos, me observó con desprecio.

—Y según lo veo yo, ahogarte no sería más que terminar algo que ya había empezado. Tenías que estar muerta hace tiempo y que no lo estés solo tiene una explicación: te llevaste mi pez remo al agua. Eso te salvó la vida.

Me mostró el pez remo para que pudiera verlo bien.

—Pero ahora es mío de nuevo. Y tengo un cordón nuevo, fuerte y que no se desata por nada.

Tomé aliento para pedir socorro, pero Tonto me agarró del pelo y me tapó la boca. Me apretó con fuerza contra la borda, tanto que pensé que me partiría la espalda. Era solo cuestión de tiempo antes de que me lanzara al mar.

«Ahora voy a morir», pensé. Y recordé el pequeño escribano nival que acababa de ver y que papá solía decir que los escribanos nivales son los únicos pájaros del mar Helado que pueden cantar. Sentí una inmensa tristeza, pues en ese momento supe que lo único que en realidad quería de esta vida era sentarme en la escalera junto a papá y escucharle contar esas cosas sobre los escribanos nivales. Y quizá, mientras tanto, ver a Miki corretear de un lado a otro jugando junto a los cobertizos, como solía hacer. Eso era justo lo que deseaba, pero no sería posible porque ahora iba a morir.

Entonces se oyó un crujido y algo que recordaba más bien un aullido. Tonto se dio media vuelta y tuvo el tiempo justo de ver cómo Nadie se desplomaba y se deslizaba pataleando un buen trecho sobre la cubierta mojada. Era Fredrik quien lo había derribado, y ahora se acercaba con tal fuerza y furia que Tonto me soltó e intentó largarse de allí. Pero Fredrik lo atrapó.

—Vaya, ¿así que quieres matar a mi Canija? —gruñó—. ¡Pues ahora es tu turno!

—N-no me tires por la borda —gimió Tonto y, aterrorizado, clavó la vista en las olas—. ¡Haz lo que quieras, pero no me tires!

Fredrik apretó los ojos.

—Bueno, no lo haré —respondió Fredrik—. Con lo feo que eres el mar te escupiría de vuelta. Te mataré con mis propias manos.

Y entonces agarró del cordón de cuero y se lo apretó al cuello de forma que Tonto se quedó sin aire.

—¡Suéltame! —gritó.

Pero Fredrik le dio a la correa una vuelta más y luego otra. Comprendí que Tonto tenía razón, ese cordón era realmente fuerte y resistente y no se rompía por nada.

Tonto colgaba de las manos de Fredrik y su cara se estaba volviendo cada vez más azulada. Los ojos parecían querer salir de sus cuencas y me asusté de verdad. ¿De verdad lo haría Fredrik? ¿Lo mataría?

No, solo quería darle un buen susto, pues enseguida dejó a Tonto en la cubierta. Tonto se derrumbó, pero se puso de pie enseguida. Tosiendo y escupiendo salió corriendo de allí y casi se trastabilló por la escalerilla como un animal malherido.

Fredrik me miró.

—Me preguntaba dónde estabas —dijo—. Ha sido una suerte que saliera a buscarte. Ya dejé una vez que un cobarde te echara de un barco, ya basta, ¿no crees?

No dije nada, apenas asentí como respuesta.

—Voy a hablar con la capitana —dijo Fredrik—. Creo que sería una buena idea meter a esos dos cobardes en la bodega durante un tiempo. Y así aprenderán a no pensar tantas tonterías.

Bahía Azul

Teníamos que pasar por toda clase de islas para devolver la mercancía de los piratas. Fuimos a Isla Exterior y a Isla de Nadie, a Isla Grande y a Isla Salina, a Yxö y a Isla Ballena, a Isla Madero y a Ola del Norte, a Isla del Cuerno y a Isla de Abajo, a Isla Pálida y a Desagrado, a Isla del Ancla y a Isla Oscuridad, a Isla Rocosa y a Isla Parda. Y por último a una isla bastante pequeña e insignificante llamada Corégono, la que se encontraba justo en el bode del mapa de Fredrik, tan al este como se puede ir antes de caer por el borde. Por eso Miki y yo tuvimos que ser las más pacientes antes de llegar a casa. Cada vez que una niña o un niño bajaban al esquife para que los piratas los llevaran a tierra, sentía que el corazón me dolía de añoranza. ¡Ay, cuánto deseaba que llegara mi turno!

La última niña que tenía que bajar antes que nosotras se llamaba Brisa. Era bastante grande y se le ocurrió estrechar mi mano al despedirse.

—Muchas gracias —dijo.

Yo no sabía qué responder, me sentía un poco ridícula. Apenas murmuré algo inaudible y después Brisa se dirigió con su gran abrigo de piel de zorro a la escala y bajó. Aunque en cierta manera me gustó que me estrechara la mano y dijera eso. Quizá significaba que los animales de la mina de Cabeza Blanca, poco a poco, se volvían de nuevo personas.

Cuando por fin vislumbramos el humo de las cabañas de Bahía Azul en el horizonte, sentí que mi cuerpo se revolvía, tanto echaba de menos a papá. Me pregunté si habría pasado los días esperándonos o si se había dado por vencido, diciéndose que ya no valía la pena esperar. Oh, mi pobre papaíto, lo mucho que estaría sufriendo.

Los piratas pusieron *El Cuervo Nevado* al pairo y algunos de ellos bajaron el esquife. Era un bonito día, ¿se trataba del primer signo de la primavera? El sol brillaba y el mar parecía plata líquida.

Paloma me sujetó un momento.

—Buena suerte —dijo—, y ten cuidado con los piratas.

—Sí —respondí—, buen viaje.

Entonces esbozó una sonrisa tal que pude ver casi todos sus dientes amarillos.

—¡Bah! —dijo.

Después me acerqué a Fredrik. Mi grande y buen amigo de barba pelirroja. No, no podía decirle adiós, por lo menos no como si fuera para siempre. Así que solo le dije:

—Hasta la vista.

Y él asintió con la cabeza y dijo:

—Sí.

Luego me alzó en brazos y me sujetó frente a él, y se rio como si fuera la persona más feliz del mundo. Entonces no me pude contener y reí también.

Nos ayudaron a Miki y a mí a bajar por la escala. Fue de gran ayuda para Miki, pues sus botas eran tan grandes que casi se podía navegar con ellas. Disparo y Últimoinstante ya se encontraban sentados en el esquife con los remos listos.

—Bien, chicas —dijo Disparo, que era calvo y jorobado—, nos vamos.

Y eso hicimos. Ambos eran buenos remeros, el esquife casi parecía saltar sobre la superficie reluciente. Sentí cómo mi boca esbozaba una sonrisa cuando volví a ver todos los islotes, islotes que conocía tan bien como la palma de mi mano, los islotes que eran mi hogar. Había algo especial en los islotes que eran mi hogar. De alguna manera los veía más bonitos que el resto de islotes y conseguían que mi alma se alegrara.

Aunque al ver Manzana de Hierro no pude dejar de pensar en aquel horrible día de niebla, el día que fue el comienzo de la aventura. Y me sentí en la obligación de preguntarle algo a Disparo y a Últimoinstante.

—¿Qué hacíais por aquí, en realidad?

—¿Qué? —dijo Último Instante.

—Cuando secuestrasteis a Miki —dije, y cabeceé hacia Miki, que se encontraba sentada junto a la borda y tocaba el agua con su dedo meñique, como siempre solía hacer—. ¿Por qué razón desembarcasteis en Manzana de Hierro?

Entonces Últimoinstante sacudió la cabeza y dijo que habían desembarcado en Manzana de Hierro para recoger bayas.

—¿Es cierto eso? —dije.

Ambos asintieron. Lo recordaban bien, ¡el caso es que llenaron dos cestos! ¡Resultaba increíble!

Apenas sabía si reír o llorar, pues sin duda era una de las cosas más extrañas que había oído en mucho tiempo. Que a los piratas les gustaran las bayas, igual que a cualquier niño de Bahía Azul.

Pero a Miki no le pareció que la cosa fuera divertida en absoluto. Dijo que eso explicaba por qué ella apenas había encontrado ninguna mientras buscábamos. Y después continuó con su parloteo y dijo que ese fue el peor día de su vida y que nnnunca más comería bayas.

—¿Qué comerás entonces? —le pregunté.

—Pescado, claro —respondió Miki.

—Vaya —dije—, entonces tienes suerte de tenerme, pues sé pescar.

—Yo también sé pescar —dijo Miki.

—No, tú no sabes —dije.

—¡Sí! —exclamó.

—Vaya cara, tú no has pescado un pez en tu vida —dije—. Ni siquiera sabes sujetar una red sin que se quede toda revuelta.

Disparo y Últimoinstante se lo estaban pasando bastante bien con nuestra discusión, se reían entre dientes y se lanzaban miradas cómplices.

Miki me miraba airadamente.

—Pescaré con los dedos de los pies, jajaja, ¿qué dices ahora? —murmuró.

—Eso estaría bien —asentí.

Y Disparo y Últimoinstante volvieron a reírse.

Aunque en realidad, más adelante, cuando Miki se hizo mayor, pudo pescar con los dedos de los pies sin esfuerzo. Solo tenía que ir al muelle y quitarse las botas y los calcetines, y en algo menos de una hora teníamos cena en nuestra cabañita gris. Y cada vez que me servía, Miki sonreía y decía:

—Es una suerte que me tengas a mí, ¿eh, Siri?

Pero eso yo no lo sabía mientras estábamos ahí sentadas en el esquife, y por eso entonces solo dije: «Eso estaría bien».

Por fin vi el puerto. Vi a la gente corriendo de un lado a otro como pollos sin cabeza. Habían descubierto que el barco fondeado era *El Cuervo Nevado* y que se acercaba un esquife. Todos corrían, corrían para meterse en las cabañas, corrían para cerrar las puertas y poner los armarios pesados contra ellas.

Pero alguien seguía allí parado. Alguien que no tenía miedo. Un hombre, pequeño y gris como una ramita, incluso más pequeño y más ceniciento que la última vez que lo vi. En cierto modo, parecía partido por la mitad. Estiró el cuello para ver mejor la barca. Y entonces alcé la mano en señal de saludo.

Frida Nilsson (Hardemo, Suecia, 1979) es una autora que se caracteriza por un humor formidable y una gran espontaneidad. Escribe sobre las grandes cuestiones de la vida: la amistad, la muerte y el amor. Y se la compara con escritores como Roald Dahl y Barbro Lindgren.

Frida tiene un gran éxito internacional, y sus libros han sido nominados para el prestigioso Deutscher Jugend Literaturpreis en Alemania y varios premios literarios en Francia. Ha sido nominada al Premio August tres veces y consiguió el Premio Astrid Lindgren en 2014.

Frida Nilsson

Piratas del mar Helado

Título original: *Ishavspirater*

Primera edición: febrero de 2017

© 2015 Frida Nilsson y Natur & Kultur, Estocolmo

© 2015 de las ilustraciones, Alexander Jansson

y Natur & Kultur, Estocolmo

Publicado por acuerdo con Koja Agency

© 2017 Thule Ediciones, SL

Alcalá de Guadaíra 26, bajos - 08020 Barcelona

Director de colección: José Díaz

Maquetación: Aloe Azid

Traducción: Carlos del Valle Hernández

Corrección de estilo: Alvar Zaid

La traducción obtuvo una ayuda del Swedish Arts Council

EAN: 978-84-16817-09-2

D. L.: B.1569-2017

Impreso en Gráficas Díaz Tuduri, Urduliz

www.thuleediciones.com